Graziella Simeone Ad

La época del Mañer Ludmilla
Primer libro

Youcanprint

Título | El tiempo del Malier. Ludmilla
Autor | Graziella Simeone Adwan

ISBN | 979-12-22766-07-2

2023 - Todos los derechos reservados por el autor
Esta obra está publicada directamente por el Autor a través de la plataforma de autopublicación Youcanprint y el Autor ostenta todos los derechos sobre la misma en exclusiva. Por lo tanto, ninguna parte de este libro puede ser reproducida sin el consentimiento previo del Autor.

Youcanprint
Via Marco Biagi 6, 73100 Lecce www.youcanprint.it info@youcanprint.it
Hecho por humanos

Prefacio

Pasé la noche despertándome entre pesadillas. No sé cuántas veces mi mente voló, por una mano desconocida, hasta la roca donde yacía el cuerpo sin vida de Cecilia.

Esta novela, que parte de una serie de suposiciones para desbaratarlas todas, tiene el aspecto de la más digna de las pesadillas. También nos arrastra a su laberinto, llevándonos de un lado a otro hasta confundirnos por completo, dejándonos indefensos ante lo que se despliega ante nuestros ojos.

Comenzamos la lectura creyendo que nos encontraremos con la intención de resolver un caso que, en general, parece estar dentro de lo normal, pero cuanto más nos adentramos en sus implicaciones, más se resquebrajan nuestras certezas.

Pronto nos damos cuenta de que las vidas de los inspectores implicados son cualquier cosa menos corrientes y que nos acompañarán en una novela que nos hará sentir las más diversas emociones, especialmente indignación y terror.

Inmediatamente, sin embargo, nos preguntamos quién es Ludmilla, la figura ya insinuada en el título y que tardamos en descubrir. Su carácter nos fascina y nos inquieta. La sentimos cerca incluso cuando no está, percibimos su presencia a nuestras espaldas mientras leemos, mientras se convierte poco a poco en una obsesión para nosotros.

En cuanto a su relación con el resto de la clase, Ludmilla ostentaba el récord negativo. La llamaban "bruja" y las demás niñas le tenían miedo. Algunas afirmaban haberla visto matar animalitos en el patio del colegio, otras decían que te hechizaba con la mirada. En todo esto, yo era la aguja entre la vida tranquila del resto de la clase y nosotras dos. Por supuesto, la aguja siempre giraba a su favor.

El autor fue hábil en la construcción de la trama y las conexiones entre los personajes, porque todo está conectado de una manera poco menos que increíble. Casi parece como si la existencia barajara sus cartas, como si jugara una pequeña partida con las personas para llevarlas por los caminos que les había marcado, para cambiar todo lo que hasta entonces creían seguro.

Junto a Ludmilla está Cecilia, la víctima inocente de la narración. Una niña indefensa, por la que no podemos sino sentir compasión y ternura, que nos cautiva con su historia hasta el punto de hacernos empatizar con lo que ha vivido.

Su muerte va más allá de todo lo que el ser humano conoce, porque desafía las leyes del mundo, crea otras y nos desorienta. Una muerte por descubrir, que mezcla lo macabro y lo fantástico, el gusto por lo desconocido y el horror.

El trabajo se convierte así en pura adrenalina, que nos lleva a desafiar nuestros límites e ir más allá, curiosos por resolver este intrincado y original misterio.

Las pesadillas se apoderaron de mi mente. Podía oler un cadáver putrefacto, sintiendo asco, al que se añadía dolor. Un dolor intenso, que comenzaba en el pecho y se extendía por todo el cuerpo, tan agudo que me producía náuseas. Entonces todo aquel dolor terminó y, de repente, me encontraba flotando sobre un barranco infinito. Sólo veía oscuridad. Una oscuridad que tomaba la forma de una criatura aterradora: un hombre enorme, mal vestido, con el pelo largo y desgreñado, y los ojos rojos inyectados en sangre.

El miedo es una de las emociones más fuertes de la novela porque el lector no puede evitar sentirlo al ser testigo de todo lo que ocurre.

Y lo más interesante es que sigue siendo posible y fundamentado, precisamente porque el autor consigue jugar con nuestros pensamientos, ahondar en nuestros miedos, dar forma a mundos imaginarios con los que nunca nos hemos topado y que nos fascinan y aterrorizan al mismo tiempo.

La capacidad de estudiar la psicología de los personajes pero también de anticiparse a la nuestra es un rasgo distintivo de la obra, que se adelanta a los movimientos de cada uno, que comprende preventivamente nuestras reacciones para convertirlas en otra cosa.

Y cuando nos adentramos en el corazón de la novela, no podemos dejar de maravillarnos ante la capacidad imaginativa del autor, su talento para mezclar seres humanos concretos con otros más fantásticos, que se imprimen en nuestra mente.

La creatividad, sin embargo, no se limita a esta trama ingeniosa y alucinante, que combina distintos géneros, desde el thriller a la fantasía, pasando por el terror. Los personajes parecen concretos y reales precisamente porque están inmersos en nuestra propia vida cotidiana, esa en la que no faltan el trabajo y las dudas sentimentales, esa en la que la vida cambia constantemente, dejándonos perdidos, confundidos.

Ludmilla es sólo el primer volumen de una saga única que ya promete ser inolvidable.

1

La zona montañosa se cerró al tráfico. Un panel luminoso indicaba el desprendimiento y la dirección alternativa a seguir.

Enseñé mi tarjeta al agente del puesto de control.

"De nada, inspector Diletti", dijo sonriendo. Le devolví el saludo llevándome la mano derecha a la frente y luego la izquierda.

Estaba completamente oscuro y llovía a cántaros. Podría haber estado en mi cama durmiendo o viendo una serie de televisión, pero la pandemia estaba obligando a mucha gente a entrar en cuarentena, entre ellos Andrea Pancaldi, mi subinspector.

Llegué a la puerta del cementerio maldiciendo y me di cuenta de que no tenía paraguas. Salí corriendo del coche y me refugié bajo el porche.

Un hombre venía hacia mí con un paraguas.

"Marino, ¿por qué estás aquí?" Lo miré desconcertado.

"¿Por qué esa cara?", preguntó, con una ceja levantada.

"Pensé que era solo un derrumbe, no me dijeron nada de víctimas".

"Más bien tú, ¿qué haces aquí? ¿Es la policía estatal tan rica como para enviar a un inspector?"

"¿Dónde vives, en Marte? ¿El Covid no existe en tu casa?"

"Tío, estáis hechos polvo... tú también".

"Peor aún...", afirmé molesto. "Entonces, dime: ¿por qué estás aquí?"

"El desprendimiento se llevó consigo algunos ataúdes, dos de ellos abiertos, y alguien tendrá que llevar los restos de los que descansan en paz a los forenses. Como ves, hasta en Marte ha llegado el Covid", dijo sarcástico.

Nos dirigimos, los dos bajo el mismo paraguas, hacia la zona delimitada por la cinta marcadora.

"¡Aléjate de ahí!", gritó un bombero. "Ah, es usted, inspector, menos mal que está aquí. Mientras tanto, movámonos, con esta lluvia aún podría desprenderse". Nos movimos bajo la entrada de uno de los "túneles de enterramiento".

"El desprendimiento se estrelló encima de una casa, a la que actualmente es imposible acceder".

"¿Quieres decir que tenemos que quedarnos de brazos cruzados, mientras tal vez haya gente que salvar?"

"Es todo lo que podemos hacer. El helicóptero, en la oscuridad y con estas condiciones meteorológicas, no subirá, y hasta que deje de llover el suelo está quebradizo y resbaladizo. Ni siquiera podríamos llegar a los ataúdes", gritó, echando a correr.

Miré abatido a Marino Piano y descolgué el teléfono.

"Jefe, perdón por la hora, esto es un lío, pero nada, al menos en apariencia, de homicidios".

"¿Qué haces ahí?", preguntó agriamente.

"Yo también me lo pregunto, pero me ha conmovido la disponibilidad de Vari. Recuerda, el Covid, el personal cada vez más reducido, el..."

"Lo entiendo, lo entiendo... Yo diría, si no hay nada para nosotros, vuelve a dormir. Ya me informarás por la mañana. Buenas noches".

"¡Doctor, venga!", despotricó alguien.

Ya estaba despierto, y nada ni nadie me haría dormir. Decidí seguir a Marino.

Marino Piano fue el primer amor de mi vida. Éramos dos adolescentes cuando empezamos a salir. Fue una historia que duró todo el instituto y luego se rompió cuando, al crecer, nos dimos cuenta, o más bien yo me di cuenta, de que tenía que elegir entre los estudios y una carrera o la vida de ama de casa infeliz. Elegí la primera opción.

La casualidad quiso que, después de más de diez años, nos encontráramos en el mismo caso de asesinato; la típica disputa que empezaba con malas palabras y acababa con una puñalada bien certera. En aquella época yo era agente operativo y de intervención de urgencia, Marino ayudante en el instituto de medicina forense. Cuando me reconoció, el dolor que le había infligido años atrás estaba grabado en su rostro, pero para entonces el tiempo había curado las heridas.

No fue difícil establecer una nueva relación de amistad y estima.

"Eh, inspector, ¿está usted encantado?", Marino me cogió del brazo.

Las lámparas halógenas encendidas en la zona del desprendimiento revelaron un cuerpo cerca de uno de los dos ataúdes.

"Soy Darío Bonelli, el vigilante del cementerio", se presentó el hombre al acercarse.

"Soy la inspectora María Diletti".

"He impreso la cronología de los entierros que tuvieron lugar en el año, pero ninguno tan reciente como para justificar ese cuerpo intacto que se vislumbra abajo".

"Gracias", grité. La fuerte lluvia dominaba cualquier otro ruido.

Miré a mi alrededor en busca de Marino, que había desaparecido de mi vista. "¿Dónde está el Dr. Piano?", pregunté a un agente.

"Le vi entrar en la oficina del cementerio".

"¿Y dónde está?"

"Sigue este camino, todo recto. ¿Ves ese edificio de ahí? Esas son las oficinas".

"¡Gracias!"

"Inspector, cójalo".

Me entregó una funda para la lluvia aún doblada.

"¡Dios te bendiga!"

Caminé a paso ligero hacia las oficinas, pero a mitad de camino vi salir a Marino.

"¿Qué haces tan enjaezado?"

"Me garantizaron un corredor seguro para llegar al cuerpo".

"Dame un traje y bajaré contigo".

"De ninguna manera", respondió secamente, continuando recto hacia los bomberos que le esperaban con su arnés de descenso.

Me acerqué todo lo que pude para forzar el límite, pero me lo impidieron. Me conformé con una esquina desde la que tenía una vista casi perfecta de Marino ya en plena faena.

La lluvia cesó y la tenue luz del día empezó a vislumbrarse entre las nubes cada vez más finas.

"Inspector", gritó Marino Piano, "me temo que se ha convertido en su caso".

2

Me puse el traje de polipropileno y bajé junto a Marino.
"Es el cadáver de una niña. Mira el cuello, parece que fue atacada por un perro".
"¡Madre mía! ¿Cómo ha llegado aquí una niña?"
"Ese será tu trabajo. Por mi parte, en cuanto el cuestor nos dé el visto bueno, te llevaré al instituto".
"Inspector, ¿se ha vuelto loco?", gritó una voz.
"Hablando del diablo", bromeé con Marino. "Quaestor Spatafora, es seguro, usted también puede bajar".
"¡Sube y rápido!", gritó.
Yo obedecí. Un Spatafora nervioso nos habría puesto las cosas difíciles.
"Nuestro intrépido inspector. ¿Qué pasa con él?"
"El cadáver es de una niña de unos diez años, con una clara herida de mordedura de perro, que al parecer le causó la muerte. El Dr. Piano será más preciso después de la autopsia".
"¡A qué estáis esperando!", volvió a gritar. "¡Llévate el cadáver!"
Me puso en la mano el papel firmado con la autorización para retirar el cadáver y se marchó.
Permanecí pensativo, con el documento en la mano. Spatafora, con su arrogancia y superioridad, siempre conseguía estropearme el humor, pero mis pensamientos iban mucho más allá de aquel cadáver, que nada tenía que ver con la escena del desprendimiento. ¿Adónde nos iba a llevar?
El sonido del teléfono me sacó de mis pensamientos. Era mi ayudante.
"Amor, ¿cómo estás?"
"Hisopo negativo, vuelva al servicio".
"Estás de suerte. Nos vemos en la oficina. Bienvenido".
El subinspector Andrea Pancaldi había sido el hombre de mi vida durante unos 20 años. Nunca habíamos hablado de cohabitación ni de

matrimonio, a los dos no nos convenía, pero el amor, la amistad y la estima que sentíamos el uno por el otro nos mantuvieron unidos en una hermosa relación.

"¿Por qué, en vez de ir a la oficina, no te pasas y te aseguras de que el frotis da negativo? Te esperaré", bromeó.

Avisé a Celeste de que pasaría por casa para cambiarme y me dirigí a casa de Andrea.

3

"Hola, Pancaldi, bienvenido de nuevo", repitieron sus colegas.

"Diletti y Pancaldi, mi equipo favorito. ¿Cómo está, subinspector?", nos saludó el comisario.

Adelmo Celeste, además de ser mi superior directo, era también un viejo y querido amigo. Nuestras familias se conocían desde la secundaria, esos raros amigos, casados entre sí, que siguieron siéndolo en la vejez. No niego que ambas familias tuvieron la esperanza, varias veces, de ver a sus hijos juntos, pero solo éramos buenos amigos, o más bien hermanos, y con un hermano no se pueden tener relaciones que no sean familiares.

"¿Alguna noticia de Piano?", pregunté.

"Ninguna todavía, pero tú, que has estado in situ, ¿qué idea tienes?"

"Creo que el cuerpo de la niña estaba escondido en ese ataúd, y que el destino se interpuso para que pudiéramos encontrarlo. ¿Informes de niños desaparecidos?"

"Ninguno, o al menos no en los últimos dos meses. Gracias a Dios".

"Será gracias a Dios, pero este será el hecho del año", comenté seriamente.

"Oh, así será. Mara Mezzani ya está trabajando".

Mara Mezzani, una periodista que nunca había conseguido trabajar para grandes periódicos, había creado su propio blog, muy seguido por los conspiracionistas, que aumentaron durante la pandemia. Podría haber creado bastantes problemas con un caso así.

El teléfono de la mesa sonó, distrayéndonos de pensar en Mezzani.

"Es el Dr. Piano", susurró Celeste, indicándonos que permaneciéramos sentados. "Querida, ¿qué puedes decirnos?"

"Hay tanto que decir, que sería mejor venir aquí en persona".

"Ya vamos". Celeste colgó el auricular, resoplando.

Nos dirigimos al coche de servicio, conducido por un joven agente que nos estaba esperando.

El instituto de medicina forense de la ciudad de Turín se encontraba en un ala completamente renovada del hospital "Molinette", denominada "ala 13". En la cuarta planta se encontraban las salas de autopsias, cuatro para ser exactos, y las cámaras frigoríficas, pero el área 4, dedicada a los cadáveres no identificados, estaba en una planta sótano y no formaba parte del ala recién renovada.

El ascensor se abrió a un pasillo poco iluminado, donde Marino Piano nos esperaba.

"¿Dónde estamos?", preguntó Celeste con voz quejumbrosa.

"Estamos en las antiguas salas de contención del viejo psiquiátrico. Ahora se utilizan como un infierno. Hemos traído aquí el cadáver de la niña por dos razones: la primera, porque actualmente es desconocido; la segunda, para evitar que los periodistas se inventen sus propias historias".

"¿Qué tiene que decirnos, doctor?", interrumpió Celeste.

"Nada que te guste, pero entra".

Nos condujo directamente a la sala de autopsias. El cadáver cubierto se alzaba sobre la mesa séptica.

Marino retiró la sábana. La visión de aquella pobre chica, con esa profunda laceración en el cuello, me provocó arcadas. Me llevé una mano a la boca.

"¿Estás bien, María?", preguntó Marino, mirándome preocupado.

"Todo bien, gracias".

Desde luego, no era mi intención vomitar, pero la cara de aquella niña me incomodó. Tenía la sensación de conocerla.

Un poco de música procedente del ordenador sobre la mesa distrajo a Marino de continuar con sus explicaciones.

"Disculpen", dijo mientras se dirigía a su escritorio, "justo lo que estaba esperando. El cadáver fue reconocido por las huellas dactilares que envié al Codex". Leyó durante unos segundos y reanudó la conversación: "No les va a gustar lo que voy a decirles".

"No es mantenernos en suspense lo que hará más fácil asimilar la noticia. Habla", le instó Celeste.

"Siéntense, es mejor".

Nos sentamos en las sillas alrededor del escritorio, atentos a Marino, que había decidido soltar la bomba.

"Cecilia Donadio, nacida en Turín el 15 de marzo de 1975, fallecida en Turín el 23 de junio de 1986".

No pude resistir la emoción y me desplomé en la silla.

Me despertaron las bofetadas de Marino y las voces de Celeste y Andrea repitiendo mi nombre.

"Bienvenida de nuevo entre nosotros, ¿qué pasa?", preguntó Celeste con suspicacia.

Intenté recomponerme antes de empezar a narrar.

"Cecilia Donadio. La conocí muy bien. Fuimos a la misma escuela, murió durante el incendio de Piazza Vittorio, la discoteca 'Dos de Picas', ¿te acuerdas?"

"Han pasado treinta y seis años, ¿cómo puede ser un cadáver tan viejo?", preguntó Celeste, con voz ronca.

"Eso es lo de menos", comentó Marino mientras se sentaba. "Lo mejor te lo cuento ahora, pero antes voy a traerte un café. María está demasiado pálida, necesita algo vigorizante".

"Te seguiré", propuso Celeste, levantándose de la silla.

Me quedé a solas con Andrea, que enseguida me cogió en brazos.

"¿Te encuentras un poco mejor?", me preguntó, acariciándome la mejilla.

"No, no estoy mejor, se ha reabierto una herida que creía cerrada desde hace años".

Marino y Celeste volvieron, esta última me dio un vasito de café de las máquinas expendedoras. Me lo bebí y recuperé algo de vigor.

"Iré directamente al grano", empezó Marino. "Que el cadáver se conserve tan bien no es algo extraño. Depende de las condiciones climáticas y del suelo, de si tomó aire o no, en fin, hay factores que momifican un cuerpo en lugar de descomponerlo. No niego, sin embargo, que se trate de una momificación de récord Guinness. La cuestión, sin embargo, es que la herida, o más bien la mordedura, que provocó la muerte de la niña, no era de un perro, sino humana".

Permanecimos perplejos e incrédulos, mirando fijamente a Marino Piano en busca de más explicaciones.

"Humana, pero no solo. La arcada dental, perfectamente visible en un lado de la herida, corresponde a la de un niño o una niña -el ADN nos lo dirá- de la misma edad que la mujer muerta. Diez años, quizá once".

"Dr. Piano, ¿a qué nos enfrentamos?", preguntó Celeste.

"Sabiendo esto...", respondió Marino abatido.

Un clic señaló la llegada de un mensaje telefónico. Lo leí.

"Confirmaron que el cuerpo de Cecilia estaba enterrado allí, y en su momento cerraron el caso como un accidente. Precisamente, el forense estableció que la herida del cuello había sido causada por el desprendimiento de una lámpara estroboscópica: el cristal cortó la arteria carótida derecha, causando la muerte por desangramiento. Fue la única que murió no por las consecuencias del incendio. Otras jóvenes -le he enviado por correo electrónico el certificado de defunción redactado entonces- perecieron quemadas, otras asfixiadas por el humo. Trece en total".

"Debemos esperar encontrar aún con vida a algunos de los que se dedicaron a la investigación. Se lo preguntaré a Spatafora", murmuró Celeste, mirando al techo y apretando los puños.

Nos despedimos de Marino Piano y regresamos al coche de servicio.

En el silencio, de regreso a la comisaría, me sumí en mis pensamientos.

4

Nací y viví en Turín, una ciudad tan bella como misteriosa.

Situada en la mitad exacta del hemisferio norte, en el paralelo 45, entre los ríos Po y Dora, interpretados como lo masculino y lo femenino, Turín es un importante centro energético.

Las energías misteriosas de la ciudad, los símbolos esotéricos y los sucesos nefastos sin resolver eran el tema de las discusiones más animadas entre los jóvenes amantes del ocultismo.

Mi familia tenía un pequeño negocio con beneficios decentes, tanto que pude matricularme en un colegio religioso privado. Una seguridad para el futuro, según mi padre; un futuro en presencia de Dios, según mi madre.

Recuerdo vívidamente el primer día de colegio. El corto trayecto en coche, con mis padres que no hacían más que ensalzarme la suerte que tenía de asistir a una escuela de ese nivel. En silencio, miraba por la ventanilla el paisaje cambiante a medida que el coche subía por la carretera de colinas. En un momento dado, mi padre se desvió por una carretera secundaria que se adentraba en un bosque. La angustia se apoderó de mí. Intenté acercarme grotescamente, con la esperanza de que el coche retrocediera, y empecé a llorar de desesperación, suplicando volver a casa.

Una vez atravesado el bosque, nos encontramos frente a una puerta que supuse conducía al diablo, en lugar de a la escuela. Imaginé que el coche era succionado a través de la infernal puerta por un torbellino que nos dejaría en una dimensión diferente. Volví a probar el teatro del llanto.

Me encontré, firmemente sujeta por las manos de mis padres, frente a la entrada del instituto.

Algunas niñas daban vueltas alrededor de una mujer de mirada dulce y voz amable: la señorita Adelina Della Carnia, la profesora. Se unió a nosotros y se presentó.

Espoleada por la misma profesora, me uní a las chicas que seguían cantando en círculo; dos de ellas me soltaron la mano y me dieron la bienvenida al juego.

"Soy Ada", se presentó la niña que estaba a mi derecha. Me quedé boquiabierta mirándola, nunca había visto una niña tan alta.

"Soy Ludmilla", cantó la niña a mi izquierda.

"Soy María", respondí, siguiendo la tendencia del círculo.

Por el rabillo del ojo vi a mis padres marcharse, pero ya no tenía miedo de nada.

La profesora Adelina nos acompañó al aula, donde nos instó a elegir un lugar de nuestra elección.

"¡María!" Me giré hacia el sonido de la voz. La niña de nombre extraño me invitaba a sentarme a su lado. "Podemos ser compañeras de pupitre, si quieres".

Ese momento marcó nuestra amistad. Nos hicimos inseparables. Ludmilla me consideró enseguida su mejor amiga, la única, según ella, con la que podía confiar y dormir tranquila entre dos almohadas.

Su familia era muy pequeña, formada por ella y su abuelo. Abuelo Robert, solía llamarle. A sus padres nunca los conocí, decía que eran dos arqueólogos que viajaban por el mundo descubriendo tesoros antiguos.

La vida de Ludmilla estaba jalonada por una serie de normas, incomprensibles para mí: nada de cantina por motivos de salud, seguía una dieta de pocos alimentos porque era alérgica; nada de salir por las tardes; nada de contacto con animales; estaba exenta de religión y de ir a misa. Un estado de gracia ella.

Me fascinaban sus características, aunque a veces podía ser malvada. Su carácter fluctuante provocó varias peleas durante el periodo de nuestra amistad. Podía pasar de la dama del siglo XIX al estibador del siglo XX, sobre todo si se la presionaba sobre cosas que ella consideraba innecesario tener en cuenta, por ejemplo, traer a otros amigos a nuestro círculo de confianza.

En la escuela, Ludmilla era una de las mejores de su clase, solo superada por la niña más alta, Ada; esta última recibía mayores elogios porque asistía a clases de religión e iba a misa.

En cuanto a su relación con el resto de la clase, Ludmilla ostentaba el récord negativo. La llamaban "bruja" y las demás niñas le tenían miedo. Algunas afirmaban haberla visto matar animalitos en el patio del colegio, otras decían que te hechizaba con la mirada. En todo esto yo era la aguja entre la vida tranquila del resto de la clase y entre nosotras dos. Por supuesto, la aguja siempre giraba a su favor.

Pasaron los cinco años de primaria y llegó el final del curso escolar de 1986, que marcaría el paso a la enseñanza media. El consejo escolar, formado por profesores y padres, decidió organizar una gran fiesta en uno de los clubes de la ciudad, el "Dos de Picas". La invitación era para el viernes 27 de junio por la tarde. Las tarjetas de invitación llegaron a todos menos a Ludmilla. Recuerdo que su abuelo se presentó en mi casa, explicó lo sucedido y rogó a mis padres que no se lo dijeran a nadie: Ludmilla no debía saber que no había recibido la invitación. Poco después de que el señor Robert, como yo le llamaba, se marchara de mi casa, Ludmilla me telefoneó disculpándose, pero no podría asistir a la fiesta porque sus padres volverían ese mismo día. Yo sabía que era una excusa, pero había jurado que nunca le diría la verdad.

Esperaba el acontecimiento sin entusiasmo, odiaba a las chicas de la clase, pero al mismo tiempo, dado el juramento, no podía decirles lo que pensaba.

El destino pensó por mí, y el día de la fiesta me desperté con fiebre. Me pasé el día en la cama, durmiendo o viendo la televisión. Varias veces por la tarde, oí a mi madre hablar excitada por teléfono. No entendía lo que pasaba, pero tampoco me importaba, aturdida como estaba por la fiebre.

A la mañana siguiente, mi madre vino a despertarme con la bandeja del desayuno en la mano y enseguida me fijé en su cara llena de lágrimas.

"¿Por qué lloras, mamá? Estoy mejor".

"Gracias a Dios, estás mejor y estás aquí, sano y salvo. Ha ocurrido algo terrible", terminó la frase entre sollozos.

Vi a mi abuela entrar por la puerta del dormitorio.

"¡Abuela!", exclamé. "Abuela, ¿cuándo has llegado?". Estaba tan feliz de verla que olvidé las lágrimas de mi madre.

"Hija mía, he llegado esta mañana, pero he preferido dejarte dormir, para que se te pase la fiebre", me respondió, estrechándome en un cálido abrazo.

El momento idílico se interrumpió cuando las dos mujeres se sentaron a mi lado en la cama.

"Hay algo terrible que debes saber", sollozó mi madre. "La fiesta de ayer..."

Solté bruscamente la mano que mi madre me tendía. "No quiero saber nada de eso".

"Escúchame", insistió mi madre, "hubo un accidente", llamó mi atención, "murieron muchos de tus compañeros".

Me contó lo del incendio y cómo fue suficiente para una niña de diez años. No lloré, estaba tan enfadada con todas aquellas niñas que, inconscientemente, casi lamentaba que no estuvieran todas muertas. En parte habían tenido lo que se merecían por ofender a mi mejor amiga, que por otra parte estaba perdonada por su ausencia en la fiesta. Los malos pensamientos pronto se convirtieron en culpa por haberlos tenido, dando rienda suelta a la desesperación.

El funeral se celebró en una ceremonia colectiva en la capilla del instituto, en presencia de las autoridades municipales y de miles de personas: familiares, conocidos y curiosos. Ludmilla había desaparecido.

La había escuchado los días anteriores al funeral por teléfono, parecía tan ocupada y desinteresada por mis preguntas sobre su presencia que evitaba responderlas. También intenté llamarla la mañana del funeral, pero fue inútil. Pensé que había salido con sus padres. Esa misma tarde me telefoneó.

"Hola, María, ya no podemos vernos, me voy con mis padres".

Recibí una ducha fría.

"¿Así de repente? No me has dicho nada...", repliqué.

"Estabas ocupada con tus amigos. Pero ahora tengo que despedirme de verdad.

Adiós."

No me dio tiempo a devolverle el saludo. Me dejó sin palabras.

Así terminó la amistad con aquella niña tan especial.

Pasé días melancólicos y enfadada, no entendía cómo Ludmilla podía haber sido tan grosera. Las vacaciones junto al mar fueron medicina, la olvidé.

5

"Hemos llegado". Alguien me sacudió de mi estupor de pensamientos y vergüenza ante algunos de ellos.

Volví a la realidad y salí de la berlina de servicio para entrar en la comisaría.

"Inspector Diletti, un hombre, que dice llamarse Giovanni Donadio, pregunta por usted. Le he puesto en la sala de espera".

"Gracias, Calabrò. Que entre en el despacho del comisario en cinco minutos".

"Entendido, inspector".

Entramos en el despacho de Celeste, lo justo para darle la bienvenida.

"Por favor, Sr. Donadio, este es el subinspector Pancaldi. El comisario Adelmo Celeste y la inspectora jefe Maria Diletti".

"Estoy aquí porque alguien en la televisión hablaba de lo ocurrido con los restos de mi pobre hija. Siempre que alguien mencionó el nombre de la inspectora Diletti, entonces recordé que tal vez la conociera", tragó saliva con dificultad, "y entonces... y entonces encontré esto en el buzón, justo esta mañana cuando salía para venir aquí". Puso un sobre azul medio roto sobre el escritorio.

"Le ruego me disculpe, pero un golpe de ira..."

"Siéntese, señor Donadio", le invité, sacando una silla de debajo del escritorio.

Nos miró a la cara con miedo y vacilación, estaba visiblemente conmocionado.

"Tiene razón, señor Donadio, usted me conoce, fui al mismo colegio que Cecilia, incluso estábamos en la misma clase", le contesté, intentando tranquilizarle.

"¿Puedo leer?", preguntó Celeste. También era una táctica para tranquilizar a la gente.

"De nada, comisario", respondió entusiasmado.

"¿Puedo hablar más alto?"

"Nos echarán de menos".

"Mis queridos señor y señora Donadio", comenzó a leer Celeste, "me duele abrir una herida, que creo nunca se cerró, sobre la muerte de su amada hija Cecilia. He llegado a saber del abismo infernal que engulló a la delicada Cecilia, pero ustedes deben saber que entre nosotros viven criaturas de temperamento sanguíneo, cuyos modales son tan crueles que causan dolor a cualquiera que se encuentra con ellas. Una de estas criaturas se acercó a tu Cecilia y la semilla de la locura la obligó a quitarse la vida. Pobre víctima de la que no sabía que lo era. Ella no sintió dolor. Una amiga".

Todos permanecimos en silencio, podía oír el sonido de las lágrimas que corrían por el rostro de Giovanni Donadio.

"¿Cuándo dijo que lo había recibido, señor Donadio?", interrumpió el silencio Celeste.

"Esta mañana. Tenía que ir a la oficina del cementerio a hacer unos trámites, pero después de leer lo que ponía en esta tarjeta, se me quitaron las ganas. En cuanto recuperé fuerzas, vine aquí".

"La carta va dirigida al señor y la señora Donadio, supongo que su mujer lo sabe, ¿verdad?", pregunté.

Volvió a tragar saliva con dificultad antes de contestar. "Mi Elvira también está como muerta desde aquel maldito día".

"Explíquese mejor, señor Donadio", dijo Celeste.

"Aquella tarde está grabada en mi memoria como si fuera ayer. Yo estaba en contra de aquel partido, no me preguntes por qué. Aquellos sentimientos inexplicables, pero a los que debí hacer caso. Junto con mi Elvira, acompañé a Cecilia a la fiesta... No hace falta que te describa la felicidad de mi pequeña. La discoteca disponía de una pequeña sala contigua a la sala de baile, comunicada directamente por una puerta de seguridad con el exterior, y allí nos quedamos los padres acompañantes. Una vez que todas las chicas estaban dentro, nos quedábamos en esa sala esperando, charlando de esto y de lo otro para pasar el rato. Recuerdo que también había un chico que había acompañado a su hermana porque sus padres no podían debido al trabajo. Se quedó quieto, apartado en una silla, con uno de esos juegos electrónicos que estaban de moda en aquella época..."

"¿Recuerda cómo se llamaba?", le pregunté.

"No, pero recuerdo que me dijo que estaba preparando la prueba de acceso a la academia de Carabinieri. Su hermana fue la única que salió sana y salva de aquel infierno".

"Creo que sé de quién está hablando. Luca Perri, ¿verdad? El hermano de Antonella".

"Bravo, María, tienes razón". Hizo una pausa.

"Si se siente con fuerzas, puede seguir adelante", le insté.

"Por supuesto, lo siento. De repente oímos un ruido extraño procedente del salón de baile, algunos fuimos a ver qué pasaba. Una niña, a la que me dijeron que no estaba invitada, llegó a la fiesta amenazante. Creó un gran revuelo entre las jóvenes, que hicieron todo lo posible por echarla. Uno de los hombres decidió que ya era suficiente. Fue a buscarla al salón de baile y trató de persuadirla para que se marchara, al principio con suavidad, luego la agarró por la fuerza y la arrastró hasta la pequeña habitación, cerrando la puerta del salón de baile. El ser humano, muchas veces, se convierte en una bestia. Los adultos, entre ellos mi Elvira, empezaron a ahuyentarla con malas palabras: '¡Eres una bruja, vete!'. Alguien la arrastró fuera de la habitación y la arrojó a la acera. Expresé mi desacuerdo y me marché, intentando llevarme también a mi mujer, que me indicó que me quedara y que era yo el que estaba equivocado. Salí a la calle, pensando que encontraría a la chica y le daría consuelo, pero había desaparecido. Decidí dar un paseo, solo para aliviarme. No fui muy lejos, mi Elvira estaba al final del embarazo de nuestro segundo hijo, pensé que eran las hormonas las que la habían convertido en una fiera como aquellas otras que se desquitaban con aquel niño. Había aparcado el coche unas calles más adelante y llegué hasta él, con la intención de sentarme y fumarme un cigarrillo. Pero no llegué a tiempo. La explosión fue terrible, sonó como una bomba. No entendía de dónde venía, pero tuve un mal presentimiento y empecé a correr hacia la discoteca. En cuanto doblé la esquina, vi niñas corriendo, otras desesperadas gritando, vi a una ardiendo envuelta en llamas. El infierno había llegado a la tierra. Intenté entrar en el local, pero algunas personas me retuvieron por la fuerza. Las llamas eran tan altas que salían de las puertas como lenguas destructoras. En todo este caos, mi Elvira se puso de parto. Llegaron la policía, los bomberos y varias ambulancias, una de las cuales cargó a mi Elvira. Perdí la noción del tiempo. Estaba sentado en el escalón de la acera, más allá de la zona acordonada, cuando vi a aquel chico cogiendo de la mano a su hermana. Ambos estaban llenos de hollín y tosían, pero estaban vivos. Entonces tuve esperanzas: tal vez habían conseguido dominar las llamas en el interior, tal vez las niñas estaban vivas. Pero mis esperanzas se desvanecieron pronto, y vi que empezaban a sacar cadáveres, que depositaban en el suelo y cubrían con un paño blanco. Entonces la vi, un bombero la sujetaba. Moví una de las barreras con todas mis fuerzas y, escapando del agarre que intentaba un policía, me lancé literalmente sobre el cuerpo sin vida de mi niña. Las llamas no la habían tocado".

"¿Por qué no se toma un descanso, Sr. Donadio? ¿Podemos ofrecerle algo?" Le detuve porque no podía continuar, la emoción corría el riesgo de desbordarle.

"Tal vez un vaso de agua".

Me levanté, cogí una botellita de agua con un vaso del minibar de Celeste y se la di.

Bebió a pequeños sorbos y se preparó para continuar la exposición.

"Las llamas la habían perdonado, pero su cuello..." suspiró profundamente "estaba como medio desprendido de su cabeza, tanto que cuando la abrazaba parecía querer desprenderse por completo. Un policía me obligó a despegarme de mi Cecilia y alejarme, en ese momento pensé en mi Elvira. Ni siquiera sabía dónde se la habían llevado. Pregunté por ahí, un bombero me aconsejó que preguntara a las patrullas de policía presentes, y así lo hice. Un agente llamó al centro de operaciones desde la radio del coche y le dijeron que la señora Donadio había sido trasladada al hospital obstétrico. No había nada más que hacer allí, mi Cecilia lo habría entendido, era una niña concienzuda y concienciada. Llegué al hospital. Cuando llegué frente a la sala de obstetricia, una enfermera me preguntó a quién buscaba, y al oír mi apellido palideció. Me dijo que esperara, que llamaría al médico jefe...". Bajó la cabeza y empezó a sollozar.

"Señor Donadio, no hace falta que nos lo cuente todo hoy, mañana iremos a verle

6

Marino dio la vuelta a la carta una y otra vez, colocándola de vez en cuando bajo la luz violeta. Resopló.

"Nada visible a simple vista, ni siquiera en el sobre. Esperemos que haya lamido el cierre", comentó con el sobre en la mano.

"¿Algo más?"

"Por ahora no, tendré que hacer un análisis más profundo, me llevará un par de días. Te llamaré", descartó.

"Siempre tan amable, tu amigo el forense", murmuró Andrea con sarcasmo.

Por segunda vez en un día preferí no instigar una pelea.

El teléfono vibró, apareció el número de Celeste.

"¿Jefe?"

"Tengo noticias de Spatafora, dice que está buscando a un tal Carlo Delbono. Es el inspector que llevó a cabo la investigación del 'Dos de Picas'".

"¿Sólo lo tenemos a él?"

"Parece que el entonces forense ha fallecido. Empieza con él, luego ya veremos".

"Envíame los datos de contacto. Hemos terminado en casa de Marino Piano, así que si nos recibe, iría a verle".

"Hasta luego".

Desconectó la llamada y mientras tanto llegó el mensaje con el número de teléfono de Delbono.

"¿Diga?", contestó después de solo dos timbres.

"¿Inspector Carlo Delbono?"

"Qué raro oírme llamar inspector otra vez. Sí, soy yo. ¿Con quién tengo el honor...?"

"Soy la inspectora María Diletti de la sección de homicidios, el cuestor Spatafora me dio sus datos de contacto".

"Adelante".

"Estaba pensando en la posibilidad, si tuvieras el tiempo y el placer, de una charla cara a cara".
"Me pilla desprevenido, pero sí. ¿Puedo saber el motivo?"
"¿Te recuerda a la quema del 'Dos de Picas'?"
Un segundo de interminable silencio. "Ven, te espero".
Le tiré las llaves del coche a Andrea: "Conduce tú".
Carlo Delbono vivía no muy lejos del instituto forense, pero el tráfico de la ciudad hacía que tardara el doble de lo previsto.
El antiguo inspector era un hombre refinado, de sonrisa arrogante y aspecto mucho más joven de los ochenta años que debía de tener. Nos saludó con modales amables pero distantes. Sospechoso.
Tomamos asiento en un salón exquisitamente amueblado; no se debió escatimar en gastos.
"Bien. ¿En qué puedo ayudarle?"
"Hemos reabierto el caso del Dos de Picas..."
"¿En serio?", me interrumpió.
"Supongo que habrás oído lo del corrimiento de tierras en la colina y los ataúdes que acabaron en el valle".
"Claro, pero no veo la conexión".
"En uno de los ataúdes yacía una de las niñas que murieron en el incendio. Cecilia Donadio. ¿Te suena?"
"Vaya... sí, pero la conexión sigue siendo incomprensible". Le puse en la mano los dos informes periciales: el de 1986 y el actual. Leyó.
"Caramba, ¿dónde encajo yo en todo esto?"
"Por desgracia, el forense que realizó la autopsia de la niña falleció hace un par de años. Hemos pensado que usted podría darnos su opinión. Imagino que también habrá seguido la autopsia durante la investigación".
"Verá, inspector, aquellos eran otros años, nosotros no colaborábamos estrechamente con la medicina forense y mucho menos se nos permitía asistir a las autopsias. Sin embargo, le puedo decir que el profesor Lamberti, que en paz descanse, era un profesional estimado, y probablemente no disponía de las técnicas actuales. Puede que cometiera un error".

"Usted, sin embargo, siguió la investigación, ¿cuál fue su idea de lo que pasó?"
"Los bomberos determinaron que no había mala intención. La unidad de control eléctrico no era adecuada para soportar suficiente corriente, se sobrecargó y se incendió. El local fue clausurado y el propietario se sometió a un juicio que le declaró culpable por no haber adaptado el sistema eléctrico. Por lo demás, una vez establecido que no hubo dolo, no se abrió ninguna investigación. La pobre niña murió por casualidad; si la lámpara de araña no hubiera cedido, habría estado a salvo. Sin embargo, pensándolo bien, podría haber alguien más a quien preguntar. Un chico, cuyo nombre no recuerdo, fue el único que se arrojó al fuego para salvar a su hermana, ambos salieron ilesos".
"Nos pondremos en contacto con él. Ahora nos vamos. Muchas gracias por recibirnos".
"No me des las gracias, lástima que no pude ayudarte".
"Sí... qué pena", comenté.
"Visita inútil", me quejé a Andrea mientras salíamos del edificio. "Aunque, en mi opinión, nos liquidó con mucha gracia".
"Quizá tengas razón, pero creo que no quería dedicar demasiado tiempo a una vieja historia".
"No lo sé, pero sospecho que hay algo que no está contando", insistí.
"Entonces háblame de este sospechoso", le insistí.
"¿Y si alguien hubiera encubierto las pruebas?"
"¿Por qué será?"
"Piénsalo. Pueden haber sido tiempos diferentes, pero una mordedura sigue siendo una mordedura. ¿Cómo podría el forense ver un corte de un candelabro?"
"¿Crees que Delbono sabe la verdad y por eso nos ha despedido rápidamente?"
"No lo sé, pero no lo descartaría. Mira, Piano podría decirnos más sobre el Dr. Lamberti, me imagino que los dos se han reunido."
"Voy a llamar a Marino."
Abrí los contactos y llamé a Marino.
"Es un poco pronto para que me preguntes por el peritaje..."

"De hecho, no te llamo por eso", le interrumpí.
"Entonces dispara".
"¿Conoces al profesor Lamberti?"
"Por supuesto, fue mi profesor durante mi especialización. ¿Por qué te interesas por él?"
"Tengo entendido que le hizo la autopsia a Cecilia Donadio".
"Por la firma al pie no veo su nombre. Pero entonces, ¿tiene una copia o ya no sabe leer?"
"Sé que también tenemos una copia, pero... es demasiado largo por teléfono. ¿Te gustaría discutirlo en mi casa durante la cena?"
"Bien, pero no me digas que tendré que aguantar a tu ayudante... ups... ¿estás en el altavoz?"
"Claro, Marino, tolerémonos por el bien de la comunidad", respondió Andrea sarcástica y claramente alterada.
"Hasta luego", saludé a Marino.
"Si prefieres estar sola, puedo quedarme en mi casa..."
"¿Intentas discutir?", respondí molesta.
Por suerte, Andrea dejó de provocarme. Por supuesto, Marino no perdía ocasión de callarse, y yo no entendía por qué le molestaba tanto mi relación con Andrea. Fue él quien decidió apartarme cuando nos reencontramos años antes. Marino forma parte de esa gran porción de humanidad masculina que quiere mujeres disponibles para sus caprichos. Le habría encantado tenerme como amante, pero se equivocó de persona.
Llamé a Celeste y le expliqué lo del encuentro con Carlo Delbono y las sospechas de Andrea. Le rogué que viniera a cenar para no dejarme a merced de los dos. Aceptó.
"Celeste también estará allí. ¿Qué tal si llamo a Pepe para que haga una paella?"
"A la paella de Pepe nunca se le dice que no. Buena idea".

"El profesor Manlio Lamberti fue uno de los hitos de la medicina forense moderna", Marino interrumpió su discurso para llevarse a la boca un bocado de paella, que tragó como si fuera agua, "pero de repente, según se contaba entre los alumnos, hacia 1990 dejó de trabajar en la materia para dedicarse exclusivamente a la docencia. Puedo asegurar que era un tipo duro, uno de esos profesores raros, estricto, pero tan entendido y comunicativo que te hacía amar la asignatura. Dicho esto, me parece poco probable que Lamberti cometiera un error tan evidente. Así lo demuestra la firma del certificado de autopsia, Dr. Mauro Chioggia".

"¿Qué puede decirnos de ese tal Dr. Mauro Chioggia?", preguntó Celeste.

"En realidad nada, nunca he oído hablar de él ni siquiera le he visto en una conferencia, pensarlo es bastante extraño. Pero puedo informarme".

"Infórmate", le insté.

Cogió el teléfono y marcó un número.

"Valerio, querido, perdona la hora, pero estoy con un viejo caso bastante enredado. ¿Conoces a un tal Dr. Mauro Chioggia?" Activó el altavoz, indicándonos que guardáramos silencio.

"No, no le conozco".

"Tenemos su firma en una autopsia realizada en 1986, necesitaría ponerme en contacto con él".

"Pues nada más fácil, haz una búsqueda online en la caja registradora".

"Lo estoy haciendo mientras hablo. Me dice que no se han encontrado profesionales con los parámetros buscados".

"Puede haber dos motivos: borrado del registro por diversas razones o fallecido".

"¿Puedes averiguar más de tus inagotables fuentes?"

"Sé a quién puedo preguntar. Si tenemos suerte, sabré algo en menos de una hora. Si no, hablaremos mañana".

"Estoy en deuda contigo".

"Mañana por la noche te destrozaré en Burraco, eso es suficiente recompensa para mí. Hasta luego".

"Gracias de nuevo", cerró el teléfono.

"¿Qué motivos llevan a la descalificación?", pregunté.

"Algunos piden la baja para dedicarse a otras especialidades, otros porque se van a trabajar al extranjero, luego hay expedientes disciplinarios, pero en este caso la búsqueda habría sido fructífera, así que lo descartamos".

"¿No hay un registro general para licenciados en medicina?"

"Sí, pero no es de libre acceso. Eso es lo que, imagino, está haciendo mi amigo Valerio".

"Tengo que hacerte la pregunta. Pero tú, Marino, ¿te has formado tu propia opinión?", preguntó Celeste.

"Empiezo lanzando una flecha a favor de los que hicieron esa autopsia. Me imagino el aspecto que tenía el cuerpo de la pobre chica. Ese cuello debía estar maltrecho, en consecuencia con un edema tan extendido que era difícil distinguir entre corte y mordedura. Imagino, además, que las prisas de las autoridades por cerrar el caso tuvieron mucho que ver. En cuanto a la afirmación del ex policía sobre la presencia de Lamberti, que se contradice con su firma, creo que simplemente se equivoca. También imagino el desorden dentro del instituto forense, ¿cuántas eran las víctimas?"

"Trece", respondí emocionada.

Mi teléfono móvil, cargando, empezó a sonar. Tuve que levantarme para contestar. Era un número desconocido y, teniendo en cuenta lo tarde que era, no debía de tratarse de un locutorio.

"¿Hola?" Respiración pesada.

Puse el altavoz.

"¿Quién es?", pregunté en voz alta.

"Criaturas de temperamento sanguíneo viven entre nosotros ocultas y silenciosas, pero buscarlas significa la muerte. Inspector Diletti, abandone su búsqueda y vuelva a enterrar el cuerpo de la pobre

Cecilia Donadio, pero antes purifíquelo con fuego". Me quedé petrificada.

Andrea me arrebató el teléfono de las manos. "¿Quién es usted?" Sonó el tono de llamada. Silencio.

Me quedé inmóvil. Marino me obligó a sentarme.

"Soy Celeste Veneziani, necesito que rastrees una llamada."

"A la orden, comisario".

"Teléfono del inspector Diletti. Hace dos minutos, una llamada entrante. Hágalo inmediatamente".

Celeste se acercó y se sentó a mi lado, cogiéndome la mano.

"Te amenazaron".

"No lo creo", respondí con suspicacia. Adiviné a dónde quería llegar.

"Mañana pediré al cuestor una escolta".

"De ninguna manera".

"Oh, pero no seas un niño".

"No me pongas escolta, los evadiría de todos modos. Más bien significará que Andrea Pancaldi se quedará conmigo un tiempo. ¿De acuerdo?"

Celeste resopló, pero cedió. Andrea se regodeó y Marino me miró con una sonrisa burlona. Me dieron ganas de darles un puñetazo.

Sonó el teléfono de Marino.

"Soy Valerio", volvió a hacernos señas para que guardáramos silencio.

"Sólo puedo decirle que en ninguna base de datos figura el Dr. Mauro Chioggia, mah..."

"Continúa", le instó Marino.

"Mah... Tengo un dato sobre Manlio Lamberti. Sometido a un procedimiento disciplinario, fue suspendido del registro durante cinco años, de 1986 a 1991, y nunca más volvió al campo. Prefirió dar clases".

"Tendré los registros de la medida disciplinaria solicitada".

"Espera, no he terminado. Fue declarado muerto en 2020, desaparecido durante un viaje de caza en 2010 en Rumanía. Te envié por correo el artículo del periódico y el certificado de defunción".

33

"Dejaré que me ganes en Burraco. Estuviste impresionante. Gracias, tío, te debo un gran favor".

"¿Cómo es posible que ese informe de la autopsia esté firmado por un fantasma?", preguntó Andrea.

"¿Será éste el motivo de la medida disciplinaria?", especuló Celeste.

"Le corresponderá a usted averiguarlo", respondió Marino, disponiéndose a marcharse. "Aún puedo ayudarte llamando por teléfono a mi amigo, el presidente del Colegio de Médicos. Quizá, si está de buen humor, te deje asomarte al procedimiento sin tener que esperar a la burocracia. Pero no lo prometo".

"Gracias, Marino", le contesté, acompañándole hasta la puerta.

Me dio un beso en la mejilla, saludó rápidamente a los dos hombres y se fue.

"Vosotros dos, mañana, id a terminar vuestra charla inacabada con Donadio. Preveo tiempos difíciles, tendremos que llamar a todos los presentes en el acto. Intentaré tener una lista completa para mañana por la tarde. Creo que será mejor que les llamemos a la comisaría", ordenó Celeste, mientras sonaba su teléfono.

"¿Veneziani?", escuchó sin pronunciar palabra, hizo un gesto con la mano y me miró preocupado. "No se lo va a creer, pero la llamada procedía de Rumanía, el móvil que la recogió y la transmitió al primero disponible en Italia cubre la zona de Constanza, en el Mar Negro".

"Dos veces la palabra Rumanía, ¿será una coincidencia?", pensé en voz alta.

Celeste me miró preocupada, enarcando una ceja.

"Subinspector, no la pierda de vista ni un momento, y si le da algún problema... dispárele", terminó la frase, con sorna. "De acuerdo. Hasta mañana, a última hora". Acompañé a Celeste hasta la puerta y le saludé.

8

Salimos juntos de casa. Para entonces Andrea, mi autoproclamada protectora, se había apoderado de la habitación de invitados, "pero solo para no invadir tu intimidad", tarareó burlándose de mí.

Nos dirigimos hacia la casa de Donadio, parando primero en la cafetería habitual para desayunar. Fue allí donde la vi por primera vez. Mientras el bocado de croissant no subía ni bajaba, vi a la mujer al otro lado de la calle. Estaba ocupada en sus propios asuntos y, por alguna razón incomprensible, me llamó la atención.

"¿La conoces?", le pregunté a Andrea.

"Yo no, ¿y tú?"

"Ni siquiera."

"¿Entonces por qué la miras? Es muy reservada, quizá esté esperando a alguien".

"Puede ser, pero su cara es... no sé... tal vez interesante..."

Bebí un buen sorbo de capuchino y me serené, convenciéndome de que estaba paranoica.

Andrea se acercó al mostrador para pagar la cuenta. Nos despedimos y salimos.

Subí al coche intentando mostrar indiferencia, pero estiré la mirada hacia la acera frente al bar. Ya no estaba allí.

La casa de Donadio estaba situada en un edificio antiguo del centro de Turín. Nos costó encontrar aparcamiento y, tras varios improperios, Andrea optó por colocar la luz intermitente magnética en el techo del coche y lo dejó delante de unos cubos de basura.

"Quiero que me dejen la multa".

No hice ningún comentario y le dejé atrás mientras me dirigía a la entrada del edificio.

El Sr. Donadio abrió la puerta sin molestarse en preguntar quién tocaba, pero al entrar, un hombre sospechoso nos detuvo.

"¿A quién vas?", preguntó con arrogancia.

"Al Sr. Donadio, nos está esperando".

"Pobrecitos", comentó, sacudiendo la cabeza. "La hija murió por segunda vez. Por eso está aquí, ¿no?".

"¿Para eso qué?", pregunté secamente.

"El... el... el derrumbe", balbuceó con pesar mientras hablaba impetuosamente. "Supongo que no irá a ninguna parte..."

"Pero yo no he hecho nada", gimoteó.

"De hecho, solo necesito hacerle dos preguntas", saqué mi placa.

"Oficial, lo siento, no quise ser insolente."

"Inspector Diletti. Y el caballero es el subinspector Pancaldi. Hasta luego, entonces".

"C... c... claro... disponible".

"¿Tu nombre?", insistí.

"Giuseppe Marenzi, para servirle."

Como si estuviéramos en una obra de Goldoni, hizo una reverencia, girando la mano varias veces.

Entré en el ascensor enfadada.

"Eres malvada, el pobre se iba a cagar encima", comentó divertida Andrea.

"Detesto a los entrometidos y a los listillos".

"Es portero", respondió con picardía, atrayéndome hacia ella.

Donadio nos esperaba en la puerta.

"Toma asiento y perdona el desorden, pero ayer la señora que viene a ayudarme con la limpieza se fue de vacaciones".

"No te preocupes", le contesté.

"Ven, te presentaré a mi Elvira".

La tenue luz procedente de una lámpara de mesa daba a la habitación un aspecto fantasmal. Donadio se acercó a la ventana y subió la persiana, luego se acercó a la cama individual y se sentó junto a la mujer. Su postura era estática y su mirada inexpresiva no cambió ni siquiera cuando el hombre le cogió la mano y empezó a acariciarla.

"Elvira querida, mira a estos caballeros, han venido a saludarte".

Por un momento pareció comprender, pero poco después empezó a gritar y a temblar. Los movimientos eran violentos y descoordinados. Donadio volvió a la ventana y bajó las persianas.

"Ha estado así desde ese maldito día. Solo la oscuridad la calma".

Estábamos desconcertados. Nadie debería pasar por un infierno en la tierra.

"Venga, siéntese en el salón. ¿Le preparo un café?"

"No se moleste, señor Donadio", le contesté.

"Pero qué fastidio. Me he modernizado, así que solo tomo café en cápsulas. Sencillo".

Desapareció unos instantes para volver con tres tazas sobre una bandeja.

"Ayúdame a recordar dónde estaba. Aquí es una locura, queda poco tiempo para pensar en el mundo exterior. Y luego la edad..."

"Nos dejó en que había ingresado en el hospital. Pero piénselo, no tenemos prisa", intenté tranquilizarle.

"Todo el mundo parecía querer evitarme. Una enfermera me dijo que esperara al médico jefe. No tuve que esperar mucho. Un amable caballero se acercó y me rogó que le siguiera a su despacho. Pude ver la desesperación en su rostro, se armó de valor y me contó cómo estaban las cosas: mi bebé había nacido muerto y mi Elvira estaba en estado de shock. Al principio me dijeron que se recuperaría, había sufrido la pérdida de dos hijos el mismo día, era normal que su mente se cerrara, un acto de defensa contra el inmenso dolor. Pasaron los años, pero mi Elvira no volvió a despertar de su letargo. Al principio repetía: 'Bestia'. Entonces nada."

"En su opinión, señor Donadio, ¿por qué su mujer repitió inicialmente la palabra 'bestia'?", le pregunté.

"Al principio estaba convencido de que había visto algo, o a alguien, pero la investigación negó la malicia y la presencia de extraños. El psiquiatra que la siguió me dijo que su mente había creado una figura culpable, la bestia en realidad. Formaba parte del mecanismo de protección en el que se había encerrado".

"¿Y a usted esta explicación le pareció satisfactoria?"

"No, inspector, siempre pensé que mi Elvira había visto algo, pero que el dolor le impedía decírmelo. Y con la carta de ayer tengo la prueba de ello".

"Mire, Sr. Donadio, se lo agradecemos mucho. En cuanto estemos en la oficina, dejaremos constancia de todo. Tendré que molestarle de nuevo y pedirle que se pase por comisaría para firmarlo".

"No es molestia, pero si me permite: sé que a mi Cecilia se la han llevado a los forenses, ¿por qué?"

"Es la práctica. Verás que en breve podrás llevarla a su lugar de descanso", mentí en parte.

"Te acompaño al ascensor."

"No te molestes".

La portería parecía estar cerrada, y llamamos varias veces al timbre del mostrador de la caseta del guarda, sin obtener respuesta.

"Si cree que se hace el listo al no ser encontrado, se equivoca de cabo a rabo. Haré que le citen en comisaría escoltado".

"La puerta parece abierta", observó Andrea en voz baja.

"Sr. Giuseppe, ¿está en casa? Soy el subinspector Pancaldi".

"¡Vamos a entrar!", grité, pero algo impidió que la puerta se abriera del todo.

"¿Ves el obstáculo?", preguntó Andrea, que empujó con más fuerza.

"¡Hay un hombre caído!", gritó.

"¿Quién es?"

"Imagino al portero, solo veo los pies".

"Quédate aquí y avisa a Celeste, yo pasaré por el cuerpo de guardia".

Corrí hacia la ventana e intenté abrirla a la fuerza, pero estaba cerrada por dentro.

"Andrea, ¿pudiste abrir?"

"No, el cuerpo me lo impide, tengo miedo de hacerle daño".

Con la culata del arma golpeé la parte central de la ventana, haciéndola añicos. Trepé por el mostrador y entré en el local.

Inmediatamente vi el cuerpo tendido en el suelo. Me arrodillé ante el cadáver estupefacta, había sido decapitado, pero le faltaba la cabeza.

"Andrea, da la vuelta, no podemos moverlo, está muerto".

Sus ropas estaban empapadas de su propia sangre, el resto había formado un charco rojo donde había un desnivel en el suelo, por eso no notamos ninguna cerca de la puerta.

"¡Jesucristo, María, adviérteme!", exclamó Andrea al ver el cadáver.

"Ahí, en mi bolso, pásame los guantes".

Saqué el móvil del bolsillo del pantalón y empecé a hacer fotos y vídeos; miré a mi alrededor, ni rastro de la cabeza, el asesino se la había llevado. Ni siquiera noté rastros de sangre en otras zonas que no fueran donde yacía el cadáver, extraño, debería haber goteado mucha sangre de la cabeza. Rebusqué en mis bolsillos en busca de algo: un pañuelo, un recibo, el teléfono que al parecer no estaba por ninguna parte. Nada, no encontré nada. ¿Se lo había apropiado la persona que lo había

"Veo que tienes buen ojo", respondí, cambiándome de sitio.

Evité hacer comentarios y buscar pelea con el grosero forense, proponiéndome hacerlo en otro lugar. Salí de la portería.

Celeste y el cuestor llegaron.

"¿Dónde están ahí dentro?", preguntó Spatafora.

Me encogí de hombros y salí por la puerta. Necesitaba tomar una bocanada de aire; en unos instantes el interior se había convertido en una cámara de gas. Nunca había soportado el olor de los reactivos químicos utilizados por el equipo forense.

Vi llegar la furgoneta de medicina forense, con uno de los ayudantes de Marino conduciendo y él en el asiento del copiloto.

"Me han dicho que hay muy poco que estudiar sobre el cadáver", saludó Marino.

Volví con él y me acerqué a Celeste.

"¿Estamos seguros de que es el cadáver del portero?", preguntó Celeste.

"Claro que no, la ropa... es la misma que llevaba media hora antes cuando nos lo encontramos entrando en el edificio para ir a casa de los Donadio. Le había rogado que no se fuera, quería hacerle unas preguntas. Cuando salimos, llamamos al timbre de la portería, ya estaba muerto".

"¿Has tenido noticias de los vecinos?"

"No creo que nadie se haya dado cuenta todavía de lo que está pasando", respondí a Celeste, "es un edificio de gente tranquila y trabajadora. Nadie ha pasado por esa puerta en la última hora".

Celeste suspiró, preguntándose qué más deberíamos esperar.

Los técnicos forenses terminaron sus hallazgos y abandonaron el lugar.

"Puede volver", dijo el técnico con el que discutí antes.

Marino estaba arrodillado junto al cadáver, me acerqué, apoyando una mano en su espalda.

"¿Qué tipo de arma estamos buscando?", pregunté.

"Quizá ninguno, sino más bien un hombre tan grande y poderoso que tuviera la fuerza suficiente para arrancarle la cabeza de un mordisco con sus propias manos. A ése es a quien deberías buscar", respondió, colocando un dedo en el borde del hueco que se formó al separarse la cabeza del resto del cuerpo. "Ves aquí, estas no son marcas dejadas por ningún tipo de cuchilla. La cabeza fue arrancada dislocando primero las vértebras del cuello, y luego —señaló con el dedo—, mire, estas son marcas de mordiscos. Una vez dislocadas las vértebras, seccionó los distintos tejidos a mordiscos, un caníbal".

Nos quedamos mirando a Marino, en silencio y atónitos.

"Podría tratarse de la misma persona que mató a Cecilia, el modus operandi es similar", murmuré, asaltada por las implicaciones.

"Mientras tanto, debe de haber perfeccionado su técnica y su fuerza", respondió. "Seré más preciso cuando haya realizado todos los análisis pertinentes".

Ordenó al ayudante que se acercara con la camilla para llevarse el cadáver.

"Vuelvo a la comisaría. Manténgame constantemente informado. Comisario, acompáñeme en el coche", dijo Spatafora al salir, seguido inmediatamente por Celeste.

El trayecto hasta la comisaría fue silencioso y rápido, a esa hora la mayoría de los conductores estaban almorzando.

Andrea aminoró la marcha, activando el intermitente para entrar en el aparcamiento de servicio. La mujer estaba allí, en la parada del autobús. Sentada en el banco de espera, parecía querer mezclarse entre los demás pasajeros.

"¡Otra vez ella!", exclamé, tirando de una manga de la chaqueta de Andrea, que tuvo que detenerse bruscamente para no chocar contra el muro de entrada del aparcamiento.

"¿Estás loca, quieres matarnos?", gritó, tirando para liberarse de mi agarre.

"¡Mira!", señalé a la gente que estaba de pie en el andén.

No le di tiempo a replicar, abrí la puerta y salté del coche.

De repente parecía que todo el mundo había terminado de comer, así que había mucho tráfico. No podía cruzar la calle.

"Nooo...", pronuncié al ver venir el autobús.

Instintivamente me llevé la mano a la funda en un intento de desenfundar el arma y pararme delante del autobús para impedir que el conductor se marchara.

Una mano se cerró sobre la mía, impidiéndome sacar mi arma.

"¿Estás loca?", me dijo Andrea al oído, inmovilizándome.

El autobús cargó y partió, el andén se vació.

"Vamos a por él", le insté, apretando los dientes.

"Quédate quieta, si no quieres que te ponga las esposas". Intenté calmarme.

"Vuelve al coche", me ordenó Andrea.

Le miré con mala cara, pero obedecí.

"¿Quieres explicarme por qué la tienes tomada con esa mujer?"

"No lo sé, pero tengo la impresión de que la conozco y, estoy segura, de que está buscando la forma de hablar conmigo. Ayer estaba cerca del bar; hoy enfrente de la comisaría. Me sigue y, cuando ve que no estoy sola, se va".

"No lo sé, María... No lo sé, pero una cosa es segura: esta investigación nos volverá locos a todos", dijo dubitativo.

Entramos en la comisaría, justo a tiempo para oír los improperios de Celeste, que acababa de regresar y fue informada de que la prensa ya conocía el incidente.

"¿Cómo es posible, el cadáver aún estaba caliente y este... este...?", evitó proferir insultos, "ya sabe quién es el asesino", golpeó con un puño el escritorio. "Pase, ¿qué hace ahí de pie?".

Nos sentamos en silencio, esperando a que Celeste se desahogara.

"Sabes, ¿verdad?, que nos cayó encima un saco de mierda enorme, pero tan grande que corremos el riesgo de ahogarnos", proclamó Celeste mientras se sentaba en su silla. "¿No tienes nada que decir?", preguntó, disfrutando de enfurecer nuestra paciencia, sobre todo la mía.

Guardamos silencio, sabíamos muy bien que cualquier palabra en ese momento daría a Celeste la oportunidad de perpetrar sus ataques.

Pero se me estaba acabando la paciencia, no, se me estaba acabando de verdad.

Salí del despacho de Celeste y fui al mío. Mi teléfono vibró.

Marino.

"Genial, ¿has terminado ya la autopsia de Marenzi?"

"Escucha, María, ha ocurrido algo terrible", dijo con voz preocupada.

"Habla, Marino."

"El cadáver, o mejor dicho no, el cadáver de Cecilia Donadio..."

"Marino, por el amor de Dios, ¡¿quieres una vocal?! ¡Habla!" Levanté la voz.

"Fue robado..."

"¿Qué has dicho?", me levanté de un salto de la silla.

"El cuerpo de la chica ya no está allí, fue robado. Creo que... mientras estábamos en el asesinato de Marenzi".

"¿Pero cómo ha podido pasar esto?"

"No sé, María, no sé..."

"Haré que Celeste avise a la caballería y estaremos allí".

Apagué el teléfono y con un gesto de fastidio lo arrojé sobre el escritorio.

Volví al despacho de Celeste. Andrea seguía allí, en la misma posición en la que yo la había dejado y con la mirada de alguien a quien le gustaría hacerte pedazos.

"Robaron el cadáver de Cecilia Donadio", solté de un tirón, esperando oír cómo le estallaban las sienes a Celeste.

"Supongo que no lo entendí", jadeó, cerrando las manos en puños. "Robaron..."

"¡Ya basta!", tronó, golpeando con ambos puños el escritorio. "¿Pero cómo demonios han conseguido llevarse un cadáver...?"

"Tal vez... mientras Marino estaba ocupado en el asesinato de Marenzi."

"Has decidido volverme loco. ¿Quieres decirme que no había nadie más dentro del departamento forense mientras Marino estaba fuera? Hay unas treinta personas trabajando allí e incluso tienen guardias que se turnan para vigilar día y noche". Terminó de hablar con la cara roja y la respiración entrecortada de quien ha corrido. Pensé que le iba a dar un infarto.

"Marino Piano nos está esperando", dije en voz baja, evitando la sombría mirada de Celeste.

La primera en salir de la oficina fue Andrea, que me susurró que nos esperaría en el coche. Con unas pocas palabras, se escabulló.

"Ya no es un saco de mierda lo que nos ha caído encima, no, es un muro, pero qué digo, un tsunami, sí, un tsunami de mierda que no nos quitaremos de encima en años", siguió jurando Celeste. Y siguió haciéndolo durante todo el trayecto hasta el coche, que, por suerte para mí, duró apenas unos minutos.

Llegamos frente a la entrada del instituto. Andrea, sin levantarse del asiento del conductor, mostró su placa al guardia que nos abrió la barrera.

Marino nos esperaba fuera de la entrada lateral, tenía la expresión de alguien que ha visto un fantasma.

"¿Qué tienes que decirnos, Marino?", soltó Celeste.

"Nada, no lo entiendo, nadie vio nada", comentó.

"A plena luz del día, Marino, ¿cómo es posible?", insistió Celeste con la cara roja.

"La única posibilidad es que alguien se quedara encerrado anoche y consiguiera salir con el cadáver después de que el vigilante nocturno terminara su última ronda. En ese momento los vigilantes se delatan y ponen sus huellas en los ordenadores conectados a las cámaras. En ese preciso instante, y solo durante un minuto, las cámaras se reinician para permitir que se guarden las grabaciones. Me tomé la libertad de tener preparado el DVD de la grabación".

Hubo un silencio dubitativo, pero entonces Marino se dirigió hacia la entrada central, donde estaba el cuerpo de guardia.

El hombre sentado en la consola había preparado el DVD y nos lo entregó.

"Tienes doce horas de grabación, buena suerte", dijo divertido.

Le arrebaté el DVD de las manos y salí para no darle un puñetazo.

"Escucha, Marino —comenzó Celeste—, vuelve junto al cadáver de Marenzi, yo me ocuparé del cuestor. Estoy obligado a contarle lo sucedido, pero le pediré que, al menos por ahora, no se filtre nada sobre la desaparición del cuerpo de Cecilia Donadio. Y vosotros dos" —nos miró sombríamente—, "encerraos en el despacho. Y allí os quedaréis hasta que hayáis visto toda la grabación... y os prohíbo replicar" —me señaló—.

"¿No vuelves con nosotros?", preguntó Andrea.

"No. Ya he llamado a Calabrò para que venga a buscarme. Será mejor que vaya a hablar con Spatafora en persona".

"Entonces nos vamos", y se despidió.

"Doce horas de grabación, tzè... Hacía tiempo que no me pasaba eso", se quejó Andrea.

"Propongo que nos dividamos el vídeo, al menos cuatro personas. Tres horas cada uno, será pan comido".

"Me parece una idea estupenda", respondió Andrea, aliviada.

En cuanto volvimos a la oficina, llamé a los dos colegas que tenía en mente: Aldo Panerai y Federico Cosma.

"Chicos, tenemos que pasar un vídeo de 12 horas. Con cuatro es más fácil, ¿nos echáis una mano?", pregunté amablemente.

"Me parece bien", respondió Panerai.

"Yo también", se hizo eco Cosma.

"Luego lleva el DVD a Veneziani, que lo dividirá en cuatro y nos lo enviará por correo electrónico. Gracias".

Organicé mi despacho para que los cuatro pudiéramos estar cómodos durante el visionado y pedí unos aperitivos en la cafetería cercana para sustituir la cena; el día había pasado volando y no me había dado cuenta de que tenía hambre. Pero toda mi organización se vino abajo en cuanto sonó el teléfono de la oficina.

"Soy Veneziani, necesito que vengas aquí".

"Ya voy".

Me marché sin dar explicaciones a los tres hombres, que me miraron interrogantes.

Llamé a la puerta del despacho de Veneziani, nuestro ingeniero informático.

"Acérquese, inspector".

"¿Qué está pasando, Veneziani?"

"El DVD está vacío".

"¿En qué sentido?"

"No registró nada, como si hubiera habido un apagón del sistema. Lo siento, inspector".

"Gracias, Veneziani".

Salí abatida, con el DVD en las manos.

Volví a mi despacho hecha una furia.

"El DVD está vacío, alguien se ha burlado de nosotros".

Sin esperar ningún comentario, cogí el teléfono y llamé a Celeste, que, probablemente en conversación con Spatafora, no contestó. A continuación llamé a Marino.

"Marino, ¿conoces al guardia que nos dio el DVD?"

"Sí, Davanzi. Trabaja aquí desde hace unos meses. Sustituyó a nuestro Remo que, por suerte para él, se jubiló. ¿Por qué?"

"Porque nos dio un DVD vacío".

"No es que lo haya hecho a propósito. Voy directamente al calabozo a ver qué pasa. Dame 15 minutos".

Terminó la llamada sin darme tiempo a responder, me conocía demasiado bien como para no saber que le pediría que lo hiciera todo en cinco minutos.

El teléfono de la oficina volvió a sonar, pero esta vez era el oficial de guardia de la entrada, alertándonos de la entrega del bar.

"Cosma, por favor, ve a recoger la comida a la entrada, no queremos tirar todo eso tan bueno".

"Inspector, si me permite", explicó Panerai, "la mayoría de las veces estas grabaciones fallan o se estropean. He oído que a veces, si se copia la grabación en el DVD, se borra".

"Gracias, Panerai, que así sea".

Cosma regresó, con su cesta llena de envases de aluminio rígido sellados y varias botellas de refrescos. Los cuatro nos sentamos a comer, esperando la llamada de Marino.

No se demoró.

"No traigo buenas noticias. El registro no existe".

"¿Cómo que no existe?", pregunté irritada.

"Significa que, desde las dieciocho de la tarde de ayer hasta las seis de esta mañana, el sistema se congeló, solo para volver a encenderse una vez reiniciado por Davanzi, cuando entró en servicio".

"Entonces, explícame, ¿jugaste con nosotros dándonos el DVD?"

"No, simplemente no se aseguró de que hubiera algo grabado".

"Da igual... volvemos al principio. Dime, Marino, ¿han terminado los forenses con las encuestas en el instituto?"

"Sí, pero al parecer no detectaron ni la sombra de una huella que no fuéramos nosotros trabajando en ello, pero nos avisarán más adelante".

"Como en la portería de Marenzi...", saludé a Marino y cerré la comunicación.

"¿Crees que llegaremos a alguna parte a este paso?", preguntó Andrea abatida.

"Escuchad", me volví hacia Cosma y Panerai, "mañana por la mañana, en la mesa de Celeste, estará lista la lista de nombres de los presentes en el incidente de la discoteca 'Two of Spades' en 1986. ¿Os apetece organizar las entrevistas?".

"Por supuesto, inspector. ¿Tiene algún consejo que darnos o tenemos el campo libre?", preguntó Panerai.

"Tienen campo libre, pero no den la impresión de que les están cuestionando. Evitemos que se atrincheren detrás del 'no me acuerdo'".

"Entendido, inspector. Ahora, si no hay nada más, me iría a casa".

"Vayan los dos".

"Nos vemos mañana."

Empecé a recomponer el despacho, con la ayuda de Andrea, cuando Cosma llamó a la puerta.

"Lo siento, pero al salir oímos una llamada de emergencia del instituto forense. Algunos coches patrulla están convergiendo en la escena. Yo estaría de guardia, Inspector".

"Adelante, Cosma, iremos al sitio, pero ¿no has entendido el motivo?"

"No, lo siento."

"¿Qué habrá pasado otra vez?", pensé en voz alta, resoplando.

El sol aún no se había puesto, aunque eran las nueve de la noche de aquel caluroso día de junio. El interior del coche estaba caliente, tiré mi jersey en el asiento trasero y subí el aire acondicionado.

Noté que Andrea me observaba de reojo.

"¿No sería mejor prestar atención al conducir?"

"Si no me equivoco, tenemos un semáforo en rojo delante", respondió mirando por encima del parabrisas.

Permanecí en silencio, inmersa en mis miles de preguntas mentales. Salí de mi caparazón de pensamientos cuando el coche giró para tomar la contracarretera que nos llevaría al instituto. Un coche patrulla con sirenas parpadeó para hacernos avanzar.

"Idiotas", maldijo Andrea, "¿no se fijaron en la matrícula del coche?".

Cuando llegamos a la barrera de entrada del instituto, un agente nos hizo señas para que nos detuviéramos. Decidí salir del coche. Levanté mi placa.

Llegó otro coche y aparcó detrás del nuestro. Eran Celeste y Spatafora.

"¿Saldremos alguna vez de este baile?", me susurró al oído el cuestor. Le miré dubitativa, no era propio de él permitirse comentarios innecesarios.

Una ambulancia estaba situada cerca del cuerpo de guardia, en el interior del instituto. La puerta estaba abierta: dos mujeres con uniforme naranja estaban prestando ayuda a alguien. Me acerqué.

Era Davanzi, sollozando mientras una de las dos mujeres le medía la tensión.

"¿Qué está pasando?"

"Inspector, nunca había visto algo así", sollozó.

"¿Cómo está?", pregunté a una de las dos mujeres uniformadas.

"El susto y el horror, nada grave. Le haremos un electrocardiograma y, si es negativo, le enviaremos a casa a descansar".

Di las gracias y me giré para entrar, pero un hombre vestido de blanco me detuvo.

"Nos encontramos de nuevo, hoy es realmente un día largo. Pero si quieres entrar, tendrás que ponerte el traje también".

Le miré fijamente, tenía muchas ganas de pegarle. Qué insolente.

Cogí un traje y entré.

En la consola, a la vista de todos, estaba la cabeza de Giuseppe Marenzi. Me llevé una mano a la boca.

"No vomites aquí, porque aún tenemos que hacer las bioencuestas".

Me giré lentamente, estuve a punto de insultarle, pero opté por una mirada sin dignarme a contestarle. Salí, la sala era pequeña y los técnicos tuvieron que detenerse por mi presencia.

Me encontré con Marino. "Salí corriendo en cuanto me avisaron, estaba disfrutando de mi tarde de Burraco", dijo molesto.

"Y que lo digas, estábamos a punto de irnos a casa, ya tenía ganas de sofá, televisión y un vaso de buen vino tinto".

"Junto con tu guardaespaldas", guiñó un ojo y se alejó.

"Qué bonito", pensé.

Me acerqué al trío, Andrea, Celeste, Spatafora, ocupados en comentar la situación.

48

"Tenemos que entenderlo como una advertencia. Desde luego, no ha sido un acto de bondad querer devolvérnoslo", decía Spatafora.

"¿Has tenido ya noticias del guardia que encontró la... la... cabeza?", preguntó Celeste.

"No, cuando llegamos le estaban medicando, ahora voy yo". Le hice un gesto a Andrea para que me siguiera.

"Sr. Davanzi, ¿se siente con fuerzas para relatar lo sucedido?"

"Tenía que estar aquí hasta las diez, el colega de la noche me pidió un favor..."

"¿Era un favor acordado previamente o de última hora?", le interrumpí.

"Me lo pidió esta mañana en el intercambio. Sabes, aún vivo con familia, con gusto hago favores a los que tienen familia propia".

"¿Conoce la razón de este cambio... por favor?"

"No, señora..."

"Inspector Diletti", señalé.

"Disculpe, inspector Diletti. Me ocupo de mis asuntos. Me piden un favor, simplemente lo hago".

"Adelante".

"Teníamos que cambiar de turno a las diez, pero desde la comisaría encienden la alarma cuando les decimos que hemos terminado el recorrido de inspección. Si no oyen nuestra llamada, lo hacen, nos llaman para saber por qué no cerramos. A veces algunos médicos se quedan para terminar sus cosas, así que avisamos a la comisaría de que no pongan la alarma antirrobo".

"¿Así que hiciste tus rondas y luego avisaste a la estación?"

"Sí, de todas formas siempre llevo conmigo mi teléfono portátil..."

"¿Qué significa eso?"

"Yo... llamé a la comisaría y paré a fumar un cigarrillo".

"¿Cuánto tiempo no estuvo en el calabozo?"

"La visita dura aproximadamente un cuarto de hora. Comprobé que las puertas del laboratorio estaban cerradas, que habían cerrado los cortafuegos y apagado todas las luces. Llamé a la comisaría y me fumé un cigarrillo. Veinte minutos. Rutina".

"Desde el momento en que se activa la alarma antirrobo, ya nadie entra en el instituto. ¿Puede confirmarlo?"

"Sí, sí, tanto que tenemos que entrar por la puerta lateral para acceder al cuerpo de guardia".

"Muy bien, Sr. Davanzi, es suficiente para mí, pero por favor, nada de vacaciones en los próximos días, puede que le necesite de nuevo".

"Ten por seguro que no voy a ninguna parte".

Nos despedimos y volví al trío. Celeste estaba maldiciendo de nuevo. Temí que esto le llevara al manicomio, o algo peor.

"Escucha esto", despotricó con el teléfono en la mano, conectado a un canal de noticias, "¡está justo fuera de la maldita cosa!"

"Les hablo desde la entrada del Instituto de Medicina Legal, donde un vigilante nocturno encontró la cabeza del pobre Giuseppe Marenzi, asesinado esta mañana en su propia casa. El caso está cubierto de absoluto silencio, pero ¿qué hacían el inspector Diletti y su adjunto en ese edificio? Nos preguntamos y obtuvimos la respuesta. Allí vive la familia de una de las chicas que perecieron en el incendio del 'Dos de Picas' en 1986, pero eso no es todo. La propia Cecilia Donadio, la niña en cuestión, fue enterrada en el cementerio que se derrumbó hace dos noches. ¿Qué conexión hay entre ambos casos? ¿Por qué debería encontrarse la cabeza de Marenzi aquí, en la sala forense? ¿Qué nos ocultan? ¿O solo están tanteando en la oscuridad?

Desde Turín, eso es todo, siempre tuya Mara Mezzani".

"Voy a detenerla", gritó Celeste, inmediatamente bloqueada por Spatafora.

"No haga el ridículo, comisario, como bien hemos comprendido, ese quiosquero de medio pelo no tiene nada en la mano. Ahora me despido, se acabó el trabajo para nosotros aquí. Vayan todos a descansar, lo necesitan. Buenas noches".

"Celeste, ven con nosotros, te llevaremos a casa", le dije mientras caminábamos hacia el coche de servicio.

10

A la mañana siguiente, más cansado que cuando me metí en la cama, llegué a la comisaría, con unos minutos de retraso y solo.

"¿Dónde está Pancaldi?", apostrofó Celeste. "¿Qué no te queda claro de la frase 'No debes estar solo'?"

"Buenos días a ti, Celeste, vamos, no te pases. Andrea tenía que pasar por su casa a recoger unas cosas, aún no había llegado a tiempo. Nada más".

"Está bien, está bien, mejor olvídalo, de todos modos es inútil contigo. Más bien, me han dicho Cosma y Panerai que ya te has ocupado de ello y les has dado instrucciones de cómo proceder con las entrevistas."

"Sí, ayer por la tarde".

"Vamos a tu oficina, tal vez podamos estar más tranquilos".

Dejé la silla de detrás de mi escritorio a Celeste y tomé asiento en la silla de enfrente. Sabía bien que su petición de estar más tranquila significaba que quería escucharme.

"¿Esperamos a Andrea?", preguntó.

"Si no te importa", respondí.

"Bueno, tengo que hacer una breve llamada y vuelvo", murmuró mientras se levantaba de su asiento.

Llamé a Cosma y a Panerai, aprovechando que estaba solo.

"¿Puedo pedirles que pongan al Capitán Luca Perri?"

"Inspector, para interrogar al capitán necesitamos el permiso del cuestor", respondió Cosma.

"Y lo consigues, mientras tanto continúa con la lista tal y como te la entregó Celeste".

"Muy bien, inspector, vamos inmediatamente a comisaría. De todos modos, tenemos dos entrevistas esta mañana: una con la hermana Ada Garzina y la otra con Sandra Venerato."

"¿Se hizo monja Ada Garzina?"

"¿La conocía, inspector?"

51

"¿No te informó Celeste que yo conocía a todas esas chicas? Fuimos juntas a la escuela. Tuve que estar allí en esa maldita fiesta, pero la fiebre me obligó a guardar cama".

"Maldita sea, inspector. No, nadie nos había informado, lo siento mucho, son heridas que no deben reabrirse".

"Gracias, Cosma, siempre eres muy amable".

Celeste regresó cuando Cosma y Panerai se marchaban.

"Les pedí que fueran directamente a comisaría a pedir permiso para escuchar al capitán Luca Perri".

"Hiciste bien, siempre que a tu superior le guste el asunto. Ya sabes lo difíciles que son los carabinieri".

Sonreí ante su broma y, por suerte, llegó Andrea.

"¿Estamos en una reunión?", preguntó con sarcasmo.

"Siéntate", cortó Celeste en seco.

"María, quiero tu opinión".

Me lo pensé unos instantes y luego traté de presentarle las cosas lo mejor que pude.

"Durante un accidente, una niña muere mordida, pero esto se descubrirá treinta y seis años más tarde, por pura casualidad. Tenemos el primer informe de autopsia de la época que atribuye la causa de la muerte a un desangramiento provocado por el corte de la yugular derecha, debido al desprendimiento de una luz estroboscópica que golpeó el cuerpo ya inconsciente por la inhalación de humos tóxicos provocados por el incendio. El siniestro terminó como involuntario, sin dolo, una multa al propietario y la obligación de mantener el sistema eléctrico. Todo habría acabado así si, treinta y seis años después, no se hubiera derrumbado parte del cementerio donde descansaba el cuerpo de la niña en cuestión. El cuerpo que se escapa del ataúd obliga a trasladarlo al Instituto de Medicina Legal para su identificación. Marino descubre que la causa de la muerte de la niña es muy distinta de la que figura en la autopsia. Fue asesinada. Así pues, tenemos: un asesinato ocultado durante años, un informe de autopsia inexacto, una carta que confirma a la familia que el asesinato había tenido lugar años antes, un inspector que no recuerda nada o finge sobre la investigación en aquel momento, un forense inexistente, otro dado por muerto, un cadáver decapitado de la misma forma que la niña. ¿Qué más? Ah, sí, el asesino se entretiene haciéndonos encontrar la cabeza del cadáver de antes, como advertencia para que suspendamos la investigación. Antes de eso, me llama por teléfono y me amenaza. ¿Conclusiones? Por desgracia, no tengo ninguna".

Celeste me miraba aburrida y consciente de que, a pesar de los muchos puntos fijos, todo acababa en la nada y sin ideas para continuar.

Sonó el teléfono de la oficina y contesté.

"¿Marino? Te pongo en el altavoz", le dije para evitar comentarios tontos delante de los presentes.

"He terminado de fumigar el papel de cartas y no he encontrado más que las huellas de Donadio y las tuyas, porque aún no sabes de la existencia de los guantes...".

"Venga, Marino, adelante en vez de hacer bromas", le reprendió Celeste.

"Lo mío no era una broma, pero vayamos al grano. En el sobre, sin embargo, además de tus queridas huellas, también están las de Marenzi".

"¿Algo más?", le insté.

"Sí. Confirmo que las huellas encontradas en la cámara frigorífica y en la sala de autopsias eran solo nuestras. Quien actuó, lo hizo con guantes, no había señales de que se hubieran eliminado las huellas con productos de limpieza. Lo mismo dentro de la sala de guardia. Es todo lo que tengo por ahora, os pondré al día en cuanto sepa algo más sobre las mordeduras en el cuello de la niña y de Marenzi".

"Gracias, Marino."

"Una cosa más que sabemos ahora", comentó Celeste, "se ha añadido más mierda".

Salí del despacho dando un portazo, miré a Andrea que estaba a punto de decir algo y levanté los brazos en señal de rendición. "Dímelo a mí, es peor que los niños cuando se cabrea..."

Los gritos resonaban en el pasillo. Salimos a ver qué pasaba. Eran los agentes que custodiaban la entrada sujetando a un hombre.

53

"Inspector, venga aquí, no podemos retener a este hombre que pregunta por usted. Intentamos decirle que estaba en una reunión pero..."

"¡Sr. Donadio!", exclamé asombrado. "Dejadle pasar."

Le cogí suavemente del brazo y le invité a seguirme al despacho.

"Tuve que enterarme por la televisión que mi Cecilia ya no está, me la quitaron. Y ahora, ¿cómo lo hago?", me miró apenado.

Luego se llevó una mano al pecho: "No puedo respirar...". Jadeaba mientras se le doblaban las rodillas. Andrea intentó sostenerle, yo le ayudé sujetándole la cabeza. Le tumbamos en el suelo.

Estaba pálido, con la cara afilada como la hoja de un cuchillo. Puse dos dedos en su arteria carótida, nada, no había pulso.

"¡Que alguien llame al 911!", gritó Celeste, saliendo de su despacho.

"Señor Donadio, contésteme", le supliqué, dándole una ligera bofetada en la cara.

Intenté masajear el corazón, pero no había nada que hacer. Giovanni Donadio murió en cuanto se enteró de la desaparición del cuerpo de su Cecilia.

Tuvimos otro asesinato, sí, porque quienquiera que fuese la bestia que lo empezó todo tenía que pagar también por la muerte del señor Donadio, pensé con rabia.

Salí corriendo de la estación, necesitaba aire y un cigarrillo.

"¿Otro cigarrillo en la boca?"

"Déjame en paz, Andrea, vuelve dentro". Me alejé unos pasos.

Llegó la ambulancia, pero los médicos no pudieron hacer más que pronunciar la muerte.

El cigarrillo me quemaba el interior de los dos dedos, miré a mi alrededor en busca de un cenicero y volví a verla, estaba allí de pie en el lado opuesto de la calle. Sonrió e hizo un tímido gesto de saludo, luego nada más, oscuridad.

Alguien disfrutó abofeteándome. "Bienvenido de nuevo entre nosotros", cantó una voz masculina.

"¿Qué me ha pasado?" Sentí un dolor punzante en la frente.

"Tuvo una caída y se golpeó de bruces. Tuvo suerte de no fracturarse la nariz. Sólo se ha hecho un chichón en la frente. Ahora tendrá que seguirnos al hospital, tenemos que hacerle algunas pruebas".

"De ninguna manera. Es una época estresante, trabajo mucho y como poco. Nada que no se pueda remediar".

"Pero se ha golpeado la cabeza. Necesita una resonancia magnética, podría tener una conmoción cerebral", insistió el hombre.

"¿Dónde firmo?", respondí secamente.

"Como quiera", se rindió el rescatador de uniforme naranja. "Anto, prepara la hoja de rechazo al tratamiento".

"Pensé que un vaso de té caliente te sentaría bien", dijo Andrea, tendiéndomelo.

"Gracias", respondí agradecido.

"María, ¿qué está pasando?", llegó la voz preocupada de Marino.

"Nada, el cansancio se burla de mí".

"Necesitas unos días libres, se lo propondré a Celeste".

"Atrévete y te pego un tiro", le contesté, guiñándole un ojo.

Andrea me ayudó a recuperar las cosas que se me habían caído de las manos y volvimos a reunirnos con Marino, que había empezado a examinar al muerto.

Celeste le entregó el informe del médico del 118.

"Infarto agudo de miocardio... deberían quitarle el título..."

"Explíquese, doctor Piano", pidió Celeste.

"¿Hueles esas almendras amargas?" Olfateamos el aire como sabuesos. "Fue envenenado con cianuro casero."

Todos nos quedamos como aturdidos, mirando a Marino, que había reanudado, como si nada, el examen del muerto.

"¿Hay más mierda para servirnos, doctor?", preguntó Celeste con la cara lívida.

"Desgraciadamente sí, pero no concierne al pobre Sr. Donadio".

"Entonces, si has terminado aquí, podemos pasar a mi oficina".

"Dame un momento para que se lleven el cadáver y me cambie."

"María, ¿te apetece o prefieres irte a casa? No sería tan mala idea", preguntó Celeste cuando llegamos a su despacho.

"¿Por qué tenéis que preocuparos por mi salud? Estoy bien, y punto", repliqué secamente.

Hizo ademán de regañarme y se sentó en su escritorio, murmurando palabras que yo fingí no oír.

"Empieza a haber demasiadas víctimas, alguien quiere acabar con este asunto. ¿Pero quién? ¿Y por qué?"

Celeste se pasó una mano por la frente y se sirvió un vaso de agua. Marino entró.

"Tengo los informes de mordeduras, tanto en el cuello de Cecilia Donadio como en el de Giuseppe Marenzi. Son negativos, no hay residuos de ADN en ninguno de los dos casos. En cuanto a la niña, no pudimos investigar más por las razones que usted conoce. Sobre Marenzi puedo decir que no hay signos de lucha. Aparentemente se dejó matar sin defenderse. Antes de que pregunten, el examen toxicológico es negativo, pero sin ADN no vamos a ninguna parte".

"¿Cómo es posible que no haya ADN en las mordeduras?", pregunté.

"Casi parece como si el asesino hubiera esterilizado la herida, eliminando cualquier posibilidad de detección genética".

"¿Así que encontraste más material en las heridas?"

"No, es sólo deducción".

La situación se había vuelto agotadora; se diera la vuelta que se diera a este asunto, no se podía sacar ni una araña del agujero.

Llamaron a la puerta y apareció la cara de Cosma.

"¿Puedo molestar?", susurró Cosma. "¿Está permitido?", se regocijó.

"¡Adelante, qué historias!", dijo Celeste molesta.

"Hay un problema...", cantó con la mirada de quien no quiere pero tiene que hablar, "en la lista de personas a llamar figura una tal Ludmilla Geoana. Esta señora no parece existir en ningún archivo de registro, ni viva, ni trasladada, ni muerta. No existe. ¿Qué debo hacer?"

"Eso no es posible", repliqué, "la conocí y fui a la escuela con ella durante cinco años. Joder, sí que existe o ha existido."

"Perdone, inspector, pero mire esto", insistió, entregándome varios papeles.

Eran los resultados de búsquedas en las bases de datos de las oficinas de registro de toda Italia, todas negativas.

"¿Has intentado pedir los expedientes escolares?"

"Pensaba hacerlo, pero quería permiso, tendré que pedir una orden."

Me volví hacia Celeste: "Deberíamos tener la orden, rápido, ¿quieres pedírsela a Spatafora?"

"Perdón por la intromisión", intervino Andrea, "¿recuerdas el caso Frassi? No hace falta una orden judicial para los expedientes escolares, basta con solicitarla al Ministerio de Educación. Tienen los expedientes escolares de todos los alumnos que han estudiado en Italia, desde primaria."

"Tienes razón, no había pensado en eso, pero aun así", me volví hacia Celeste, "pídele a Spatafora que agilice la burocracia, no tengo ni idea de cuánto tiempo pasará antes de que una petición al Ministerio sea siquiera considerada."

"Está claro que alguien en algún lugar nos está engañando, tenemos que averiguar qué hay detrás de esto antes de que se nos escape de las manos, y sólo Dios sabe adónde podría llevarnos. Localicen a esta Ludmilla Geoana, no puede haber desaparecido. Ahora volved todos a vuestro trabajo", nos suplicó Celeste.

11

En todo aquel caos, decidí que me haría cargo de la señora Donadio. La pareja no tenía parientes, así que fue fácil conseguir que el juez me nombrara tutor legal de la mujer. Encontré para ella un centro excelente donde la cuidarían.

Fue un despliegue comunitario de todo el distrito policial: el Sr. Donadio se había hecho un hueco en el corazón de todos.

Esa mañana, Celeste tenía una cita con Spatafora en la comisaría, me pidió que le acompañara, así que le dije a Andrea que se uniera a Cosma y Panerai por ese día; era importante terminar las entrevistas.

Spatafora nos esperaba en la sala de seguridad en vez de en su despacho.

"Pido disculpas, pero aquí estamos seguros de que nadie nos oirá."

Estaba convencido de que el topo que avisó a Mara Mezzani de lo que iba a quedar confinado entre los muros de la jefatura de policía estaba dentro.

"He tenido noticias del agregado del Ministerio, pero no son buenas. Parece que un incendio en 1986, en la superintendencia de Turín, destruyó los documentos de las escuelas públicas correspondientes a ese curso escolar, pero... la cosa no acaba ahí. Al año siguiente, cuando los alumnos se matricularon en sexto curso, no fue difícil cotejar los nombres de los alumnos que habían aprobado los exámenes con los de los que se habían matriculado. En resumen, intentaron por todos los medios deshacer el entuerto. En todo esto, el nombre de Ludmilla Geoana sigue sin aparecer. Por mi parte, tengo aquí preparada una orden con la que se presentará en la escuela; en algún lugar tendrá que aparecer ese nombre."

"¿Qué hay de la entrevista con el Capitán Perri?"

"¿Qué quiere que le diga, inspector...? Que, por desgracia, el capitán lleva años trabajando en la sección conjunta de homicidios en Rumanía, en consecuencia es prácticamente ilocalizable. No querrá que discuta con el general Giffoni... En fin, a ver cómo van las otras

entrevistas, si no sale nada buscaré la manera de ponerle en contacto con el capitán Perri."
"Si no hay nada más...", dijo Celeste, "nos dirigimos a la escuela, sabré algo en unas horas."
"Claro, adelante, y buena suerte."
"¡Siempre vive el lobo!" Sabía que le estaba molestando con esta respuesta.
Spatafora era cualquier cosa menos un activista animal.
Rumanía otra vez...
Rara vez me encontraba con Celeste para compartir una investigación de campo, era emocionante estar a su lado; me recordaba los años en los que patrullábamos juntos, buenos tiempos.
"Llamo a Cosma, debería haber escuchado a Sor Ada Garzina ayer."
"¿Y tiene algo que ver con la escuela?"
Le hice señas para que esperara, la línea estaba libre.
"¿Inspector?"
"Cosma, ¿tuviste noticias de la monja ayer?"
"Sí, pero, ya sabe, tanto por la monja, ella es la madre superiora de la escuela de San Mártir, y tiene un temperamento..."
"¿Puro? Y dime: ¿cómo reaccionó a las preguntas?"
"Las regateó todas, se escudó en que no estuvo presente en la fiesta, pero una cosa es cierta: de esa Ludmilla, a día de hoy, tiene muy mala opinión. Mamma mia, inspector, a estas alturas esa Ludmilla no me deja dormir por las noches..."
"Ya me contarás... De todas formas, gracias, Cosma, hasta pronto."
Empezamos a subir la cuesta que nos llevaría a la escuela. Apoyé la nariz en el cristal y suspiré.
"¿Recuerdas cuando te recogía con tus padres para ir a nadar?"
"Lo recuerdo, sí. Buenos tiempos, despreocupados." Nos recibió la propia superiora.
"María Diletti, qué alegría verte, ¿has traído a tu marido de visita?"
"Inspectora María Diletti. Y el señor es el comisario Adelmo Celeste. No estamos de visita y él no es mi marido."
"Pero tenemos una orden de registro", añadió Celeste, con la sonrisa maliciosa de quien está satisfecha con la travesura.

"¿Una orden de registro...? ¿Y eso por qué?", respondió horrorizada.

"En realidad, solo nos protegíamos, pero si nos da lo que buscamos, romperemos la orden", regateó Celeste.

"Mientras tanto, tomen asiento."

El interior del instituto era el mismo que cuando yo lo había dejado; incluso las alumnas, al ser todavía una escuela de niñas, tenían el mismo aspecto.

Nos sentó en su despacho y debo admitir que hizo todo lo posible para que estuviéramos cómodos.

"Estoy a su completa disposición, díganme qué necesitan."

"Registros de matriculación y asistencia de los años 1980 a 1986."

Celeste habló, yo preferí quedarme en un rincón, quería evitar que el hecho de que nos conociéramos incomodara a Ada.

"Pero esos eran los años en que éramos compañeros de clase, ¿no?"

Eso era exactamente lo que quería evitar. No respondí, me limité a asentir con la cabeza.

"Yo diría que tienen ustedes suerte. En el año 2000 digitalizamos todo, tenemos las inscripciones desde 1947. Por desgracia, los registros anteriores ya no existen; fueron quemados por los nazis."

"¡Entonces tendremos que meternos en el ordenador!", exclamó Celeste.

"Sí, pero tenemos que ir a las oficinas. Desde este ordenador no podemos acceder a la carpeta de inscripciones. Pero, si me permiten, ¿qué están buscando? ¿He dicho algo sospechoso a sus colegas?"

"Madre, esto no tiene nada que ver con la entrevista de ayer. Buscamos la inscripción de Ludmilla Geoana."

Ada Garzina se puso blanca, pero enseguida se recompuso.

"¿Por qué recurrir a nosotros cuando hay una superintendencia?"

"Tenemos nuestras razones. ¿Es eso un problema?", cortó Celeste.

Se levantó, rogándonos que la siguiéramos al despacho del ecónomo.

"Hermana Margherita, por favor, acceda a las peticiones de estos amables caballeros, son de la policía."

Ada se volvió hacia una joven monja sentada frente a un ordenador.

"Bienvenidos, tomen asiento. Cerraré el programa en el que estoy trabajando y estaré con ustedes", dijo amablemente.

"Os dejo en manos de la hermana Margherita, tengo algunas tareas que hacer, no tardaré en volver." Inclinó la cabeza hacia delante y salió.

"Díganme, ¿en qué puedo ayudarles?"

"Necesitamos acceso a los registros de matriculación y asistencia de sus alumnos, que abarcan los años 1980 a 1986", dijo Celeste.

"En cuanto a los registros de matrícula, no hay problema, pero los registros de asistencia ya no los tenemos; la obligación de conservarlos es de cinco años. Y luego, imagínese, cómo sería posible conservar todos los registros de clase. Son interminables."

"Denos lo que pueda, hermana Margherita, gracias."

La monja empezó a juguetear con el teclado, y unos segundos después un sonido indicó la apertura del programa.

"Aquí están las entradas desde 1980. ¿Quieren hacerlo ustedes o prefieren que les ayude?"

"De nada, hermana, la suya es sin duda una mano más experimentada que la nuestra", coqueteó Celeste.

"Hagámoslo", continuó la hermana Margherita. "Les imprimiré todo, de todas formas son solo unas páginas."

"Gracias."

La monja se levantó y al cabo de unos minutos regresó con los papeles en la mano.

"Aquí tienen. Si me permiten, les dejo mi mesa. Tomaré la de enfrente porque tengo trabajo que terminar. Cualquier cosa que necesiten, solo levanten la mano."

Volvimos a darle las gracias y empezamos a hojear los nombres impresos.

"Aquí está: Ludmilla Geoana, matriculada en primer curso el 6 de junio de 1980. Luego repitió todos los demás cursos, hasta el 15 de junio de 1985, último año de escuela", susurró Celeste.

"Hermana, hemos terminado, ¿podemos quedarnos con los papeles?", pregunté más por educación, sabía que no podría resistirse a aceptar.

"Claro. ¿Algo más en lo que pueda ayudarles?"

"No, hermana, ya nos hemos aprovechado demasiado de su amabilidad", respondió Celeste, inclinándose a modo de saludo.

Le devolví la media reverencia y salimos.

En el pasillo nos cruzamos con la hermana Ada, que volvía al despacho.

"Queridos, ¿ya terminaron?"

"No te imaginas lo fácil que fue con la ayuda de la hermana Margaret", respondió Celeste.

"Entonces, si su mandato se ha cumplido, yo diría que no tienen nada más que hacer aquí", dijo, mostrándonos la salida.

"Quitémonos de en medio", salió primero Celeste.

"María querida, solo tú no te has dado cuenta del misterio que rodea a tu amiga Ludmilla. Ella pagará ante el Señor por lo que es".

"Hermana Ada, encuentro que la suya es una acusación pesada, especialmente sin fundamento. ¿Quizá sabe más de lo que quiere hacernos creer?", Celeste cambió de expresión y le respondió en tono acusador.

La mujer buscó consuelo mirándome, pero yo desvié la mirada a otra parte.

"No quise... no quise dejar las cosas claras ante mí desprevenida. El mío fue solo un comentario fuera de lugar y no apropiado a mi posición. Pido disculpas."

"La tuya fue una acusación clara, pero dejémoslo así por ahora. Quédate a nuestra disposición, no dejes Turín."

"No será posible no salir de Turín. Mañana por la mañana me recogerá un coche para llevarme al Vaticano."

"Tendrás que renunciar al Vaticano o te arrestaré."

La mirada desafiante de Ada fue captada por Celeste, que le correspondió con la misma moneda.

"Puedes irte, y la próxima vez, antes de volver, avísanos." Se marchó sin añadir nada más.

"¿Qué crees que tiene que hacer en el Vaticano?", murmuró Celeste mientras nos dirigíamos a la salida.

"Qué sé yo, tal vez un retiro espiritual..."

"¿Por qué odiaba tanto a esa Ludmilla?"

"No solo ella, Celeste. Ludmilla era una niña poco convencional, siempre amable, pero tímida con todo el mundo. Muy guapa, siempre bien vestida, bien hablada y siempre la primera de su clase. La segunda era la hermana Ada. Se retaban en todo: la nota más alta, la primera en contestar al profesor, incluso la primera en entrar en clase... pero básicamente eran dos niñas. El resto de la clase, excepto yo, que era su amiga, como ella me llamaba, apoyaba a Ada, y siempre que había alguien a quien ridiculizar o acusar, era Ludmilla."

"Por supuesto que hay mucha locura y muchas ganas de hacer daño."

"Celeste, te estoy hablando de una niña de diez años."

"¿No fue Marino Piano quien dijo que la mordedura podía remontarse a una persona de esa edad?"

"Sí, eso dijo, pero no pudo elaborar su hipótesis, teniendo en cuenta que el cadáver de Cecilia Donadio desapareció. Vamos, Celeste, no te vas a creer esa avio penica de monja..."

"Avio... ¿qué?", se echó a reír.

"Escucha, tengo mucha hambre, ¿por qué no paramos en ese restaurante que hay detrás de la 'Gran Madre'?"

"Sí, yo también me muero de hambre", respondí.

La cocina de Matteo Ferrero fue de inspiración celestial, y después de comer y beber el ambiente se animó.

"Así que, en algún momento, una persona desaparece de la faz de la tierra. Imposible", Celeste se devanó los sesos. "Se nos escapa algo, pero ¿qué?"

"No tengo ni idea, pero tengo la convicción de que, habiendo descubierto esto, tendremos la investigación bajo control."

"Así que tú también tienes dudas sobre esta Ludmilla."

"Claro que no, pero poder hablar con ella, escuchar su testimonio de aquel día y, por qué no, a lo mejor vio algo más..." Tomé aire y entonces me vino una intuición, "¿y si la hubieran puesto bajo protección?"

"¿Podría justificar la desaparición?"

"¿Por qué la pondrían bajo protección?"

"Piénsalo, estuvo presente en los hechos, pudo haber visto al asesino, y puede que siga suelto. Tal vez volvió a matar."

"¿Treinta y seis años bajo protección? Desde luego que no, pero si cambiaron la identidad de la familia... María, eres un genio." Se levantó de la mesa y caminó para estamparme un beso en la mejilla.

"Tenemos que volver a saber de Carlo Delbono, pero esta vez le citaremos en comisaría. ¿Está de acuerdo?"

"Está bien, te lo dejo a ti, mientras tanto me enfrentaré a Spatafora, a ver qué aparece. Te lo advierto: no será fácil conseguir documentos secretos."

El camarero nos sirvió café acompañado de una botella de licor. "Una idea del chef". Disfrutamos del café y del licor.

Fuera, el calor nos agobiaba, sin embargo, decidimos dar un paseo digestivo. Vagamos sin rumbo y en silencio, hasta que el sonido del teléfono de Celeste nos devolvió a la realidad.

Me hizo un gesto para que le disculpara y se alejó lo suficiente para tener algo de intimidad. Aproveché para leer los mensajes y la correspondencia, sentándome en un banco del Murazzi. Enseguida me fijé en un mensaje, procedente de un número que no estaba entre mis contactos. Lo abrí; la notificación me advertía de que, al no ser un número conocido, podía rechazarlo.

Inspector, se lo advertí, está cruzando la línea y no habrá retorno. Le esperan cambios dolorosos. Hágame caso, aún tiene una oportunidad, aunque escasa, pero la tiene. Olvídelo, olvide a Cecilia Donadio. Una amiga.

Me esforcé por leer las últimas palabras, con la vista cada vez más borrosa. Suspiré profundamente y me llevé la mano a la boca. Empecé a llorar, pero de rabia. Caería, a costa de mi vida. Celeste se dio cuenta de mi malestar y se apresuró a despedir a la persona con la que estaba hablando por teléfono.

"¿Qué pasa, María?" Le pasé el teléfono.

"Esto es una amenaza, simple y llanamente. Te daré escolta y te eximiré de la investigación."

"Bromeas. No te atrevas a quitarme la investigación, aceptaré la escolta, pero por favor..."

"María, ¿te das cuenta de que tu vida está en peligro?"
"Celeste, ¿comprendes que soy la única que podrá llegar al fondo de esto?"
"Volvamos. Tenemos que darle el teléfono a Veneziani y que rastree el origen del mensaje. Lo cual no es fácil..."
Opté por el silencio total, ni siquiera le miré a la cara en todo el trayecto hasta la comisaría. Por su parte, Celeste, que me conocía más que bien, tuvo la delicadeza de dejarme sola.
"¡Veneziani!", gritó en cuanto cruzó el umbral del barrio.
"Comisario, ¿qué está pasando?", preguntó alarmado el pobre Veneziani.
"Este es el teléfono de la inspectora Diletti, mire", se lo puso delante de las narices.
"Esta vez es un mensaje. Tendrás que darme más tiempo, puede que incluso necesite una orden. Las redes sociales, cuando no tienen que hacerlo, se preocupan mucho por la privacidad del usuario."
"Intenta ser rápido y pide todo lo que necesites."
Veneziani desapareció en su despacho y yo me fui al mío, a pesar de que Celeste me hizo señas para que le siguiera.
Cogí el teléfono y marqué el número de Andrea.
"Soy yo."
"¿Cómo desde el teléfono de la oficina?"
"El mío fue requisado por el jefe."
"¿Qué ha pasado?"
"Esta vez me enviaron un mensaje."
"Voy para allá, no puedo sacar una araña de un agujero aquí de todos modos. ¡Mierda!"
Sabía que la exclamación final se refería al estado de ansiedad que empezaba a surgir en ella.
"¿Inspectora?", se asomó Cosma por la puerta entreabierta.
"Adelante."
"También está Panerai."
"Entra", suspiré, pero a veces Cosma sonaba como un niño...
"Toma asiento."

"Con la ayuda del subinspector, pudimos terminar los interrogatorios. Sin embargo... inspectora, no salió nada más de lo que sabíamos. Los que eran niños en ese momento también se retiraron el día de la fiesta. Dos ya están muertos." Sacó su libreta. "Sara Delvecchio, que murió de cáncer de mama en 2001, y Amanda Di Corato, que murió en un accidente de montaña en 2010, en Rumanía..."

"¿Qué ha dicho?", pregunté con voz histérica.

"Q... q... ¿qué parte, exactamente, no entendió?"

"Cosma, no me cabrees", le miré amenazadoramente.

"Amanda Di Corato, murió en un accidente... en Rumanía."

"Fecha."

"2010."

"¡Mierda!"

Cogí el teléfono y marqué la extensión de Celeste. "¡Ven aquí ahora mismo!" Llegó antes de que colgara el auricular."Cosma, repite todo al jefe."

"¿Crees que estaba con Lamberti?", preguntó Celeste en cuanto Cosma terminó de repetir.

"Intentaremos llegar al fondo del asunto, pero la coincidencia es difícil."

"Hablé por teléfono con Spatafora, me dijo que tiene contactos en la fiscalía. Confía en que nos dará buenas noticias."

"Disculpen", se dirigieron a Cosma y Panerai, "pueden seguir." Celeste tomó una silla y se colocó a mi lado.

"Otro testimonio interesante fue el de la madre de Antonella Perri, la hermana del capitán. Declaró que su hija afirmó haber visto a Ludmilla Geoana dentro del salón de baile en llamas, y que fue un hombre volador quien la salvó..."

"¿Un hombre que volaba?" Me rasqué la cabeza, no podía soportarlo más...

"Inspector, le informo de lo que me han dicho."

"Tienes razón, Cosma, perdóname. Continúa."

"Para nosotros no hay nada más, el resto de la gente decía que no recordaba nada."

"Pueden irse. Gracias de nuevo, chicos."
"Cuando quiera, Inspector. Comisario." Hicieron el saludo militar y salieron.
"¿Cómo estás?", preguntó Andrea.
"Estoy bien, pero pasará algún tiempo hasta que Veneziani rastree el origen del mensaje. Sin embargo, hay noticias. Una mujer de la lista de testigos, Amanda Di Corato, resulta estar muerta como consecuencia de un accidente de montaña. En Rumanía."
"Tendré que recordarlo, si alguna vez se me ocurre ir allí de vacaciones. Si quieres la muerte, vete a Rumanía."
"¿Puedo dispararle?", preguntó Celeste.
"Te doy mi pistola", sonrió.
"Bueno, llegados a este punto, me voy a casa."
"No sola", me recordó Celeste.
"¿A quién tendré como acompañante?"
"Calabrò y Armando."
"Mi casa, ya sabes, es grande, tengo una habitación con un baño extra. No creas que voy a dejarlos en el jardín y asustar a los vecinos."
"Sabes muy bien que eso no es posible. Tienen que hacer guardia fuera." Se despidió y salió del despacho.
"Vamos", le dije a Andrea.
Nos dirigimos al garaje, seguidos por los dos agentes que nos escoltaban. Cuando llegamos a la casa, me apresuré a entrar en el baño para ducharme.
El chorro directo a mi cara me provocó una especie de aturdimiento ahogado y restableció mis pensamientos. El repentino chorro de agua helada me devolvió a la vida. Andrea —¡que Dios lo castigue!— había abierto el agua de la otra ducha.
Salí del baño despotricando como una loca, pero lo único que oí como respuesta fue el zumbido de Andrea bajo el estruendo.
Ese era el precio que tenía que pagar por rechazar la escolta, pero ahora estaba allí, y bien podría haberlo enviado a casa, pensé divertida.
Por suerte, mi madre me había llenado la nevera con un surtido de tentadores manjares. Opté por la ensalada de arroz. Puse la mesa y

serví unas cucharadas de ensalada en dos platos para los oficiales de guardia. No dejaron de darme las gracias.

"Celeste ha citado a Carlo Delbono para mañana por la mañana", informé a Andrea.

"¿Crees que te dirá más de lo que nos dijo a nosotros? Suponiendo que sea consciente de ello."

"Tú mismo dijiste que no estabas convencido..."

"Era sólo una idea", interrumpió, llevándose un bocado de ensalada de arroz a la boca.

"¿Me equivoco o está vibrando un teléfono?" Me volví hacia el mueble donde se estaban cargando los dos teléfonos.

"Siéntate", dijo mientras se levantaba. "Es Celeste...", me pasó el teléfono.

"Sí, estamos cenando, pero no importa. Te pondré en el altavoz."

"Has dado en el clavo, María. Ludmilla Geoana y Robert Du Jardin entraron en el programa de protección de testigos el 29 de julio de 1986. A través de canales no oficiales, Spatafora pudo saber adónde fueron trasladados... no te va a gustar esto: a Rumanía."

"¿En Rumanía? Pero, ¿por qué allí? Entonces... ¿quién me amenaza podría ser él? ¿Cómo salimos de ésta, Celeste, dímelo?", recé.

"No saldremos de ésta a menos que lo comprobemos."

"Explícate mejor."

"Sólo hay una manera: ir directamente a Rumanía y hablar con el capitán Perri. Resulta que fue él, en 1993, quien puso fin a la medida de protección."

"¿Me autoriza a marcharme? Por supuesto que Andrea vendría conmigo."

"Si estáis dispuestos a hacer ese viaje y Andrea también, y si Spatafora me autoriza, creo que podréis partir en poco tiempo."

"Estoy segura de que volveremos con la solución del caso entre manos. Te adoro, Celeste, ¿lo sabes?"

"Espera y adórame, a ver qué opina el cuestor."

Nos despedimos, pero para entonces yo ya no aguantaba más.

"Tranquilo", dijo Andrea, "está bien que hayas decidido irte a Rumanía...", en tono polémico. Decidí no hacerle caso.

"¿Tranquilo? Tenemos que preparar un plan de acción, pero también el equipaje... ¿y quién interrogará a Carlo Delbono?"

Pasé la noche en vela, la adrenalina me impedía cualquier aproximación al sueño, que ya era complicado desde hacía varios días. Me levanté y encendí el ordenador. Investigué sobre la policía rumana, cómo estaba organizada, los nombres de los jefes y los distintos distritos locales. Eran las seis de la mañana cuando empezó a entrarme el sueño. Recosté la cabeza sobre la mesa y así fue como Andrea me encontró.

"Estás babeando el teclado del ordenador", susurró, encogiéndose suavemente de hombros para despertarme.

"¿Qué hora es? Además, yo no babeo", me quejé, limpiándome un lado de la boca.

"Son las ocho."

"¡Joder, date prisa que llegamos tarde!" grité, poniéndome en pie de un salto.

Antes de las nueve crucé el umbral de la comisaría y me dirigí como un rayo al despacho de Celeste.

"¿Ya has hablado con Spatafora?"

"Buenos días, inspectora."

"Sí, sí, buenos días..."

Me mantuvo en vilo durante unos segundos.

"Estamos reservando el vuelo y el hotel."

"Muchas gracias. Muchas gracias."

"Te recuerdo que si todo este jaleo no sirve para nada, el que saldrá perdiendo seré yo y, en consecuencia, tiraré de la tuya. ¿Está claro?"

12

**Volar no es una de mis actividades favoritas: siempre he pensado que volar no es un verbo propio de la humanidad. Mi compostura terminó en el momento en que me vi obligada a subir a un avión, pero afortunadamente a bordo no escatimaron en bourbon a petición.

Andrea se rió cuando me vio pedir la primera botella.

"¿Sabes a quién encontraremos esperándonos?", preguntó.

"El Capitán Perri en persona."

"Qué honor... escoltado por un carabinero..."

"Deja de hacer el tonto", le regañé, pidiéndole a la azafata, que apareció con aperitivos, otra botella de bourbon.

"Eres la única italiana que tira negro con bourbon."

"No sabes de lo que hablas, querido", respondí orgullosa con mi botellita.

Tras cinco horas de vuelo, con escala en Fráncfort incluida, aterrizamos en Constanza, en el Mar Negro.

En cuanto bajamos del avión, nos invadió una ola de calor infernal. Oí a Andrea murmurar palabras impropias. Recogimos nuestro equipaje y nos dirigimos a la salida, empezando a mirar a nuestro alrededor en busca de nuestra compañera.

De repente, una voz nos hizo volvernos.

"¡María Diletti, por el amor de Dios... sigues siendo la misma!"

"Luca Perri, sigues siendo el mismo. Maldición, ¿te pusieron en formol?"

Nos dimos la mano y le presenté a Andrea.

"Sígueme, alguien está esperando en el coche. Como en todas partes, aparcar en el aeropuerto es un negocio."

Me quitó el carrito de la mano y se dirigió a la salida del aeropuerto.

El agente que conducía el coche de la policía rumana, al vernos, se bajó para abrir el maletero. Nos saludó con un saludo militar. Le devolvimos el saludo y le dije que se retirara.

"Te llevaré directamente al hotel, quizá necesites relajarte un poco. El agente Istrate te recogerá, digamos en dos horas, y te llevará a mi despacho. Siento que no podamos hablar enseguida, pero estoy ocupado en un caso que me está quitando el alma. Necesito entrevistar a un testigo."

"Así que aquí tampoco te pierdes nada", comenté.

"No tienes ni idea, querida María."

El "Hotel de charme" que nos había reservado la policía era una joya, situado en una calle céntrica.

"Es una zona tranquila y muy cerca del mar. Unos pasos y estás en la Falesa de Constanza", me guiñó un ojo ante mi desconcierto. "Falesa es el paseo marítimo. Has aprendido la primera palabra en rumano", se regodeó.

Luca nos acompañó al mostrador de reservas y nos saludó, pidiéndonos de nuevo que le disculpáramos.

Una vez resueltos los trámites burocráticos, un chico muy joven se acercó y cogió nuestro equipaje, haciéndonos señas para que le siguiéramos.

El ascensor se abrió a un pasillo, los ojos se posaron en el magnífico suelo de mosaico y la vista a través de las ventanas.

La habitación no rompió mis expectativas: lujo tenue en una mezcla de estilos que combinaban a la perfección.

"¡Esta noche propongo una juerga colosal!", exclamó Andrea.

"Que así sea, pero primero buscaremos a Luca Perri."

Conseguimos ducharnos y deshacer el equipaje, y el oficial Istrate volvió a recogernos.

Llegamos ante una entrada que daba a un patio. Luca Perri salió de una puerta y vino hacia nosotros. "Bienvenidos a mi reino." Miré a mi alrededor con asombro.

"¿Dónde estamos, en el patio de una iglesia?", pregunté, fijándome en el ir y venir de algunos sacerdotes.

"Mi oficina está dentro de la curia. Pero síganme."

Entramos por la puerta por la que había salido el capitán y nos encontramos en un largo pasillo oscuro. Divisé en silencio la figura de

Luca Perri; parecía mucho más joven, teniendo en cuenta que debía de tener al menos cinco años más que yo.

La habitación en la que entramos era poco más que un cubículo: un escritorio en el centro, un ordenador anticuado, un viejo teléfono de disco, las paredes cubiertas de estanterías llenas de archivadores, libros y cuadernos. Junto al ordenador, un objeto que desentonaba con el resto de la habitación: un libro forrado en piel y ricamente bordado con hilos dorados. Lo tomé en mis manos.

"¡Qué maravilla!", exclamé.

"¿Te interesan los libros antiguos?"

"Sí, me encantan especialmente las encuadernaciones y las cubiertas, verdaderas obras de arte."

"Se sorprenderá, este país esconde inmensos tesoros. Pero vengamos a nosotros", abrevió.

Andrea le entregó la carpeta con los análisis, los informes de la autopsia, las fotografías y todo lo que pudiera necesitar.

"Lo más increíble es que mi pobre hermana sostuvo hasta su muerte que Cecilia Donadio había sido asesinada."

"Este es un hecho nuevo. Los testigos oídos, en su mayoría, no recordaban nada; algunos ya estaban muertos, otros expresaban el recuerdo del odio que sentían por Ludmilla Geoana. Sólo su madre nos informó de que su hermana Antonella siempre había afirmado haber visto a Ludmilla envuelta en llamas y que fue un hombre volador quien la salvó..."

"¿Un hombre volador...?", con una risa seca abrió un cajón del escritorio y sacó una hoja de papel de dibujo, guardada en una carpeta de plástico. "Mira", le entregó el papel. Se veían llamas con muchas figuras tendidas en el suelo, una de pie y otra apoyada en una pared, acurrucada en posición fetal. Cerca, otra figura, esta vez garabateada en negro, estaba arrodillada junto a la chica, con la cabeza vuelta hacia el cuello.

"¿Cuándo hizo este dibujo?", pregunté, asombrada.

"Unos meses antes de morir. Era campeona de saltos de trampolín, tenía una carrera brillante por delante. Todavía no entiendo cómo pudo ocurrir. Un clavado fue el último, perdió el equilibrio y se golpeó la cabeza contra el borde del trampolín. Cuando cayó al agua, ya estaba muerta".

"Lo siento mucho". Me sentí realmente incómoda, y en mi mente se apoderó el pensamiento de por qué una futura campeona de clavados había muerto al perder el equilibrio en el trampolín... pero evité hacer preguntas.

"El día que me entregó este dibujo, me dijo que había tenido una pesadilla. Había soñado con el incendio y con Cecilia pidiéndole ayuda. Le rogué que no enseñara el dibujo a nuestros padres y le prometí que me ocuparía de ello. Por aquel entonces yo había entrado en la academia".

"¿Y tú investigaste?", pregunté.

"En realidad no, solo se lo hice creer, más para tranquilizarla que para otra cosa. Pero luego todo fue en vano, murió".

Llamaron a la puerta. Apareció un hombre regordete, vestido con un maltrecho hábito.

"Les presento al padre Vesta, nuestro salvador de almas".

Me apretó la mano y un escalofrío me recorrió la espalda; tuve la clara sensación de que un soplo helado de viento me había rozado.

"Inspectora, le noto muy tensa, su alma está nublada por la oscuridad".

¿Qué balbuceaba ese cura tan asustadizo? Solté el agarre de su mano, que seguía aferrada a la mía.

"¡Cómo se atreve, ni siquiera me conoce!", repliqué, enfadada.

"Su alma está nublada por la oscuridad porque han venido por ella. ¿Cree que está aquí por voluntad propia?".

"Padre Vesta", intervino secamente Luca Perri, "ya basta, deje en paz a la inspectora. ¿Se ha vuelto loco?"

El sacerdote hizo una reverencia y salió de la habitación, dejando tras de sí un rastro de terror.

"Debes perdonarle, el padre Vesta es una persona muy especial, con habilidades ocultas de alto linaje. A veces escucharle no estaría tan mal", terminó la frase, suspirando profundamente.

"¿Conoce a Ludmilla Geoana?", pregunté, seco e inquisitivo.

Le tembló el párpado y se puso rígido.

"Fui yo quien puso fin a su condición de testigos bajo protección. La suya y la de su abuelo".

"¿Su abuelo?"

"Sí, el Sr. Du Jardin, su abuelo".

Los ojos verdes de Perri se convirtieron en dos rendijas.

"Entonces, por supuesto que la conozco. Su padre, Dorian Geoana, es el cuestor, o más bien el equivalente rumano, de Constanza".

"Eso explicaría muchos encubrimientos", pensé en voz alta.

"Yo diría que nuestra entrevista ha terminado. Ahora, si no te importa, tengo más cosas que atender".

Se levantó para acompañarnos a la puerta.

"No te molestes, conocemos el camino", dije, molesta.

Recorrimos parte del pasillo en silencio. Le hice señas a Andrea para que no hablara, temía que nos oyeran, cuando se nos unió el padre Vesta.

"¿Puedo invitarles a mi despacho? En señal de paz, reconozco que he ido demasiado lejos".

Si el despacho de Perri era poco más que un agujero, el del cura era inmenso. Miré, asombrada, las estanterías que llegaban hasta el techo y albergaban miles de libros.

Una puerta entre dos de las estanterías se abrió a la orden.

"Por favor, síganme", dijo el padre Vesta. "Adelante, no tengan miedo", nos instó al ver nuestra indecisión.

Detrás de la librería se escondía una habitación más pequeña. Sin ventanas, solo se oía el sonido del sistema de ventilación forzada y la sensación de frescor de las corrientes de aire que hacían la habitación agradable y relajante. Apta para la lectura.Un libro similar al que Perri tenía en su escritorio estaba sobre un antiguo atril.

Me acerqué a leer el título: Successio principum eiusdem stirpis sive sanguis familia.

"Esto es latín", exclamé. "Lista... de príncipes miembros de una misma familia... s... esto no lo puedo traducir", me volví hacia el padre Vesta.

"Secuencia de gobernantes que son miembros de la misma familia de sangre", respondió.

"¿El significado?", pregunté.

"En el libro se enumeran, en secuencia alfabética y anual, las dinastías, desde las más antiguas extinguidas hasta las más recientes, de criaturas no humanas. Son los únicos seres vivos a los que la humanidad debe temer".

Se me escapó una pequeña sonrisa.

"¿Algo le hace reír, inspectora?"

"Bueno, en cierto modo, sí. Perdone, padre, ¿quiere que crea en un antiguo manuscrito en el que aparecen nombres de qué? ¿De demonios? ¿De brujas? ¿De qué otra cosa?"

"Por favor". En respuesta, el sacerdote me entregó un par de guantes blancos de lectura.

Me los puse y, con temor reverencial, abrí el libro. Lo tomé en mis manos y me senté, indicando a Andrea que hiciera lo mismo.

Las listas se repetían a lo largo de los años, más o menos iguales; a veces se borraba un nombre, en otras se añadía. Así se repetía en todas las páginas, solo listas, nada más que nombres, y cada uno precedido de un número, el último era el 10437. Miré a Andrea, que me observaba divertida.

Volví a colocar el libro en su sitio y me di cuenta de que todos nos estábamos frotando las sienes.

"Culpo al aire que respiramos. Para mantener el porcentaje adecuado de humedad, se modifica el oxígeno. Aquí somos tres, producimos una cantidad peligrosa de dióxido de carbono y humedad". En cuanto salimos de la habitación, nos sentimos mejor.

"Padre Vesta, ya no entendemos nada, creo que también puedo hablar por el subinspector", admití con seriedad. "Más de una vez nos hemos encontrado en investigaciones truculentas, incluso salpicadas por la presencia de asesinos en serie caníbales; terribles venganzas y cualquier cosa peor que puedas imaginar, pero esto es diferente. Padre, dígame algo", le supliqué.

"Mi tarea, hijos míos, es advertir a quienes entran en contacto con el mundo oscuro. Recordad que nadie descubre el mundo sanguíneo por casualidad. Una criatura sanguínea os ha estado buscando durante mucho tiempo y os ha encontrado; quiere revelarse. Las razones las desconozco, pero tal vez tú, niña, si escarbas en tu inconsciente, puedas encontrarlas".

Vacilé... esas palabras...

"Ya basta por hoy", intervino Andrea con firmeza. "La inspectora está muy afectada, necesita descansar".

"Ten mucho cuidado", le dijo, inmovilizándole el brazo, "si te interpones entre la criatura y María, pagarás las consecuencias. Ahora vete, ten cuidado. Siempre puedes encontrarme aquí, cuando quieras".

Nos saludó dándome una tarjeta de visita y haciendo la señal de la cruz en mi frente.

Por fin salimos al aire libre. Hacía un día precioso, y aunque el calor era sofocante, busqué refugio en los brazos de Andrea.

Vimos, en el lado opuesto de la calle, el coche de policía aparcado en el mismo lugar donde nos había dejado dos horas antes. El agente Istrate bajó la ventanilla y nos invitó a entrar.

"Acompano io in hotel", me ofreció en su chiflado italiano.

"Gracias, pero caminemos. Hace un día tan bonito que es una pena no disfrutarlo".

"Tengo orden", insistió.

Molesta, cogí el teléfono y llamé a Luca Perri.

"Dile al oficial Istrate que no tiene que acompañarnos al hotel".

"No estás aquí de vacaciones, él es tu escolta".

"De ninguna manera." Cerré el teléfono. "Oficial Istrate, puede irse. Puede que no sea rumano, pero sigo siendo su superior. Vete, no necesitamos una escolta. Obedezca".

Nos alejamos del coche de policía, asegurándonos de que no nos seguía.

Llegamos al paseo marítimo.

"Toda la mierda que he oído esta mañana me ha dado mucha hambre", dije.

"Yo también. Estoy buscando en la aplicación un restaurante".

"Vamos al azar", señalé uno con el dedo.

"En casa de Mircea. ¿Crees que es bueno?"

"Creo que sí". Cogí a Andrea de la mano y buscamos la entrada, que estaba en un callejón lateral.

Encontramos un ambiente acogedor, con música de fondo, olor a buena comida y camareros vestidos con trajes tradicionales.

"¡Bienvenidos!" Como si tuviéramos Italia estampada en la frente. Siempre me ha divertido el hecho de que, en cualquier parte del mundo, al entrar en una tienda de recuerdos en lugar de en un restaurante o un museo, la bienvenida se haga en tu propio idioma.

Preguntamos si podíamos comer al aire libre.

"Tenemos mesas en la terraza, le gustará", respondió el camarero.

Le seguimos, asomándonos aquí y allá, hacia el ascensor que se detuvo en la sexta y última planta. La cabina daba directamente a la terraza, era increíble.La vista del mar y el calor del sol aumentaron nuestro buen humor y lograron apartar los pensamientos descoordinados que me atormentaban.

En cuanto nos sentamos a la mesa, llegó nuestro camarero con un plato en una mano y una botella en la otra.

"Tienes que probar el pálinka", dijo sonriendo.

"Pero es alcohólico", me quejé.

"Pero lo servimos helado".

"Entonces, si lo sirves helado, está bien", contestó Andrea.

"Básicamente te estoy sirviendo un zumo de ciruelas", explicó con una mirada socarrona.

Le pedimos que pensara en el menú, y al cabo de unos minutos volvió con dos platos para servir. El primero lo presentó como zacuscă de fasole (crema de judías) y salată de vinete tocate (un pariente cercano del baba ganoush hecho con pulpa de berenjena), pan casero y vino blanco.

Todo estaba delicioso. Andrea, al llevarse el primer bocado a la boca, miró extasiada. Continuamos la comida sin hablar, brindamos mucho y entonces sonó el teléfono de Andrea.

"El jefe. ¿Por qué demonios llama al mío?"

Saqué mi teléfono del bolso, completamente muerto.

"¡Mierda, está vacío!"

"Contesta tú directamente", me dijo, entregándome el teléfono.

"Celeste, soy María."

"¿Dónde pusiste tu teléfono?"

"Olvidé cargarlo, pero esta mañana, en cuanto salimos del aeropuerto, nos vimos envueltos por Perri y un extraño sacerdote".

"Recibí una llamada de Spatafora, quien a su vez fue informado por el capitán Perri de que ustedes dos rechazaron la escolta. Dime que fue un malentendido."

Permanecí en silencio unos segundos, el tiempo suficiente para que Celeste empezara a gritar mientras yo, obligada a mantener el tímpano intacto, me apartaba el teléfono de la oreja y dejaba que se ventilara.

"No te atrevas a preguntarme si he terminado..."

"Ni me lo imaginaba. Y de todos modos, si has terminado, estoy hablando ahora", respondí.

"No estoy dispuesta a escucharte. La escolta es obligatoria, de lo contrario haz las maletas y vuelve. Ahora."

"Hubo un malentendido", interrumpí. "Ya está, está bien. Y joder, ¡carga el teléfono!" Terminó la llamada.

"Hemos ganado un enemigo más: Luca Perri", mastiqué, devolviéndole el teléfono.

"Tuvimos ese enemigo en el momento en que cuestionó la integridad de la policía rumana y, en consecuencia, la suya."

Pagamos y salimos. Fuera nos esperaba el pobre oficial Istrate, que en cuanto nos vio salió del coche y abrió la puerta trasera.

"Por favor, acompáñame al hotel".

"Gracias", respondimos al unísono, burlándonos de su italiano.

Entramos en la habitación agotados y achispados. Miré la hora, entre unas cosas y otras eran las seis.

El mensaje entrante fue anunciado por un ¡clic! del teléfono: Mañana por la mañana a las nueve, Quaestor Geoana le espera. Luca Perri.

"Pues venga, no me odia tanto", me reí con Andrea, que se había metido en la ducha.

"Ya que no podemos salir solos, ¿bajamos al bar del hotel a tomar algo?" gritó desde el baño.

"No me apetece, estoy demasiado cansada, me duele la cabeza por el alcohol. Me tomaré una aspirina y me iré a dormir. Más tarde, tal vez, me reuniré contigo."

En cuanto Andrea salió, me metí en la cama para disfrutar del frescor del aire acondicionado y del visionado de una película que me había descargado en la tableta antes de salir.

13

Me despertaron unos ruidos procedentes de la puerta. Alguien llamaba con insistencia.

Maldita sea, Andrea debe haber olvidado la tarjeta llave, pensé.

Los golpes se hicieron más fuertes.

"¡Un puto minuto!" respondí impaciente.

Envuelto en una especie de limbo de bebedores, conseguí, a trompicones, encontrar mi llave y llegar a la puerta.

Dos figuras se pararon frente a mí, y traté de enfocar mejor la imagen. Una era el oficial Istrate.

"Oficial Istrate, ¿qué puedo hacer por usted?", pregunté desconcertada.

"Inspector Diletti, este es el oficial Eliade, habla su idioma". El chico me saludó llevándose la mano a la frente. Yo le correspondí.

"Inspector Diletti, debería seguirnos a la comisaría".

"Claro, dame tiempo para avisar al subinspector Pancaldi, acaba de bajar al piano bar a escuchar música".

"Creo que no hay tiempo para eso. Debería seguirnos. Ahora." No lo entendía, pero algo me inquietaba.

"¿Puedo vestirme?"

"Claro, le esperaremos fuera".

Cerré la puerta e instintivamente me abalancé sobre las cortinas opacas y las abrí. La luz del día fue como un disparo en los ojos. Miré la hora en el teléfono: las diez. Había dormido dieciocho horas...

¿Andrea? Busqué en el cuarto de baño y en el salón, abrí el armario; la ropa estaba toda allí. Sentí un momento de inquietud, me senté en la cama pensativa. Si hubiera tomado iniciativas personales, se lo haría pagar.

Me vestí de mala gana y mientras tanto sonó el teléfono, que por fin había cargado. Era Celeste. Rechacé la llamada y me dirigí a la puerta de la habitación. Fuera, esperándome, estaban los dos agentes.

La comisaría estaba a sólo unas manzanas del hotel, llegamos en cuestión de minutos.

Frente a la entrada de la estación había un hombre esperándome, o mejor dicho, una obra de arte. Apenas salí del coche, mi mente quedó capturada por la belleza que tenía delante.

"Soy el Jefe de Policía Dorian Geoana. Inspector Diletti, supongo".

"Imagínatelo bien". Tragué saliva con mariposas en el estómago. Y también hablaba en perfecto italiano...

Me tendió la mano, y tuve la impresión de agarrar un trozo de mármol: sólido, frío, pero sedoso. Lo observé de cerca; medía casi dos metros, con ojos negros en los que perderse, pómulos altos y labios carnosos y rojos. Pero entonces caí en la cuenta de que aquel apuesto hombre tenebroso debía de tener algo así como más de setenta años. Tonta de mí, debía de ser el hermano de Ludmilla, seguramente más joven; es costumbre en muchas culturas ponerle el nombre del padre. Sin embargo, Luca Perri fue claro al decir que el jefe de la policía rumana era Dorian Geoana, el padre de Ludmilla. A este paso me estoy volviendo loca. Mi mente no dejaba de moler pensamientos.

"¿Puedo ofrecerle algo?", preguntó con voz melodiosa.

De alguna manera, cada vez que hablaba me transmitía tranquilidad.

"Tal vez un café, gracias".

Levantó el auricular del teléfono y ordenó que trajeran dos cafés.

Intenté recuperarme del trueno de 15 años, adoptando la postura de un inspector de policía italiana.

"¿Alguien puede decirme qué hago aquí?", solté con seriedad.

"¿Cuándo vio por última vez al subinspector Andrea Pancaldi?"

"¿Por qué me hace esta pregunta?", respondí con suspicacia.

"Me pidió que le dijera lo que está haciendo aquí".

"Entonces dígamelo".

Casi me caía mal."Los papeles del subinspector Pancaldi se encontraron en un cubo de basura".

Se me encogió el corazón.

"¿Le han hecho daño?", pregunté elevando el tono de voz.

"No lo sabemos, así que necesitamos saber más de usted. Empecemos de nuevo. ¿Cuándo vio por última vez al subinspector Andrea Pancaldi?"

"Ayer por la tarde, sobre las cuatro. Tuvimos un día duro. De vuelta al hotel, me pidió que le siguiera al piano bar, pero yo estaba demasiado cansada y preferí irme a la cama. No era mi intención dormir dieciocho horas, sinceramente no entiendo cómo pudo ocurrir. Y... me despertó la llamada a la puerta de los agentes. Sólo entonces me di cuenta de que Pancaldi no estaba en la habitación".

"¿Tomó pastillas para dormir, algo que le ayudara a descansar?"

"Claro que no, eran las cuatro de la tarde, mi intención era solo echarme una siesta. Llevábamos levantados desde las cuatro de la mañana, llegamos en el vuelo de las diez".

"¿Le dolía la cabeza cuando se despertó?"

"En realidad, aún no me ha dejado de doler".

"Creo que rociaron la habitación con spray narcótico. Alguien quería que durmiera mucho tiempo".

"¿Por qué razón? No me consta que falte nada en la habitación, ni en mi bolso ni en las cosas del subinspector".

"Además de ser colegas, ¿son pareja?"

"Sí, durante quince años... casi veinte..."

"El capitán Luca Perri me entregó toda la documentación de la investigación que usted y su adjunto están llevando a cabo. No niego que enterarme de esta manera de que dos inspectores de policía italianos están aquí, en Rumanía, para investigar unos asesinatos ocurridos en un territorio que no está bajo jurisdicción rumana me entristece y me pone nervioso al mismo tiempo."

"Fuimos autorizados por el Questore Spatafora..."

"...con quien tengo una relación de sólida amistad. Y eso me enfada doblemente. Pero no sirve de nada llorar sobre la leche derramada, dicen, ¿no?"

"Más o menos, sí".

"¿Ha notado algo extraño desde que llegó?"

"No, estábamos solos en el restaurante, de lo contrario el capitán Perri nos dio escolta. Pero, ¿qué se suponía exactamente que debíamos notar?"

"El suyo, mi querido inspector, es un país más seguro. Aquí, la gente desaparece todos los días, por las razones más triviales: un reloj en la muñeca, unas gafas, el bolso de última moda... cualquier cosa activa a estos delincuentes. A veces encontramos a los desafortunados, pero la mayoría de las veces desaparecen. Para siempre".

Me miró de forma paternal y rompí a llorar. Me dio un pañuelo y se fue a contestar al teléfono.

Intenté recomponerme, pero no podía dejar de pensar dónde estaba Andrea y, sobre todo, si estaba bien.

Al cabo de unos minutos, regresó con un papel en la mano, se sentó y me lo entregó.

"¿Qué se supone que es? Está escrito en rumano. ¿Se está burlando de mí?"

"Encontraron al subinspector. Está bien".

Salté de la silla. "¿Dónde está?", pregunté, cogiendo mi bolso, dispuesta a marcharme.

"Un coche patrulla lo vio parado delante de una verja. Intentaron perseguirle, pero fue en vano. Huyó".

"¿Cómo que se ha escapado?" Le miré angustiada.

"Creo que será mejor que la acompañen al hotel", no añadió nada más.

Afortunadamente, sonó el teléfono de la oficina y eso lo distrajo. Aproveché la situación y, preguntando dónde estaba el lavabo, conseguí escabullirme de la comisaría sin que nadie se diera cuenta. Quería estar sola. Caminaba rápido, absorta en mis pensamientos, cuando un ruido los borró al instante. Miré a mi alrededor, estaba perdida, o al menos eso parecía. Escuché el ruido que me había sacado de mis pensamientos; había desaparecido. Respiré aliviada y seguí caminando. Otra vez. Esta vez escuché claramente: eran pasos. Alguien caminaba a mi ritmo, intentando alcanzarme sin que me diera cuenta. ¿Cómo podían estar las calles desiertas a plena luz del día...? Maldije para mis adentros. Apoyé mal el pie, mi tobillo cedió, y el dolor me obligó a aminorar la marcha. Decidí encararlo, me di la vuelta. No había nadie.

Convencida de que me lo había imaginado todo, volví cojeando al hotel.

Estaba segura de que encontraría a Andrea esperándome, pero tuve que cambiar de idea. La decepción me hizo desplomarme, me senté en la cama e intenté llamarle al teléfono. Nada, no paraba de sonar.

Geoana me advirtió de que, muy probablemente, le habían robado el teléfono.

El frenesí no me permitía quedarme quieta. Salí.

Fue allí mismo, delante del hotel, donde la volví a ver. Estaba de pie en el lado opuesto de la calle.

"¡María!", gritó.

Aquella voz entró directamente en mi cerebro y, como una secuencia fotográfica, reviví mi infancia. "¿Ludmilla?" Intentó abrazarme, pero di un paso atrás. "Sabes que eres sospechosa del asesinato de Cecilia Donadio, ¿verdad?"

Permaneció unos segundos, que parecieron interminables, en silencio, mirándome. "Lo sé, lo sé todo, pero ahora es el momento de pensar en tu prometido". "Subinspector Pancaldi", la corregí.

"Sí, tu novio. ¿Es correcto?"

"No te concierne". Opté por la línea dura, aunque el deseo de abrazarla era fuerte.

Se recompuso y adoptó la expresión que yo sólo veía en Dorian Geoana: cada músculo de su rostro estaba tan inmóvil como el de una estatua.

"Pueden arrestarme, si eso es lo que vinieron a hacer".

"No estoy aquí para arrestarte, sino para entenderte. Ludmilla, puede que no te des cuenta, pero un rastro de asesinatos siguió al del que eres sospechosa, es más, testigo directa."

"Te daré lo que quieras, pero ahora mismo tenemos que encontrar al subinspector Pancaldi", me miró suplicante, buscando mi asentimiento.

"De acuerdo, pero prométeme que no intentarás escapar, y... una cosa más: ¿por qué me perseguías en Turín?"

"Quería hablar contigo, sabía lo que pasaba, pero siempre estabas acompañada y no me atrevía. Y sí, te prometo que no me escaparé. ¿Bromeas? Ahora que te he encontrado de nuevo".

Esta vez le devolví el abrazo. Cogí su mano y me sorprendí: la misma textura dura y sedosa que la de Geoana. Ella lo entendía.

"Te prometí que te lo contaría todo", respondió.

Sonó mi móvil, era Luca Perri.

"Dime", respondí, apartando la mirada de Ludmilla.

"No traigo buenas noticias. Lo siento, María, pero se ha encontrado un cadáver desfigurado con la placa del subinspector Pancaldi".

Intenté controlar la respiración y ahogué el grito en mi garganta, tratando de mantener la compostura. Sentí unas manos frías que intentaban mantenerme en pie.

"María, ¿qué pasa?" Oí la voz de Ludmilla como un eco.

Estaba como en un torbellino, no podía concentrarme, no podía hablar, ni siquiera podía mantenerme en pie, si no fuera porque Ludmilla me sujetaba con fuerza.

Tuve la sensación de que algo me levantaba del suelo. Me encontré aferrada a Ludmilla en el interior de una puerta. Me estremecí, pero permanecí inerte, aferrada a ella con las lágrimas cayendo por mis mejillas.

"María", la melodiosa voz de Ludmilla resonó suavemente, "querida, escúchame. Andrea no está muerto".La miré. Apenas entendía lo que me decía. Me quedé observándola, sin saber cómo reaccionar.

"Recuerda que prometí contártelo todo, pero ahora debes creerme si te digo que Andrea no está muerto".

"¿Por qué mentiría el capitán Perri sobre algo tan terrible?", logré preguntar.

"No te mintió", su tono de voz cambió, volviéndose más seco. "Por favor, ahora no es momento de porqués; a su debido tiempo tendrás las respuestas. Ahora debemos irnos".

Con un gemido, me liberé del agarre de Ludmilla y me recompuse. "¿Dónde está mi móvil?", pregunté.

"Toma, se te ha caído", me dijo, pasándome el teléfono. "Tengo que llamar al capitán Perri otra vez."

"Ahora no. Te lo ruego, vámonos".

Salimos por la puerta donde me había escondido, el calor de primera hora de la tarde envolviéndome como un abrazo. Di un largo y refrescante suspiro.

"Tengo mi coche a una manzana. Si no te apetece andar, espera aquí y volveré a por ti".

"Iré contigo".

Caminábamos uno al lado del otro. De vez en cuando, Ludmilla me regalaba una hermosa sonrisa que yo le devolvía incrédula... incrédula ante su rostro, su expresión, su forma de caminar, todo tan parecido a Dorian que me impresionaba e incapaz de creer que pudieran pertenecer a este mundo.

De repente, Ludmilla se detuvo y se quedó rígida, como una estatua. Sus ojos cambiaron de color, rodeados de un círculo rojo. Giró el cuello como una lechuza, con el resto del cuerpo inmóvil. Un coche se detuvo en la acera y el padre Vesta se apeó.

"¿Qué haces con ella?", tronó Ludmilla.

La oí sisear.

"¿Padre Vesta? Estamos caminando, ¿qué te pasa?", le respondí.

"Caminas con el mal", tronó.

"Ahora estás exagerando", gruñó Ludmilla. "Vete, sabes que no quieres disgustarme".

El tono de voz de Ludmilla me hizo estremecerme: cruel y amenazador.

"Sabes que no dejaré que la manipules", la retó él.

"Déjanos ir, no necesito tus advertencias, y que conste que nadie me está manipulando. Por favor, déjanos en paz".

Miré al padre Vesta directamente a los ojos, desafiando el asco que se filtraba en su expresión. Suspiró y bajó los brazos en señal de rendición.

"Me voy, pero recuerda que el mal te ha rodeado", susurró mientras volvía al coche.

Oí rechinar los dientes de Ludmilla. "Maldito cura", dijo, resoplando como un toro.

Durante parte del trayecto en coche, estuvimos en silencio. Ella conducía, yo miraba los barrios por los que pasábamos al salir del centro de la ciudad.

Llevábamos una media hora en el coche cuando pregunté: "¿Adónde diablos vamos?".

"Ya casi llegamos. El abuelo Robert nos está esperando".

"¿Abuelo Robert?", pregunté asombrada. "Ludmilla, madre mía, no tengo ninguna intención de tener un carrusel de viejos tiempos. Tenemos que encontrar a Andrea", terminé la frase en tono amenazador.

"Confía en mí". No añadió nada más. Se encerró en un silencio surrealista, sin prestar atención alguna a mis improperios.

Paró frente a un chalet, me instó a bajar, pero decidí no hacer otra cosa que lo que me había prometido: encontrar a Andrea.

Oí que llamaban a la ventana, me volví y me quedé sin habla: frente a mí, el Sr. Du Jardin. Allí estaba, igual e idéntico a como le recordaba treinta y seis años atrás. No había envejecido ni un solo día.

Salí del coche y le abracé espontáneamente.

"Qué alegría volver a verte, Maria Diletti. Sigues siendo tú, te habría reconocido entre mil personas. Quizá ya no seas una niña, pero tu rostro sigue siendo el mismo de entonces"."Yo diría que el cumplido puede ser recíproco", respondí, sonriendo.

Ludmilla y su abuelo me guiaron hasta la entrada de la casa. Me encontré en un pequeño salón, mirando a mi alrededor, hasta que mis ojos se posaron en los suyos: Andrea.

Mi corazón dejó de latir, y la alegría me dio fuerzas para correr a sus brazos. Sentí una sensación extraña, algo ya experimentado, pero que no comprendía. De repente, le miré mejor y di un paso atrás. Había visto ese rostro antes, una fotocopia del de Dorian y Ludmilla... y del de Robert Du Jardin. Entonces cogí sus manos, las estreché y sentí la misma textura dura y fría, pero sedosa. Me llevé una mano a la boca, la emoción me impedía hablar, retrocedí de nuevo.

Recordé el libro que leí en la biblioteca del padre Vesta, sus advertencias, pero también la furia en la expresión de Ludmilla cuando me advirtió delante de él.

Me asaltó una sensación asfixiante de puro terror.

"¿Qué eres?", murmuré, dirigiéndome a Ludmilla. "¿Y qué le hiciste?"

Miré a Andrea una y otra vez, pero él permanecía mudo, con el rostro dibujado y dolorido.

"María, ¿recuerdas la promesa que me hiciste? Ha llegado el momento de ponerla en práctica. Confía en mí, y todo te quedará claro", dijo Ludmilla con voz controlada.

Me acerqué a ella con rabia, con ganas de patearle el trasero. La oí soltar un leve suspiro, como si hubiera leído mis pensamientos.

"Sabes lo que somos", murmuró.

"Te lo diré por última vez: ¿qué eres?"

Me miró fijamente durante un momento sin encontrar las palabras. Luego respondió: "Vampiros. Pero eso ya lo sabías".

"Ahora cuéntame lo que le hizo al subinspector Pancaldi", pregunté lentamente, puntuando palabra por palabra.

"No le hicimos nada, pero el monstruo que te buscaba lo encontró".

Podía leer la verdad en las palabras de Ludmilla, suspiré. La ira desapareció para dar paso a la preocupación.

Me volví hacia Andrea, le habría obligado a contármelo todo, pero se volvió hacia la ventana como para ocultar su rostro.

Robert Du Jardin se materializó a su lado y le bloqueó por el brazo.

"Aún no es momento de excitarlo, no podría controlarse".

Desaparecieron, y me quedé sola con Ludmilla.

"¿Por qué no debería controlarse?", pregunté.

"Ven y siéntate", suplicó, recuperando el control que, unos minutos antes, parecía flaquear.

14

El ruido procedente del exterior de la sala captó nuestra atención. Acostumbrado ya a su forma de presentarse, no me sorprendió ver aparecer a Dorian Geoana.

"Espero no haberte asustado", empezó en tono burlón.

Arqueé las cejas. "Ya nada me asusta", respondí fríamente.

Se acercó unos pasos y su rostro se tornó serio: "Me alegra saber que ya nada te asusta, pero si quieres mi consejo, sigue teniendo miedo y tal vez consigas salir con vida".

"¿Me estás amenazando?"

"Te lo advierto, ya ha corrido suficiente sangre".

Luego se volvió furioso hacia Ludmilla: "Espero que estés satisfecha del lío en que nos has metido".

"No quería, papá. Pero dejarle morir... no fue un accidente, una enfermedad o una elección personal. Un monstruo vampiro lo redujo a la muerte", replicó Ludmilla, desafiando a su padre con la mirada.

"¿Por qué Robert se llevó a Andrea?", pregunté con la intención de apagar el mal humor entre ambos.

Dorian tragó saliva y empezó a hablar: "El subinspector aún está fresco. En cuanto termina la adaptación, un vampiro no sanguíneo es muy peligroso. Basta lo más mínimo para que te ataquen. Tienen hambre... necesitan sangre... humana".

"¿Tenía que matar a alguien?", gruñí.

"No, estamos bien equipados, no necesitamos matar humanos. Tenemos, por así decirlo, suministros de sangre sin crueldad".

"¿Sin crueldad?", volví a reírme, aunque me di cuenta de que había poco de qué reírse.

"Banco de sangre, donantes dispuestos, animales, pero no son suficientes durante el proceso de adaptación".

"Deduzco que hay gente que sabe de su existencia..."

"Oh, muchos más de los que puedas imaginar".

"¿Con qué propósito una persona sentiría placer en convertirse en comida de vampiros?"

"Por el dinero, claro", respondió divertido.

Claro... "¿Así que la transformación se produce tras la mordedura de otro vampiro?", pregunté.

"No siempre. Algunos nacemos con el gen vampiro, en cuyo caso la adaptación se produce espontáneamente hacia los diez u once años y termina unos diez años después. Es un camino largo y doloroso, pero nos pertenece, no podemos hacer nada".

Permanecí unos segundos reflexionando sobre lo que Dorian había dicho. Todo tomó forma en mi mente y se aclaró.

"Fue a causa de su incapacidad para controlar su sed que Ludmilla mató a Cecilia. No fue un asesinato intencionado", terminé casi aliviado por el descubrimiento.

Miré a Ludmilla a los ojos y leí su sufrimiento. Sentí lástima.

"Incluso después de todos estos años el recuerdo está vivo en mi mente. Sólo quería asistir a esa maldita fiesta... así que huí del control del abuelo. Esperaba cualquier cosa menos que me insultaran y se rieran de mí un montón de adultos. La peor fue la madre de Cecilia. Me arrastró del pelo, fuera de la pequeña sala donde estaban reunidos, gritándome: "¡Eres una bruja, lárgate!". Yo aún no sabía cuál era mi esencia, y mucho menos mi fuerza. Conseguí entrar en el salón de baile, convencida de que me lo pasaría bien con mis compañeras. Me equivoqué. "¡¿Qué haces aquí, bruja?!", empezaron a gritar. Una de ellas me tiró al suelo... todo ocurrió en un instante. La rabia que sentía me dio fuerzas para liberarme de algunas de las chicas que me sujetaban, estampando sus pies sobre mi cuerpo y mi cara, mientras otras me daban patadas. Escapé y encontré refugio entre dos sofás. No tardaron en encontrarme. Vi que Cecilia se acercaba con el cuello de una botella rota, amenazando con degollarme. Me invadieron la rabia y el miedo, cogí el arma de las manos de Cecilia y se la clavé en la garganta. La sangre empezó a brotar a chorros, era la primera vez que la olía. Recuerdo la cara del abuelo: angustiado y desconsolado. Fue lo último que vi antes de perder el conocimiento. Más tarde supe que conseguí morder el cuello de Cecilia, con tanta violencia que me quedé

con la tráquea en la boca. Sentí rabia y vergüenza por lo que descubrí que era, no descansé en años"."¿Cómo se produjo el incendio?"
"Tuve que limpiar el desastre que hizo Ludmilla". Levanté la vista, Robert había aparecido. "Los gritos de las otras chicas alertaron a los padres y a los porteros de la discoteca, que entraron corriendo en el edificio. Llegué y vi que Cecilia estaba tirada en el suelo en un charco de sangre y dos porteros sujetaban a Ludmilla para que no escapara. Al menos eso me pareció. Pero uno de los padres escondía un arma y la amenazaba. En ese momento habría muerto, aún no había terminado su adaptación. En cuanto me vio, empezó a disparar, con muy mala puntería. Le dio al cuadro eléctrico que había detrás de los porteros que sostenían a Ludmilla. Explotó como una bomba. En pocos minutos el fuego se extendió por toda la habitación. El cortocircuito hizo que las puertas de emergencia se cerraran antes de que nadie pudiera salvarse entre los que quedaban dentro de la pista de baile. En un segundo tuve que decidir qué hacer para ocultar los mordiscos que Ludmilla había infligido a Cecilia. Derribé un candelabro estroboscópico y despegué algunos cristales... Golpeé varias veces el ya maltrecho cuello en un intento de ocultar las marcas de los dientes. Evidentemente no fui capaz. Luego agarré a mi sobrina y salí por la puerta trasera que daba al patio del edificio que albergaba la discoteca. La obligué a despedirse y a abandonar Turín". Hizo una breve pausa y recuperó el aliento. "Algún tiempo después regresé a Turín, quería asegurarme de que la policía no tuviera dudas sobre lo que había ocurrido. Me dirigí al patólogo forense que realizó las autopsias y le hipnoticé para que me contara lo que había descubierto. Le obligué a cambiar el certificado de la autopsia, pero eso no fue suficiente... incluso al inspector que seguía la investigación y a todos los que lo sabían, tuve que hipnotizarlos para que cambiaran sus recuerdos... entonces todo acabó. Cada uno se quedó con su dolor, pero yo les di todo el conocimiento de la serenidad. La única forma que conocía de pedir perdón".

Por mi mente pasaron mil preguntas, pero preferí guardar silencio y escuchar el grito de horror que oí.

El mundo ya no era lo que yo conocía, una parte de él, desconocida y misteriosa, me había encontrado y, de algún modo, también lo sentía mío: lo comprendía y no le temía.

"Pero eso no es todo", intervino Dorian. "De los documentos que me ha entregado se desprende que el cadáver de la niña Cecilia Donadio presenta claros signos de mordeduras, infligidas con especial fuerza por una persona con una arcada dental parcialmente inconclusa, que pueden remontarse a un bebé de unos diez años de edad. El estado de conservación del cuerpo es incorrupto. Cecilia quedó en estado de semimuerte", dijo al terminar de leer parte del certificado de autopsia redactado por Marino Piano.

"¿Qué significa exactamente 'estado cercano a la muerte'?", pregunté temeroso.

"Que alguien pretende, tarde o temprano, devolverlo a la vida".

Esto era demasiado para cualquiera... para mí desde luego. Pero me armé de valor para continuar con las preguntas.

"¿Por qué alguien resucitaría a Cecilia?"

Dorian se lo pensó unos segundos antes de contestar. Tuve la impresión de que, no sé cómo, pero se estaban enfrentando... quizá para determinar cuánto y qué decirme.

Fue Dorian de nuevo quien habló:

"Llevamos años cazando a un monstruo sin freno. Un asesino que bebe sangre humana, un vampiro marginado. Desprecia la ley y a cualquiera que la cumpla, mata por diversión, la mayoría de las veces ni siquiera se alimenta de sus víctimas. Actúa sin motivación..."

Le interrumpí porque tenía la impresión de que sólo quería soltarme un montón de tonterías.

"Puede que sea un monstruo, este vampiro marginado, pero ¿quieres hacerme creer que estuvo en Turín en 1986 y de nuevo hace unos días? Insultas mi inteligencia y, sobre todo, te aprovechas de mi paciencia."

"Si me dejaras terminar de hablar... descubrirías que nadie quiere insultarte ni aprovecharse de ti", replicó Dorian con impaciencia. "¿Puedo continuar?", comentó.

Asentí con la cabeza, pero mientras tanto Andrea volvió.

"Podemos continuar en otro momento, ahora es importante que hablen entre ustedes."

Mi corazón latía con fuerza, la mera proximidad de Andrea me hacía sentir tan mareado como en presencia de Dorian Geoana. Y pensar que en quince años nunca había sentido nada igual... Se sentó a mi lado y me cogió la mano.

"Me convertí en una criatura de las tinieblas, un monstruo. Estaría mejor muerto..."

"Andrea, ¿estás loca?"

"Es la verdad, soy un monstruo. Y no sé cuánto podré superarlo, pero de una cosa estoy seguro: quiero matarlo con mis propias manos."

"Andrea, pero ¿cómo hablas...? ¿Qué es eso de 'quiero matarlo con mis propias manos'? ¡Lo llevaremos ante la justicia!"

Había tristeza en sus ojos. Eran ojos vacíos de vida y esperanza. Sabía que nunca podría volver.

Sentí una oleada de vergüenza al pensar que le habían dado la inmortalidad... e incluso se quejaba de ello.

Entonces le miré, sus ojos tristes se fundieron con los míos, pero de pronto vi un destello de rojo en sus pupilas. Tiré hacia atrás, pero él bloqueó mis manos y me atrajo hacia su pecho. Era tan fuerte que cualquier intento de escapar era inútil.

"Ves, te asusto", susurró, dejándome ir.

Respiré hondo y le cogí la cara para obligarle a mirarme.

"He tratado con pedófilos, violadores y asesinos, les tenía miedo. Pero tú eres... tú... sé que nunca me harás daño, sólo tengo que acostumbrarme y, si puedo hacer algo por ti, dímelo, estoy aquí para ayudarte."

Intenté besarle, pero se puso en pie de un salto y, en un santiamén, alcanzó la pared opuesta de la habitación.

"No puedo controlarme, sólo puedo oler tu sangre," jadeó.

"Tendrás que aprender a controlarte, y la única forma es enfrentarte a tus demonios."

"¿Mis demonios?" gruñó. "Yo soy un demonio."

Salió corriendo de la habitación. Intenté alcanzarle, pero Ludmilla me lo impidió.

"Dale tiempo, tiene miedo y aún no conoce su fuerza. María, debes comprender que se necesita poco para mataros a los humanos, sois tan frágiles como un tarro de cristal."

Alguien habló detrás de Ludmilla.

"María, ¿cuánto tiempo llevas sin comer?"

Era Robert quien, preocupado, llevaba una bandeja llena de todo lo bueno. "Sé que eres vegetariana," se apresuró a señalar.

"El abuelo es una maravilla detrás de los fogones," dijo Ludmilla mientras le quitaba la bandeja de las manos para colocarla sobre la mesa.

"¿Así que comes comida normal?"

"Si por normal te refieres a todo lo que no es sangre, claro que sí."

Satisfecho y en estado de gracia por las bondades que Robert había preparado, salí al jardín a fumar un cigarrillo.

"Veo que eres uno de esos humanos dedicados al cáncer," comentó Ludmilla.

"Significará que en mi lecho de muerte me convertirás en vampiro..." No respondió, pero se sentó a mi lado, en el escalón de la puerta.

"¿Puedes decirme qué le ha pasado a Andrea?" le pregunté, mirándola de reojo.

"La culpa es sólo mía. No estaba atenta y me vio cerca del hotel donde te alojabas. Podría haber huido, como hice las otras veces en Italia, pero sentí que ya no podía hacerlo, y entonces me llamó por mi nombre, me vi obligada a detenerme..." Dejó de hablar, notando mi expresión interrogante. "Si un humano nos llama por nuestro nombre, nuestra esencia nos obliga a detenernos, del mismo modo que no podemos entrar en vuestras casas sin haber sido antes invitados. No sabemos la razón, pero nos hace vulnerables ante los cazadores de vampiros."

"¿Existen los cazadores de vampiros?"

"La historia, o más bien las leyendas, están llenas de ello. Pero volvamos a nosotros. Cuando Andrea me llamó, me vi obligada a detenerme; se acercó a mí y me dijo que no tuviera miedo, que sólo quería hacerme algunas preguntas. Acepté. Me propuso ir a un sitio tranquilo donde pudiéramos hablar. Conozco un café un poco fuera del centro donde podríamos charlar tranquilamente. Usted y su hombre son muy parecidos, en eso de llevar a cabo un interrogatorio y hacerlo pasar por una charla..."

"Después del café pedimos dos cervezas, y luego más... y más..., y tuve que correr al baño a orinar." Hizo una pausa. "Pero no le dije la verdad. No podía conocer sus reacciones y podría haber sido peligroso para los dos. Fui al baño y cuando volví Andrea ya no estaba sentado a la mesa. Pregunté al chico de detrás del mostrador, que me dijo que le había visto salir en compañía de un amigo. Le pedí la descripción del amigo, y cuando me la dio lo entendí todo. La bestia se había llevado a Andrea. Intenté buscarlo siguiendo su rastro, pero no había nada que hacer. Así que decidí llamar a mi padre y a mi abuelo; sólo ellos podrían ayudarme. Y así fue. Encontramos a Andrea tirado en un parque infantil. No tenía papeles ni placa. Sin duda, la bestia se los había apropiado, a ese tipo de vampiros les gusta jugar. No es casualidad que alguien encontrara los papeles por un lado y la placa en un muerto no identificable por otro."

"Le había desangrado, pero aún le quedaba un hálito de vida. Lo llevamos a una clínica amiga, hicieron lo que pudieron por salvarlo, pero la hipoxia prolongada le había dañado el cerebro. Sería una larva el resto de su vida. Fue decisión mía, yo le había puesto en peligro. Primero le di mi sangre y luego le mordí. El tiempo pasaba deprisa y podrías haberte despertado y empezado a buscarle, quizá contactando con la policía local o, peor aún, con Luca Perri. Cuando entré en la habitación del hotel, aún dormías plácidamente, pero empezabas a despertarte. Te hipnoticé para que siguieras durmiendo y olvidaras que me habías visto al despertar. Perdóname, pero no podía hacer otra cosa... ya sabes el resto."

"Explícame: ¿por qué habría sido peor recurrir a Luca Perri?"

"Es un cazador de vampiros, pero dada la posición de mi padre, hace muchos años aceptó un trato: a cambio de no tocar a las familias que no se alimentaban de humanos, mi padre le cedería a los demás. Los cazavampiros y los azaras."

"¿Qué son las azaras?"

"Vampiros que se alimentan de otros vampiros."
"La abominación de las abominaciones," respondí en voz baja.
"Tienes toda la razón. Y son los únicos que pueden matar a los vampiros de sangre, con un simple mordisco."

Antes de que pudiera formular más preguntas, Ludmilla me detuvo, poniendo dos dedos en mis labios: "Ya basta por hoy. No puedes esperar procesarlo todo de una vez. Te juro que mañana volveré a responder a todas las preguntas que quieras hacerme. Esta noche te quedas a dormir y no aceptaré un no por respuesta."

No hice ningún intento de protestar, aunque hubiera preferido estar sola un rato.

Ludmilla se regocijó, saltando. Seguía siendo la misma niña con la sonrisa en forma de corazón que iluminaba su cara de emoción. Me abrazó, amenazando con partirme en dos.

"¡Abuelo! ¡Abuelo! María y yo nos vamos a dormir a mi casa, ¡todavía no puede estar a solas con Andrea!" gritó, asomando la cabeza en el pasillo.

Intenté entrar a coger mi bolso, pero, sin darme tiempo a darme cuenta, ya lo tenía en la mano.

La casa de Ludmilla no estaba lejos del centro, en una romántica placita llena de bares y restaurantes. Aparcó dentro de un portal, bajo una hermosa bóveda de arco, ricamente pintada al fresco.

"Es el escudo de la familia," presumió.

Desde allí, accedimos a un segundo patio, más pequeño, del que partía una escalera monumental salpicada de arcos y una serie de geometrías aleatorias. Subimos dos pisos, y la entrada a la casa estaba en el balcón, al que llegábamos a través de una serie de espacios cubiertos de madera y artesonados.

Dentro se respiraba un aire de antaño: grandes espacios, enseres y puertas que tenían todo el aire de la originalidad. Me quedé boquiabierta mirando una mesa consola de principios del siglo XIX, con una silla estilo Luis XIV a su lado, tapizada en raso de seda. Me encantaban los muebles de arte, pero, por desgracia, mi economía nunca me lo había permitido.

Ludmilla, que se fijaba en todo, estaba tan orgullosa que empezó a revolotear a derecha e izquierda, explicándome el origen de cada obra de arte de la casa.

"El hilo conductor de toda la casa, como habrás notado, es el cristal Tiffany. Precioso. Pero por favor, siéntate y siéntete como en casa, de hecho, considérela tu casa."

Le di las gracias y me encontré con un hermoso y majestuoso sofá blanco, con chaise longue y una alfombra persa muy antigua. Me quité los zapatos y me senté en el sofá.

Sonó el interfono, y Ludmilla se dio la vuelta disculpándose.

Me quedé sola unos instantes, el tiempo suficiente para recordar que, unas cuarenta y ocho horas antes, había rechazado la llamada de Celeste. Cogí el bolso que había tirado en la chaise longue y descolgué el teléfono. Veintidós llamadas perdidas. Quién iba a oírlo ahora, pensé, pasándome una mano por la frente.

Hice clic en la notificación de la primera llamada y oí el primer timbre.

"¡Dime que has sido abducido por extraterrestres o estás despedido!" gritó.

Quiero decir, más o menos. En realidad, es sobre vampiros..., pensé en responder.

"Lo siento, es culpa mía. Tuve una enfermedad y me ingresaron en el hospital," mentí entre dientes.

Le oí resoplar, pero recuperó el control de su voz. "¿Y cómo estás ahora?"

"Me están dando el alta, no contesté para no asustarte."

"Ni siquiera el imbécil de tu hombre... al menos podría contestar."

"No les dejé. Pero cambiemos de tema. Nos las arreglamos para hablar con el capitán Perri y Ludmilla Geoana."

"¿Y qué?", dijo elevando el tono de su voz.

"Hasta ahora no hemos sacado ni una araña del agujero, pero estamos tras la pista de quién -está convencido el capitán- es el culpable de todos los asesinatos y también del secuestro del cuerpo de Cecilia Donadio."

"Bien," respondió con suspicacia, "pero a partir de ahora exijo un informe cada veinticuatro horas."

Terminó la llamada antes de que pudiera presentar ninguna queja.

Ludmilla volvió cargada de bolsas.

"Yo no soy buena cocinera, pero Pavel, el chef del 'Monastir', prepara verdaderas obras de arte. Le he hecho traer algunas cosas para que las pruebes."

De hecho, vació el restaurante y su bodega.

"¿Cómo puede uno nacer vampiro?" pregunté tras la tercera copa de Fetească Albă.

"De la misma manera que los humanos," contestó, soltando una carcajada. "En realidad, muy diferente a los humanos," se recompuso, asumiendo un aire serio. "Por ejemplo, yo nací de una humana y un vampiro."

"T... t... tú... ¿tienes una madre humana?" balbuceé.

"Sí, pero por desgracia nunca la conocí, murió al darme a luz. Crecí con el abuelo Robert hasta el principio de la adaptación, y luego con Dorian y Adelheid."

"¿Me estás diciendo que Dorian no es tu padre biológico? Hostia puta..." Entrecerré los ojos y me serví otra copa de vino.

"No. Me adoptaron cuando murió mi madre... mi padre no quería conocerme."

Bajó la cabeza, dolida.

"¿Entonces un humano y un vampiro o un vampiro y una vampiresa también pueden procrear?" pregunté, tratando de desviar el tema que la atormentaba.

"Es posible, pero muy improbable en ambos casos. Entre humano y vampiro la posibilidad se reduce a tener relaciones sexuales con un niño menor de doce años o con un humano recién convertido que aún tenga capacidad reproductiva. Lo mismo ocurre entre dos vampiros. Sencillamente, sólo los vampiros varones pueden procrear en cualquier momento de su vida, y créeme cuando te digo que cualquiera de ellos podría tener hijos suficientes para poblar la Luna."

"Joder, realmente es cierto que si naces mujer, en cualquier especie o raza, eres coja. Y punto."

"Por supuesto. Los machos siempre llevan las de ganar, sobre todo si son vampiros. Durante siglos y siglos, las vampiras no existieron, o eran mucho menos numerosas que los varones. A la mayoría nos mataban porque nos confundían con brujas."

"¿Quieres decirme que la masacre llevada a cabo por la Iglesia durante la Inquisición mató a vampiros y no a mujeres humanas?"

"Oh no, los pobres desafortunados humanos encontraron el mismo horrible final. Fueron las brujas las que escaparon de la Inquisición."

Me serví otro vaso de vino; decidí que sólo borracho podría encontrarle sentido a todo lo que estaba escuchando.

"Las brujas... ¿existen?" Estaba segura de que se reiría en mi cara. Pero en vez de eso...

"Por supuesto, aunque, con el tiempo, han perdido sus poderes, o mejor dicho, han perdido sus conocimientos. Hoy son muy pocas y se mantienen al margen. Sólo los dignos pueden encontrarlas. Tú has conocido a uno."

"¿En serio?" pregunté, asombrado.

"Padre Vesta."

No pude contenerme y solté una carcajada. La idea de que el padre Vesta fuera un brujo... bueno... me moría de ganas de contárselo a Andrea. Habría pasado por alto revelar quién era Luca Perri, porque me parecía de mal gusto decirle a un vampiro neófito que los cazavampiros estaban detrás de él. Volví a soltar una carcajada.

"Y explícame... ¿posee una bola de cristal... una olla... de vez en cuando da un rodeo hasta el Vesubio...?" No pude moderar la risa.

"Nada de eso... pero, por favor, no le des a entender nunca que te estás burlando de él..." No pudo terminar la frase y se echó a reír también.

"¿Cuándo podré estar a solas con Andrea?" pregunté, recuperando un atisbo de lucidez.

"Llevará unos días. Dependerá mucho de su capacidad de autocontrol. Es un riesgo que no puedes correr, créeme. Si te atacara, no tendrías tiempo de gritar."

"De acuerdo. Pero todavía tienes que responder a algunas preguntas, ¿verdad?"

"Por supuesto. Te hice una promesa y la respeto."

"¿Cómo es que puedes caminar tranquilamente a la luz del día? Siempre pensé que los vampiros eran criaturas de la noche."

"La mayoría de las veces se ha leído sobre ello en la literatura de terror o se ha visto en películas. De cualquier forma, no nos gusta la luz del sol; nuestros ojos son similares a los de los animales nocturnos. La luz brillante disparada a los ojos puede debilitar incluso al más viejo de los vampiros."

"Pero eres inmortal, nadie puede matarte, ¿verdad?"

"Si nadie pudiera matarnos, no habría cazadores de vampiros. ¿Estás de acuerdo?" "Hombre... no había pensado en eso. Pero bueno, ¿lo de la inmortalidad?"

"Es verdad. Mientras nadie nos mate. Somos inmunes a las enfermedades, a los accidentes, a las balas, a la vejez, pero no a una mordedura de azara, a la decapitación, a la avulsión del corazón o a una simple estaca de ébano clavada directamente en el corazón. Ahora ya sabes cómo matarme," sonrió.

"Lo tendré todo en cuenta," respondí, fingiendo seriedad.

"María," habló con aire preocupado, "la búsqueda del monstruo es peligrosa. Debes escucharme con atención... no estás tratando con el peor criminal humano. Es un vampiro de siglos de antigüedad. Tiene fuerza, habilidades hipnóticas que ni te imaginas, puede leer la mente y olfatear las emociones humanas. Todos nosotros juntos difícilmente podríamos vencerlo. Así que te lo ruego, ten cuidado."

"Tendré cuidado, tenlo por seguro."

"Debes estar cansado, vamos a dormir," dijo, maternalmente.

"Sí, estoy cansada... pero una pregunta más. Adelheid, tu madre adoptiva, ¿cómo es que aún no la he visto?"

"Ella no vive aquí en Constanza, prefiere quedarse en su residencia de Cluj-Napoca. Podrás conocerla muy pronto, la búsqueda del monstruo empezará desde allí."

"¿Por qué debemos buscarlo en otra ciudad?"

"No lo buscaremos en la ciudad, estos vampiros viven en las montañas. Según Dorian, ya ha abandonado Constanza y se ha refugiado en alguna cueva."

"Entonces me voy a dormir."
Me acompañó a la habitación de invitados y se marchó, no sin antes abrazarme.
Oí vibrar el teléfono y miré quién me llamaba: Andrea.
"Amor, ¿cómo estás?" preguntó en lugar de saludarme.
"¿Cómo estás? Yo no soy el que se convirtió en vampiro," respondí con sarcasmo.
"Estoy mejor. Cada minuto que pasa me siento más fuerte y menos nervioso. Incluso la sed ha disminuido. He conseguido comerme un trozo de pizza, horrible," se ríe.
"¿Quién come pizza en Rumanía?"
"No había nada mejor y no deseaba nada más. Tú, sin embargo, eres escurridiza. ¿Qué pasa, María?"
"Nada, no pasa nada. Estoy muy cansada, puedes entenderme." Intenté evadir la pregunta, aún era demasiado pronto para pensar en él de otra forma que no fuera como un vampiro que hasta hacía unos días era mi hombre.
Permaneció en silencio unos instantes que parecieron horas.
"No pude evitar la llamada de Celeste," dijo de un tirón.
"¿Te has vuelto loco?"
"Tenía como 30 llamadas perdidas, ¿podría seguir sin contestar?"
"Tenías que hacerlo," grité.
"De hecho, me dijo que había hablado contigo y que habías sido muy evasiva a sus preguntas. Quería asegurarse de que todo iba bien y me puso al día de algunas situaciones."
"¿Cómo qué?""Spatafora. Dio órdenes de exhumar a todas las víctimas del incendio del 'Dos de Picas'."
"Querrá asegurarse de que no haya más víctimas asesinadas por la misma mano que asesinó a Cecilia."
"¿Crees que serán capaces de llegar a la verdad?"
"A una verdad pilotada, quizás."
"Te dejaré descansar. Hasta mañana."
"¡Hasta mañana!"
Un rayo de sol me despertó y, con un brazo, intenté taparme los ojos. Miré a mi alrededor, desconcertada. Vaya, ¡qué dormitorio tan

101

maravilloso! pensé, mientras resurgía en mi mente la certeza de que estaba en casa de Ludmilla.

Con dificultad, me levanté para ir al baño. Mala idea. Me miré en el espejo. El espectáculo era peor de lo que había imaginado: ojos de plaga, rostro cadavérico, pelo que contenía todo un catálogo de nudos... ni que hubiera sido yo el vampiro... oh sí, molaban.

Me metí en la ducha caliente, sin pensar más en mi aspecto. Tras unos minutos de ducha caliente, casi me había recuperado.

"¡María!", oí gritar desde la puerta del baño. "Soy yo, Ludmilla. Te he traído la ropa que tenías en la habitación y he cancelado el hotel."

"¿Qué has dicho?", fingí no entender.

No estaba acostumbrada a que alguien interviniera así en mi vida; me sentía molesta por su, digamos, exuberante comportamiento.

Salí del cuarto de baño envuelta en el albornoz que me había proporcionado. La encontré ocupada trasteando en el armario.

"Discúlpame, cariño, si me lo he permitido, pero es evidente que ya no puedes estar sola. Considérame un acompañante, mucho más que armado," terminó la frase guiñándome un ojo y dedicándome una sonrisa dentada.

"¡Maldita sea!" exclamé.

La poca ropa que había metido en la maleta antes de salir de Italia estaba ordenada, pero al fondo del armario; delante, a la vista, había una hilera de otras prendas. Con las manos las acaricié una a una; aún estaban nuevas, con las etiquetas de precio quitadas, y todas de mi talla.

"Pensé que necesitabas algo más, teniendo en cuenta la duración de la estancia."

"¿Son todas para mí?"

"¿Y para quién más?" sacudió la cabeza con obviedad.

Eligió unos pantalones color crema, combinados con una blusa roja clara.

"El rojo te sienta bien, resalta tus ojos," guiñó un ojo, colocando la ropa sobre la cama. "Te espero allí. Hay sorpresas." Salió, dejando tras de sí sólo el rastro del perfume.

Llegué al comedor. La mesa estaba preparada para un desayuno digno de una reina.

"¿Tienes que alimentar a toda Rumanía?", bromeé.
La habitual ráfaga de viento que anuncia la llegada de alguien no humano.
"¡Andrea!"
Me levantó en sus brazos, y Ludmilla acudió de inmediato a su lado, lista para intervenir si notaba un cambio en su estado de ánimo.
"Estoy bien", la tranquilizó.
Luego se movió para darnos unos minutos de intimidad, pero permaneció alerta y lista para abalanzarse.
"¿Así que has dormido en un ataúd esta noche?"
"Sí, y desayuné con sangre virgen."
"Deja de ser idiota."
"Empezaste tú."
"Bueno, bueno, siento una cierta relajación en los ánimos", dijo una voz cantarina. Era Dorian, que se materializó en la habitación.
Me sobresalté. "Ya deberías estar acostumbrada a nuestras entradas."
"Me acostumbraré..."
"Tu teléfono está a punto de sonar," dijo Dorian divertido.
Lo miré levantando una ceja, y entonces el teléfono sonó.
"A estas alturas, dime: ¿qué quiere Celeste?", pregunté irónicamente.
"Contesta, es mejor."
"Buenos días, jefe."
"Buenos días mis narices."
No era propio de Celeste, o al menos no siempre, responder así.
"Ayer, a última hora de la tarde, se exhumaron los dos primeros cadáveres. No te lo vas a creer... ataúdes vacíos."
Me quedé sin palabras, buscando consuelo en la mirada de Dorian, que claramente ya lo sabía todo.
"¿Estás seguro?" No se me ocurrió nada más inteligente para preguntar.
"No, no estamos seguros. En realidad, no teníamos nada mejor que hacer. Ya sabes, el calor, el aburrimiento... así que pensamos en

inventarnos esta bonita historia y contártela... ¡Por supuesto que estamos seguros!" tronó, haciendo que me dolieran los tímpanos.

"Pe... perdón... no quería..."

"¿Perdón? ¿No era mi intención? ¿De qué demonios estás hablando? Escúchame, en mi opinión, ya no haces nada allí. Creo que la dirección en Rumanía es errónea... así que tienes que volver."

"Te equivocas, Celeste, la pista correcta está aquí. Si nos haces volver ahora, el culpable se desvanecerá en el aire."

"No creo..."

"Celeste, siempre has confiado en mis investigaciones, ¿ha cambiado algo?"

Decidí jugar la carta profesional.

"Te doy cuarenta y ocho horas, después de las cuales te vas a casa. O me devuelves mis placas."

"De acuerdo", susurré, pero él ya había dado por terminada la conversación.

"Los cuerpos desaparecidos descansan en paz", afirmó Dorian.

Lo miré incrédula y ni siquiera estaba segura de haber entendido el significado de la frase.

"No estábamos seguros de que los otros cuerpos estuvieran muertos. El riesgo de que el maldito monstruo los hubiera dejado allí, listos para ser revividos, era demasiado alto."

"Y dime... ¿había alguna de esas niñas... así como dijiste...?"

"Sí", respondió mirándome a los ojos.

"Pero... no eran más que niñas...", gemí.

"Esta historia es demasiado grande para cualquier ser humano. Escucha al comisario, vete a casa, ponte a salvo. Y olvídate del asunto."

"¿Hablaste en singular?" Lo miré con suspicacia.

"Andrea no podrá salir de Rumanía, no de inmediato. Las primeras etapas de adaptación son muy difíciles y peligrosas. Si pasara algo y se enteraran... No conozco cazadores en todo el mundo, y créeme cuando digo que hay muchos en Italia. Detectarían su presencia y comenzarían una caza despiadada. Por lo tanto, la subinspectora Andrea Pancaldi tendrá que morir aquí, en Rumanía, cumpliendo con su servicio. Morirá como una heroína, pero así es como debe ser."

No podía creer lo que estaba oyendo. No me había hecho esa pregunta, o más bien, sabía en mi corazón que nada podría volver a ser igual. Pero no sabía cómo.

"No tenía que ser así", murmuré.

Andrea me abrazó para consolarme. "Ya verás que todo va a salir bien", susurró.

"No voy a volver a casa. Tengo que encontrar a este monstruo y enfrentarme a él", sentencié.

"Las mentes de algunos de nosotros", empezó a hablar Dorian, "no se han adaptado a vivir con humanos. Deben comprender que son presas fáciles de cazar, ningún otro animal es tan vulnerable y exquisito.

Estos vampiros marginados se reúnen en grupos pequeños, actúan de forma sigilosa y letal. Prefieren los barrios bajos de las ciudades, donde viven individuos olvidados por la sociedad. A veces, sin embargo, se atreven a la caza definitiva, en lugares concurridos y a la luz del día. Una especie de prueba de habilidad.

Suelen ser humanos transformados que, al no encontrar el ajuste adecuado, prefieren la salida fácil... la de ser un monstruo. Pero el que buscamos es un vampiro antiguo, de linaje. María, cada momento que pases aquí, tu vida corre peligro."

"También correría peligro en casa, y además estaría sola y preocupada por todos vosotros. Me quedaré aquí, y si ya no queréis ayudarme, lo haré todo yo sola."

"Eres testaruda", dijo Dorian. "Nos trasladaremos a Cluj-Napoca, partiendo mañana al amanecer. El capitán Luca Perri vendrá con nosotros."

"¿Por qué tiene que venir él también?", pregunté, contrita.

"Haces demasiadas preguntas. De todos modos, tú eres humana y él es un cazador de vampiros, capitán de los carabinieri y jefe del escuadrón más secreto que existe. No permitiría un solo paso sin tu presencia. Su trabajo es protegerte."

"No necesito protectores", protesté.

"Exactamente por eso es que lo necesitas."

"Echamos de menos al cura...", murmuré.

Dorian me miró con el ceño fruncido, pero no respondió a mis comentarios sarcásticos y cortó por lo sano: "Mañana al amanecer. Ni un minuto tarde." Desapareció, y con él, Andrea.

Mecánicamente, me senté a la mesa dispuesta a ahogar mi ira en aquellos enormes cruasanes de nata que sobresalían de la bandeja central. Ludmilla se apresuró a servir café caliente en una taza y se sentó frente a mí.

Desayunamos en silencio, y Ludmilla me dejó absorta en mis pensamientos. Por un rato.

"Un leu por cada uno de tus pensamientos."

"Me haría rica. Sabes, tengo tantas preguntas que hacerte que correría el riesgo de volverme aburrida, y también ridícula."

"Pero atrévete... Te prometí... honestidad."

La miré suspirando y llevé la taza de café a los labios.

"Por ejemplo", le espeté, "¿cómo no vas a levantar sospechas con el aspecto de veinteañera que tienes?"

"Dorian es un vampiro muy viejo, pero no es de linaje sanguíneo. Fue mordido durante la Edad Media, tenía unos cuarenta años. Digamos, antes de preocuparnos por su apariencia juvenil, que tiene algunos años más por delante."

"¿Y luego qué?"

"Y entonces... cambias de vida. Es parte del precio de vivir entre humanos. Os preocupa mucho el aspecto exterior... eso nos obliga, cada veinte/treinta años, a mudarnos."

"¿Y tú?", insistí.

"Soy muy joven, tengo tu edad, lo que para nosotros los vampiros significa estar en la adolescencia. Aún no he cumplido un siglo, pero pronto tendré que seguir adelante. Empiezan a fijarse en mí, a pesar del maquillaje envejecido."

15

Ludmilla me mandó a dormir unas horas, no sin antes ofrecerme una tisana que me produjo un sueño inmediato pero agitado.

Las pesadillas se apoderaron de mi mente. Podía oler un cadáver putrefacto, sintiendo asco, al que se añadía dolor. Un dolor radiante, que empezaba en el pecho y se extendía por todo el cuerpo, tan intenso que me producía náuseas. Entonces todo aquel dolor terminó y, de repente, me encontraba flotando sobre un barranco infinito. Solo veía oscuridad. Una oscuridad que tomaba la forma de una criatura aterradora: un hombre enorme, mal vestido, con el pelo largo y desgreñado y los ojos rojos inyectados en sangre. Se elevaba, impulsado por misteriosas corrientes, y me agarraba, intentando arrastrarme al abismo. Pero yo me rebelé, de algún modo conseguí zafarme de sus garras y eché a correr. Estaba en un bosque, corriendo... corriendo... corriendo y sin aliento. Me detuve y me di la vuelta, pero no veía a nadie detrás de mí. De repente el miedo desapareció, y con él, el bosque, para dar paso a un campo de flores. Pude ver a Ludmilla, que venía hacia mí, sonriendo y cogiéndome de la mano. "Vamos", me dijo, "estarás bien para siempre". Pero no entendí sus palabras y me asaltó de nuevo el terror. Y todo se repitió.

La alarma del teléfono me despertó, miré la hora: eran las tres.

Salimos para dirigirnos a casa de Robert, donde nos esperaban Andrea y Dorian.

Robert estaba en el coche, en el asiento del conductor. "Vosotros dos vendréis conmigo, mientras Dorian y Andrea se quedarán en el coche conducido por Luca."

No sé por qué, pero el nombre de Luca me molestó. Quizá porque, cuando fuimos a entrevistarlo, Luca lo sabía. Lo sabía todo y solo inventaba excusas para liquidarnos.

"¿Me equivoco o Luca te cae mal?", preguntó Ludmilla.

"No te equivocas", respondí molesto.

"Puede que Luca Perri sea un cazador de vampiros, pero es leal y vive según su propio código de honor. Si hace un trato, lo cumple. Tenlo por seguro. Lleva años infiltrándose en sectas de humanos que se creen vampiros y son asesinados puntualmente por los auténticos. Al margen de todas estas excelentes referencias, también es un hombre guapo, yo diría que buenísimo. Una delicia visual y olfativa que dispara mi sed de sangre masculina." Terminó la frase con voz laberíntica, mostrando sus afilados caninos. Luego soltó una carcajada.

Robert, que presenció la actuación bestial-sexual de su nieta, suspiró frunciendo el ceño y dijo: "Ludmilla, ¿no te da vergüenza hablar como una hembra de virtud fácil?"

"Solo digo la verdad, abuelo", se jactó, sacando la lengua como una niña.

Dejamos atrás las luces de Constanza mientras el coche giraba hacia la autopista, en dirección a Bucarest y luego a Cluj. Teníamos por delante unas tres horas de viaje, y el cansancio acumulado durante una noche de pesadillas hacía que los párpados me pesasen como rocas. Los cerré en un sueño profundo.

Me desperté confusa y dolorida de pies a cabeza. Recordé que estaba en el coche, miré por la ventanilla y seguíamos en la autopista.

La primera luz del alba dibujaba el contorno de las montañas, mientras una enorme señal de tráfico nos recordaba que nos acercábamos a nuestro destino.

"Bien despiertos", dijo Ludmilla, "a tiempo para ver el renacimiento del antiguo Castrum Clus romano. La ciudad se encuentra en una llanura rodeada de colinas y suaves montañas, las montañas Apuseni que pertenecen a la cadena de los Cárpatos..."

No la dejé terminar de exponer sus conocimientos geográficos. Sonreí al oír la palabra "Cárpatos"."¿Hacemos también una visita a la casa del conde?", comenté enfatizando la última palabra.

"Ingenioso... sabes que nunca existió. Pura literatura," me contestó sacándome la lengua.

"Hay unas cuatrocientas cuevas en las montañas, la mayoría intransitables. La bestia se escondió en una de ellas," intervino Robert, interrumpiendo las ingeniosas bromas entre Ludmilla y yo.

"Pues a mí no me parece tan fácil encontrar la cueva adecuada. Es un poco como buscar una aguja en un pajar," respondí decepcionado. "Por eso Luca Perri está con nosotros. Sus habilidades intuitivas como cazador de vampiros nunca se equivocan."

"Es extraño, pero ¿no se supone que los vampiros podéis... cómo decirlo... sentiros los unos a los otros?"

"Has estado viendo demasiadas películas, querida María. No podemos detectarnos entre nosotros, a menos que uno de los dos lo desee."

"¿Así que confías en las habilidades de un humano? Extraño mundo el tuyo, nunca dejaré de preguntármelo."

Estaba seguro de poder oír una risita entre los dos. Era difícil oírlos hablar o reírse entre ellos; no siempre utilizaban palabras, sino telepatía.

Volví a apoyar la frente en la ventanilla, disfrutando del despertar de la ciudad. Recorrimos las calles a gran velocidad; empezamos a aminorar la marcha cerca de un callejón estrecho.

El coche se detuvo frente a un palacio de estilo gótico. La puerta principal, situada entre maravillosos arcos apuntados, comenzó a abrirse. El patio estaba a oscuras, y los faros del coche señalaban un camino que giraba a la derecha de un jardín que debía de ser espectacular a la luz del día. El camino, en suave pendiente, terminaba en otro patio donde se abría una persiana. En cuanto el coche se detuvo, el portón automático hizo clic, y me bajé.

Luca vino a saludarme y apretó mi mano con fuerza entre las suyas. "Relájate, pero siempre alerta, y todo irá bien," me susurró.

"¿Estás bien?" preguntó Andrea, que se materializó y, separándonos, me abrazó. "Demasiado considerado el tipo..."

"Basta," le regañé, apartándome de sus brazos.

Ludmilla me cogió de la mano y me llevó hacia una empinada escalera que conducía a las puertas de un ascensor. Me empujó dentro y cerró las puertas, pulsando uno de los botones.

"Quería estar a solas contigo unos minutos," dijo apretando más fuerte mi mano. "Adelheid, mi madre adoptiva, es un poco introvertida con los extraños. Sobre todo si son humanos. Está preparada para tu presencia, pero puede parecer extraña, distante, incluso un poco odiosa. Déjala en paz, no prestes atención a nada que pueda molestarte o incluso ofenderte. Está celosa de cualquiera que sea importante para mí... y tú lo eres."

"Sabré qué hacer, también porque no tengo muchas opciones, podría aplastarme el cráneo contra una pared con una caricia..." Sonreí para ocultar el fastidio que ya sentía.

Las puertas del ascensor daban directamente a la casa.

Una mujer muy joven, con inquietantes ojos negros, nos saludó.

"Señorita Ludmilla, qué alegría volver a verla," dijo con una reverencia. Luego se volvió hacia mí, pero solo me miró y desapareció.

Ludmilla corrió por el pasillo; la miré, recordando cuando éramos niños. Esa era la Ludmilla que yo conocía: despreocupada, alegre, pero tan misteriosa.

"Nunca crecerá," suspiró Robert con el resto de la pandilla a su lado.

Nos condujo hasta una puerta arqueada del siglo XVII, con paneles barrocos finamente incrustados con el mismo escudo de armas que yo había visto también en casa de Ludmilla y Robert.

Robert nos llevó a un pequeño salón, donde en un sofá estaba sentada una hermosa mujer, y a su lado Ludmilla, radiante como siempre.

La mujer se levantó con una gracia anticuada y me tendió la mano derecha.

"Soy Adelheid Geoana. Imagino que estoy viendo a la inspectora Maria Diletti y al subinspector Andrea Pancaldi." Fijó su mirada en él y continuó hablando con desaprobación: "¿Has sacado suficiente sangre? No vengas a meterme en líos con estos neófitos incapaces de controlarse."

"¡Qué bonito!" pensé. La vi volver la mirada hacia mí, mostrándome sus ojos inyectados en sangre.

"No tengo que ser comprensiva, solo tolerante con una situación que desaprobé desde el principio," señaló en tono desagradable.

Miré a Luca, que me indicó que estuviera alerta dándome golpecitos con un dedo en la sien. Lo comprendí: uno de ellos estaba leyendo mis pensamientos.

Un escalofrío me hizo temblar ligeramente. Adelheid se dio cuenta y me dedicó una sonrisa de satisfacción.

"Capitán Perri, qué buen viento le trae a mi humilde morada. Oh, sí... tienes que hacer de niñera..."

Luca se acercó a ella y, sin inmutarse, le cogió la mano y se la llevó a los labios: "El viento de quien ha causado demasiados problemas... pero es un inmenso placer poder estar aquí en tu presencia, Adelheid."

Juré que la oí gruñir mientras se acercaba a Andrea. "Vaya obra de arte creada por mi niña... Espero no tener que arrepentirme. Acabaría de la única manera posible," terminó la frase de forma amenazante.

Dorian se acercó a ella y le apretó el brazo: "No nos ayudes, Adelheid."

"Pido disculpas por mi comportamiento," dijo con expresión amable, "no es mi fuerte hacer los honores, veo tan poca gente... humana. Considero muy peligroso para lo que estás aquí, querida María. ¿Me equivoco, capitán Perri?"

"Estoy seguro de que la inspectora sabe cómo comportarse. No se aventurará en empresas estúpidas y peligrosas."

"Entonces todo está bien," se burló, invitando a los invitados vampiros a otra habitación. Al quedarme a solas con Perri, intenté hablar, pero él me lo impidió tapándome la boca con una mano. Luego sacó papel y bolígrafo de un bolsillo y escribió algo. Adelheid oye los pensamientos y todos tienen el oído muy desarrollado. Aprende a susurrar y a escribir.

Asentí con la cabeza.

"Por supuesto que la temperatura aquí es muy diferente a la de Constanza", dije para inventar algo mientras contestaba la nota. ¿Dónde están todos?

Luca me miró desconcertado, pero luego decidió contestar. Para refrescarse a su manera. Se enfrentan al peligro, necesitan beber sangre humana. Yo se la llevé.

Me quedé con la boca abierta.

111

Acostúmbrate. Y añadió.

El primero en volver fue Dorian, que vino a sentarse a mi lado.

"Robert viene con el desayuno, los dos lo necesitáis. Pero antes debéis escucharme," se sentó a mi lado con cara de preocupación. "Cazar a un vampiro asesino, sanguinario y antiguo no es fácil para ninguno de nosotros, pero para ti significa tener una cita con la muerte. Un paso en falso y ninguno de nosotros podrá salvarte. Sé que Ludmilla ya te ha advertido, pero perdóname si sigo haciendo lo mismo. ¿Estás lista para hacer lo que se requiere de ti?" De mala gana, pero prometí tener cuidado.

Nos pusimos en marcha en cuanto nos refrescamos. En un jeep muy... grande, nos adentramos en la selva más densa que jamás había visto. Ni siquiera en el viaje por el Amazonas.

Robert tuvo que encender los faros del coche; estaba muy oscuro. Empezó a llover, la carretera se puso resbaladiza, parecía que caía jabón a cántaros.

Tras varios rebotes, llegamos a una carretera asfaltada. Dejé de sentirme como un martillo neumático...

La lluvia se convirtió en llovizna y tras las nubes asomó el sol.

Nos detuvimos en un aparcamiento y, por fin, puse los pies en el suelo.

"¡Qué cara más cadavérica!", exclamó Ludmilla.

"Rebotaba como una pelota de tenis... pero qué digo... como un martillo neumático, con tanta insistencia que tenía el estómago en la garganta y las tetas bajo los pies."

"No se nota," se rió, mirándome los zapatos.

"Chicas, se acabó el recreo. Vámonos," canturreó Dorian.

Caminamos por un sendero junto al teleférico. Había dejado de llover y el sol brillaba cálidamente en el cielo.

Me detuve a admirar el paisaje.

"A este paso nunca llegaremos a la residencia del presidente," se quejó Adelheid mientras me empujaba.

"¿Presidente?", pregunté confusa.

"Incluso las criaturas de la noche, que nos desenvolvemos muy bien durante el día, como puedes ver, tenemos una figura respetuosa con la ley," replicó Dorian.

"No me avisaste de esta reunión," insistí desconcertada.

Luca volvió y me habló al oído: "Para, guarda tu aliento para caminar."

Me tiró suavemente del brazo.

"Llegaremos demasiado tarde, debemos llevar a los humanos," insistió Adelheid.

"¿Qué significa eso?", preguntó Luca.

"Deben ser libres de seguir su propio camino, nos llevarán sobre sus hombros."

"¡Estáis locos si creéis que podéis obligarme a hacer una mierda así!", le espeté.

Sin darme cuenta del salto de Adelheid, la encontré frente a mí. Se limitó a soplar como un gato furioso y me encontré sobre sus hombros.

La sentí volar. Intenté rebelarme, pero ella me apretó las piernas, haciéndome daño.

"¡Si no paras, las romperé!", gritó.

El aire me azotaba la cara y la velocidad me producía ligeras náuseas. Cerré los ojos y me quedé quieta, esperando el final de la carrera.

Nos detuvimos y abrí los ojos.

"¡No vuelvas a hacer eso!", gruñí.

Luca intervino de nuevo... o más bien lo intentó. Fue anticipado por Andrea, que se acercó a mí y me abrazó.

"Ahora debes mantener la calma y no enfadarte," habló en voz baja.

Le miré sombría y suspicazmente. "Habla."

"A donde vamos está prohibido para cualquier humano. No podrás reconocer el camino de vuelta. Por eso tanto tú como Luca, pero él ya lo sabe, tendréis que llevar los ojos vendados."

Permanecí en silencio, escuchando la rabia que me subía a la garganta. Tenía ganas de vomitar todos los insultos contra aquella banda de psicópatas.

"O puedo sacártelos yo misma...", Adelheid había oído obviamente mis pensamientos.

Resoplé, dejando que se me nublaran los ojos.

"Esta vez te llevaré yo," susurró Andrea.

Era una repetición de la carrera anterior, y de repente Andrea se detuvo y me dijo que me quitara la venda de los ojos.

"¡Maldita sea!", exclamé mientras miraba a mi alrededor.

Estaba dentro de un sumidero, todo lo que veía a mi alrededor era vegetación; entonces miré hacia arriba y vi el cielo. Tan azul que se veían los rayos del sol brillando en las paredes llenas de plantas y flores, creando juegos de luz y color.

El sendero, oculto por la hierba, discurría en círculos formando una inmensa escalera de caracol. Continué con cautela, el agua de la lluvia se había concentrado en charcos que hacían resbaladizas las rocas en las zonas sombreadas.

Llegamos a una puerta que parecía haberse formado con el sumidero.

Adelheid se puso delante de todos y golpeó varias veces con su pico.

El sonido de pasos crujiendo en el suelo, probablemente de grava, se hizo cada vez más cercano. Una mujer, ya no tan joven, abrió la puerta, con el rostro pálido y húmedo; los labios apretados para que no se le vieran los dientes. Noté que tenía la mano manchada de algo rojo; se la metió en el bolsillo.

"Lo siento," susurró con la melodiosa voz que ahora conocía bien, "acabo de terminar mi almuerzo." Una náusea me llenó la boca. Empujé la sensación con dificultad hacia mi estómago.

"Sígueme, el maestro te espera."

El amargor de mi boca me produjo náuseas, busqué una pastilla de menta en la bolsa que llevaba atada a la cintura. Andrea se dio cuenta y me frotó el brazo, animándome.

El estrecho pasillo por el que caminamos desprendía un desagradable olor a humedad, moho y el férreo olor de la sangre. Era el hedor de la muerte; lo había olido muchas veces en la escena de un crimen.

Una escalera de pocos peldaños nos condujo a un gran salón, con una chimenea de conducto cónico en el centro, y en las paredes grandes tapices alternados con grandes ventanas de colores, desde las que no se vislumbraba más que rocas. Delante de la chimenea había una larga mesa de madera maciza, de forma rectangular y bordes con incrustaciones. Una ráfaga de viento y alguien me cogió de la mano.

"Qué magnífico espécimen del mundo mortal", exclamó llevándose mi mano a los labios. Inhaló sensualmente: "No todos los días se disfruta de semejante esencia."

Se dio cuenta de mi decepción e inmediatamente se serenó. "Soy Charles, a algunos les gusta burlarse de mí llamándome 'Presidente'. Personalmente prefiero... 'Padre de los débiles'."

Por enésima vez en pocos días, me avergoncé de mis pensamientos, pero estaba ante la belleza hecha vampiro, tanto que cuando sus labios rozaron la palma de mi mano, justo donde me besó, sentí una sensación de calor y un conjunto de emociones y vibraciones que me hicieron girar la cabeza. No era muy alto y el óvalo de su rostro era perfecto, envuelto en un cabello negro que le caía hasta los hombros. A diferencia de los demás vampiros, tenía los ojos azul cielo y los labios rojos. Llevaba una camisa de manga larga y unos vaqueros. No podía apartar los ojos de él; podría haberme pedido la vida y se la habría dado sin pronunciar una palabra. La suerte quiso que me soltara la mano y se alejara hacia el resto del grupo.

"Capitán Perri, me alegro de verle de nuevo. Recuerde, la última vez me saludó con un 'Hasta nunca', ¿es correcto?"

"Correcto. Lástima que uno de sus seguidores intentara matar al subinspector Pancaldi", respondió desafiante.

"No tengo seguidores, sino un pueblo que cuidar. El que se equivoca, paga," rugió Charles.

"Tal vez, y últimamente demasiados, parte del pueblo... escape a su control."

Oí un siseo y luego Andrea haciendo piruetas con los brazos me ocultó tras él. Ludmilla le siguió, cubriendo mi costado expuesto, mientras Dorian y Robert saltaban para proteger a Luca. Adelheid permaneció inmóvil como una estatua.

De pronto me sentí débil y aterrorizada, en parte porque aquel segundo de confusión resonó en mis oídos y en parte porque, por primera vez, comprendí el motivo de las advertencias de Dorian y Ludmilla.

"¡Calmémonos!", gritó Dorian, en un intento de disipar la nube beligerante que se estaba formando en la sala.

"Perdonad la osadía de los humanos. Es el terror lo que les impulsa", dijo Adelheid, haciendo una reverencia.

"Nunca fue mi intención hacer daño a nadie. En esta casa todos, humanos y no humanos, si están en el lado correcto, siempre encontrarán refugio. A veces, sin embargo, al capitán Perri se le escapan los modales."

Permaneció inmóvil y observó cómo Luca se acercaba a él con la mano derecha abierta.

"Pido disculpas," dijo humildemente.

Charles le dio la mano y se la estrecharon. Respiré aliviada. Entonces Charles invitó a Andrea a acercarse... volvió el miedo.

"Siempre es un honor disfrutar de la presencia de un neófito tan sociable. A menudo, la rápida adaptación crea bastantes problemas de socialización. Pero sobre ti... caramba... parece que naciste para ser vampiro."

Andrea no respondió, sino que bajó la cabeza en señal de sumisión.

Charles le puso la mano en la cabeza y le dio la bienvenida a su mundo.

"¿Ya has bebido tu primera sangre?", preguntó Adelheid.

"Nunca nos habríamos permitido traerlo ante ti aún en adaptación."

Luego señaló con el dedo a Ludmilla: "Te convertiste en humana a pesar de estar prohibido."

Vi a Adelheid y a Dorian abrazados y, por primera vez, los vi aterrorizados.

Ludmilla se acercó a Charles y se arrodilló: "Nunca quise hacerlo, pero lo encontré medio muerto y casi sin cuello. Conocí a Andrea porque quería que me presentara a María, mi amiga de la infancia. Pero tú lo sabes todo... no tiene sentido molestarte con anécdotas que conoces bien. Enseguida me di cuenta de que alguien le había mordido;

no tuve más remedio que ir a la clínica de nuestra amiga, pero me dijeron que no podía hacer nada más. Antes de dar su último suspiro, Andrea se quedó lúcida por un momento, le pregunté y me dijo que quería salvarse. Solo entonces le di mi sangre y luego le mordí." Terminó de hablar y bajó la cabeza, esperando la decisión de Charles.

Pensé bien en las palabras de Ludmilla; no sabía que Andrea, en un momento de lucidez, le había pedido que le salvara. Pensé que ella no lo había entendido. Me di cuenta de que había estado pensando demasiado y de que alguien me estaba escuchando. Detuve mis pensamientos, pero ya era demasiado tarde.

"¿Has entendido lo que te preguntaba Ludmilla?", preguntó Charles dirigiéndose a Andrea.

"Sí, lo entendí perfectamente... y no tuve dudas. Quería vivir", respondió con calma y seguridad.

"Que así sea. Llevaré tu testimonio al Consejo," se dirigió a Ludmilla. "Pero tú, por ahora, seguirás siendo mi invitada."

"¡No!" explotó Dorian como un trueno. "Prometiste que no le pasaría nada."

"Y eso será todo. No le pasará nada, pero creo que está más segura aquí que contigo persiguiendo a Mihail. Ya sabes lo que eso significa," dijo sombríamente.

"Debes venir con nosotros," insistió Adelheid.

"¿Prefieres que lleve tu acusación al Consejo?", amenazó.

Nadie, ni siquiera Adelheid, se atrevió a replicar a la palabra de Charles, que esbozó una sonrisa y cogió a Ludmilla de la mano. Desaparecieron.

"No le pongas un dedo encima," tartamudeó Adelheid desesperada.

Ludmilla reapareció en la puerta. "No temas, aquí estoy más que a salvo. Más bien, protege a María a toda costa."

Oí a Dorian, no lejos de mí, hervir; también le vi temblar, pero se obligó a no moverse de donde estaba.

El viejo vampiro apareció de la nada y nos instó a marcharnos.

"Vendad los ojos a los humanos, no lo olvidéis", ordenó antes de cerrar la puerta.

117

"Tenemos un largo camino por delante, llegaremos tarde por la noche, sería peligroso. Robert, por favor, ve preparándote como de costumbre", dijo Dorian.

"¿Por qué, ya no puedes llevarnos a hombros?", pregunté con sarcasmo.

"Durante un rato sí, pero luego tenemos que mezclarnos con los turistas de montaña. Caminaremos un poco y luego acamparemos para pasar la noche. Mañana llegaremos a las cuevas".

Luca me pasó la venda; ahora podía hacerlo yo sola.

Andrea me agarró y empezó a correr. Giramos a la derecha cerca del segundo pilón; aquí me dejó y me dijo que me quitara la venda de los ojos. Caminando como un grupo de excursionistas, seguimos por un sendero que desaparecía, al menos esa fue mi impresión, en el interior de la montaña.

Aún podía maravillarme de las habilidades de los vampiros. Frente a mí se alzaba, firmemente aferrada a las rocas, una tienda de estilo beduino. Robert me instó a entrar primero. Maravillosas alfombras cubrían el suelo rocoso y hileras de mullidos cojines estaban dispuestas a lo largo de las paredes, formando asientos que parecían muy cómodos.

"Esta es tu habitación", descorrió una cortina.

Una cama con dosel formaba el centro de la habitación; a un lado, un tabique, finamente pintado con arabescos, separaba la zona del cuarto de baño.

"También hay agua caliente", señaló, guiñando un ojo.

Le agradecí, balbuceando, tanta magnificencia y Robert me abrazó con ternura, como se hace con un familiar. Me quedé impresionado.

Me di una ducha rápida y me puse un chándal calentito. Aunque era verano, a esas alturas hacía mucho frío por la noche.

Volví a la zona común y encontré a Luca cómodamente hundido entre dos almohadas. Me senté a su lado.

"Cada día que pasa me asombra tanta belleza mezclada con tanto horror", comenté.

"Oh... aún no has visto nada...", respondió, acariciando la tela de una almohada.

"¿Puedo hacerte una pregunta?", continué, fulminándole con la mirada.

"Claro".

"¿Qué pasó entre Charles y tú?"

"Creo que te contaron sobre el trato entre Dorian y yo. Yo soy un cazador de vampiros. Debes preguntarte qué significa eso exactamente". Asentí con la cabeza. "Nací con la capacidad de sentir a las criaturas no humanas; no tienes ni idea de lo fino que es el velo que nos separa de ellos y de lo a menudo que se disuelve, uniendo así a humanos y no humanos. En todo esto hay humanos que se creen vampiros, brujas, hombres lobo o cualquier otra criatura mitológica. Allí, cuando un humano entra en el vórtice de la locura, de alguna manera es detenido y curado; pero cuando un vampiro acaba en ese vórtice, entonces las cosas cambian. Por desgracia, son capaces de reconocer a una criatura al otro lado del velo, pero no de discernir sus intenciones, y aquí es donde entra en juego el acuerdo con Dorian y Charles. Este último, sin embargo, es un vampiro de sangre muy antigua, cuya dinastía se remonta a la noche de los tiempos. Las leyes que impone a su pueblo son, digamos, adecuadas a diferentes épocas".

"¿Qué significa eso exactamente?"

"Nací con el gen que me obliga a matar a toda criatura de la noche, buena o mala; no hay distinción. El trabajo de Charles es proteger y hacer cumplir las dos únicas leyes impuestas: no convertirse en humano y no matar vampiros"."Lo entiendo", respondí, ahogando la palabra en una mueca de dolor.

Bajé la cabeza, sumergiéndome en mis pensamientos más íntimos.

Me fascinaba aquel mundo misterioso y legendario, al menos eso creía hasta hacía unos días, pero al mismo tiempo empecé a sentir la necesidad de volver a la realidad.

Luca comprendió mi malestar y me puso un teléfono en la mano. "Llama a quien quieras. Encontrarás consuelo".

Le di las gracias con la mirada y marqué el número de mi madre, la única persona a la que necesitaba oír.

"Mamá, soy yo. Sé que es un número desconocido, pero aquí no cogen los móviles normales".

"¡María, gracias a Dios! Hace cuatro días que no apareces. Si no fuera porque Celeste me tranquilizó varias veces, estaría muerta, y papá conmigo".

"Ya sabes cómo es, cuando tengo una investigación difícil de seguir... ya deberías saberlo".

"Pero nunca te fuiste. Sigo sin saber dónde estás", le tembló la voz y empezó a llorar.

"Mamá, por favor, sabes que no puedo decirte dónde estoy, pero créeme, tienes que estar tranquila... y tranquilizar a papá también. Debo despedirme ahora; prometo llamarte más a menudo".

Me despedí rápidamente, sabía que estaban preocupados; ay, si supieran la verdad.

"¿Problemas familiares?", preguntó Luca.

"Problemas no... los míos son viejos, puedes entenderlo".

"Ya veo... mi suerte es que, después de veinte años trabajando de incógnito, mi madre se ha resignado".

Robert llegó con la cena, seguido de Andrea, que al verme sentado junto a Luca cambió de expresión. Luca comprendió y le desafió con la mirada. "Andrea, siéntate. Estábamos hablando de la hermana de Luca", mentí entre dientes.

Se sentó sin contestar, pero pude percibir claramente su nerviosismo. Decidí que hablaría con él antes de enfrentarme al monstruo.

La llegada de Adelheid y Dorian caldeó el gélido ambiente que se había creado.

Cenamos todos juntos en silencio; la cena fría preparada por Robert hablaba por sí sola.

Acepté una copa de su vino y me retiré, no sin antes hacer señas a Andrea para que me siguiera.

Se sentó en la cama con desconfianza; me conocía desde hacía demasiados años como para no interpretar mis sentimientos.

"María, habla. Antes de que mañana ocurra algo que podría dividirnos para siempre, necesito saberlo", se armó de valor para empezar a hablar.

No podía pensar. No podía hablar. Mis sentimientos estaban como aniquilados, pero aún tenía la lucidez de darme cuenta de que tenía que hablar con él. Me lo había prometido.

"Yo... yo... no puedo pensar en una vida con un vampiro. Una criatura que, hasta hace unos días, creía que formaba parte de la literatura y las leyendas. Pero esa ni siquiera es la razón. No puedo pensar en envejecer contigo". Levanté la cabeza para mirarle a los ojos; se me caían las lágrimas. "Por favor, no lo hagas más difícil. Piensa que tengo cuarenta y seis años; dentro de unos treinta tendré que llevar pañales y me pareceré a tu abuela. ¿Estás seguro de que no me verás solo como tu abuela? No quiero a Andrea. Los dos habíamos prometido envejecer juntos, apoyarnos mutuamente hasta la muerte, pero no habíamos contado con todo eso".

"Podré estar contigo toda la vida: te apoyaré, te consolaré. Te quiero, no puedo pensar en vivir sin ti. Así que, por favor, mañana, después de que hayamos atrapado a la bestia, por favor, María, mátame. No quiero vivir así".

"Estás loco. Nunca te mataré. Y ahora, por favor, necesito dormir... retomaremos la charla cuando todo haya terminado".

Andrea salió y yo me quedé dormido como una piedra. Quizás por el efecto del vino de vampiro.

Me desperté en mitad de la noche: sudorosa, taquicárdica y presa del pánico.

"Oh, mierda", dije en voz alta, secándome el sudor de la frente.

"¿Qué está pasando?"

Me giré bruscamente hacia la voz. "Andrea, ¿qué estás haciendo aquí?"

"Te oí quejarte".

"Una pesadilla. Durante dos noches mis sueños no han sido más que pesadillas".

"¿Quieres hablarme de ellos? Quizá pueda ayudarte".

"Andrea, te dije que tuve una pesadilla, ¿cómo vas a ayudarme?"

"Debes tener más confianza en mis nuevas habilidades".

Puso sus manos en mis sienes y sentí como si me vaciara... como si cada mal pensamiento se drenara de mi cuerpo, dejando espacio solo para la tranquilidad.Me desperté todavía aferrada a su pecho; no sentía ninguna molestia. Pero esto no debe volver a ocurrir, pensé.

"Buenos días", dijo acariciándome la cara.

"Buenos días", respondí, mientras corría al baño.

Me quedé esperando que Andrea se fuera. Lo último en mi mente era volver a hablar de nosotros dos.

Salí de la tienda; empezaba a amanecer. Bostecé, me estiré y tomé una larga bocanada de aire fresco y limpio.

Dorian se unió a mí.

"¿Estás listo?"

"¿Y tú preguntas? Quiero aniquilar a aquel o aquella cosa que hizo daño a Andrea. Y debo vengar las muertes inocentes... y al señor Donadio", terminé con ansiedad.

"Vaya, tantas... cosas importantes que tienes que hacer, pero recuerda: la ira y la venganza serán tu ataúd".

Me quedé petrificada, recordando las palabras de Dorian. Tenía razón.

Soy humano, un policía; la ira y la venganza no deben dominar mi pensamiento. Voy a terminar esta mierda de investigación y me iré a casa, traté de convencerme.

16

Nos pusimos de nuevo en marcha tras un frugal desayuno. El camino ascendía por un sendero de mulas lleno de excrementos frescos de animales.

Adelheid, Andrea y Dorian caminaron delante de Perri y de mí. Robert se quedó en el campamento; necesitábamos un hombre preparado para enviar ayuda, en caso de que la necesitáramos.

"Ten cuidado", advirtió Dorian, "estamos al aire libre, cualquiera podría atacarnos. Camina entre nosotros".

Llegamos, ilesos, al pie de la montaña. Allí, el camino se estrechaba para caber entre dos altas formaciones rocosas, con un pequeño arroyo al lado; caminamos entre ellas para evitar el olor de las huellas de cualquier perro callejero que viviera en los valles.

"Podrían causarnos problemas y revelar nuestra presencia", explicó Luca.

No tardamos en llegar a la entrada de la cueva. Adelheid y Dorian olfatearon el aire.

"Está dentro de la cueva", siseaban.

Un bar, con una señal de prohibición en el centro, impedía la entrada.

"Puede que las lluvias de verano hayan inundado algunos de los túneles, y por seguridad los guardas forestales cierran las entradas, pero los excursionistas no hacen caso de las señales. Por eso no suelen volver", comentó Adelheid con picardía.

"Perdonen el humor de Adelheid, hay que conocerla para entenderlo", intervino Dorian, con la disculpa habitual.

Vi a Luca arrodillarse; algo había llamado su atención.

"Para", dijo en voz baja, "mira". Sostenía algo muy pequeño entre los dedos. "Una bala, fue disparada recientemente..." no pudo terminar la frase.

Un ruido ensordecedor resonó en el aire: era un disparo.

Oí el silbido de la bala; alguien me tiró al suelo. Me froté las rodillas contra el suelo rocoso, el insoportable dolor me hizo maldecir.

"¡Están disparando!" gritó Dorian.

"¿Estás bien?" preguntó Andrea, haciéndome agachar la cabeza. "Las rodillas separadas, y si la persona que tengo encima se levantara, sí, estoy bien".

Andrea se echó sobre mí, protegiéndome con su cuerpo. Se hizo a un lado, permitiéndome respirar.

"Está aquí", gruñó Adelheid, "pensábamos que estaba dentro de la cueva. Maldito sea".

Luca me soltó del agarre de Andrea y, a cuatro patas, trató de empujarme hacia la entrada de la cueva para ponerme a cubierto.

Una segunda bala se estrelló contra la pared rocosa, alojándose en una pequeña grieta.

Un grito de rabia atronó desde el lugar de donde procedían los disparos.

Luca se levantó y abrió las piernas para darse estabilidad mientras sujetaba la pistola.

"¡Al suelo, joder, al suelo! ¿Qué crees que haces con esa pistola?", gritó Dorian, lanzándose contra Luca.

Lo inmovilizó contra el suelo y se lanzó sobre él, protegiéndolo de la tercera bala.

"¡Adentro!" ordenó Dorian. "Permanezcan escondidos dentro de la cueva; Andrea se quedará contigo".

Me quedé quieta, mirando a Dorian, así, sin pensar.

"¡Adentro!", tronó.

Andrea me cogió del brazo y me empujó hacia la cueva.

Empezamos a caminar, ayudados únicamente por la linterna del teléfono de Luca. El camino tallado por la mano humana se volvió inmediatamente empinado y aún más oscuro.

También encendí el móvil. Una gota de agua en la cabeza me hizo estremecer, pero entonces algo me rozó la mejilla. Grité.

"Es el aire que sale por las grietas conectadas con el exterior", me tranquilizó Luca.

De repente, el pasillo se ensanchó hasta convertirse en un enorme agujero cubierto de estalagmitas; una serie de escalones descendían aún más profundo, pero al principio de la escalera había una caja eléctrica.

"Con un poco de suerte, los guardas de la montaña no cortaron la luz de la central eléctrica antes de la tormenta", dijo Luca mientras empezaba a manejar las palancas y los botones.

La cueva se iluminó y nuestro camino terminó allí mismo, en el primer peldaño de una profunda escalera que debería habernos conducido a las entrañas de la tierra. El lago formado por la lluvia impedía cualquier intento de continuar nuestro camino.

"¡Mierda!" maldijo Luca. "Tenemos que volver". Nos miramos decepcionados, cuando un ruido nos alertó.

"¡Bienvenidos!", dijo un eco, desorientándonos.

Me concentré en la figura encaramada a una roca en la pared frente a nosotros. Inalcanzable, excepto nadando. Se había burlado de todos nosotros y nos había dividido.

"Hijo mío, te has convertido en un magnífico vampiro", hizo una pausa, mirando fijamente a los ojos de Andrea. "Acércate a tu creador. Ven, hijo, únete a tu padre".

Luca intentó bloquear a Andrea. "No le hagas caso, te está hipnotizando. Mírame", gritó inútilmente.

Andrea saltó al lago y yo intenté hacer lo mismo, si Luca no me lo hubiera impedido.

"Ella lo hipnotizó; no podemos hacer nada por ahora".

Vi a Andrea arrodillarse ante la bestia. Ciego de rabia, saqué la pistola que guardaba oculta en la riñonera y apunté con ella al desconocido.

"Qué miedo, esa niña mala quiere matarme...", se burló. Andrea se adelantó para proteger al monstruo y resopló.

"¿En qué estabas pensando?", susurró Luca furioso. "¿Quieres que nos maten?".Bajé el arma.

"María, escucha al capitán o obligaré a tu amado a matarte", nos amenazó... pero entonces, ¿cómo demonios sabía mi nombre? Se movió con sigilo y agarró a Andrea por el cuello. El terror me hizo sollozar. "Fuera o le arrancaré la cabeza... como hice con ese portero entrometido".

Me llevé las manos a la boca para no gritar.

"¿Por qué no les dices que vuelvan con nosotros? Una buena acción será tenida en cuenta por el Consejo".

Oí la voz de Dorian.

Nos dimos cuenta de que el ataque armado fuera de la cueva solo había sido una distracción para introducirnos en ella y secuestrar a Andrea.

"¿Cómo podría devolverte a un niño que amo? Vosotros dos, maldita escoria, no me devolveríais a mi hijo".

"Si no te callas y le dejas marchar, te juro que el castigo que recibirás será la peor tortura que puedas imaginar. Será mi cuidado asegurarme de ello".

"¿Dónde está Ludmilla?"

"¡No la menciones, ser inmundo!", gruñó Adelheid.

Me quedé aturdido escuchando las palabras entre Dorian y el monstruo. Era el padre biológico de Ludmilla.

Miré a Luca, que movió la cabeza y susurró rogándome que me calmara.

Aparté la mirada y me apresuré a dar el último paso para salir del agua.

"¡Suéltalo, llévame a mí!", grité con todas mis fuerzas.

"Si te quisiera, créeme, estarías aquí rogándome que te echara un vistazo", respondió, y escupió hacia mí.

Dorian me apretó la cintura, haciéndome hacer piruetas detrás de él, donde Adelheid estaba lista para agarrarme. Me cargó al hombro como se hace con los borrachos, impidiéndome cualquier movimiento.

"¿Te has vuelto loco?" Sentí el aliento helado del vampiro. "Una iniciativa más de este tipo, de hecho, cualquier otra iniciativa, y te silenciaré durante unos días. Puedo hacerlo", me amonestó.

Me lanzó hacia Luca, que consiguió salvarme de otra caída. Intenté zafarme del agarre de sus manos, pero me sujetó con fuerza. "Cállate", me hizo señas. Durante unos instantes reinó un silencio total.

Podía oír mis propios latidos amplificándose en mis oídos, dándome una sensación de mareo. Me quedé mirando al monstruo, incapaz de apartar los ojos de aquel rostro aterrador, cuando vi que cambiaba de expresión. Se alarmó por algo y saltó hacia Andrea. Lo agarró como a una marioneta y fue a posarse en una protuberancia rocosa. Se liberó del peso de Andrea, haciéndole rodar hacia abajo. Oí el ruido de su cuerpo golpeando contra las estalagmitas; me quedé helado. Se levantó y se sentó, esperando nuevas órdenes.

La ráfaga de viento helado me despeinó. "¡Ludmilla!", exclamé.

Me hizo una señal con la cabeza para que mirara a la derecha.

Carlos había entrado silenciosamente con su ejército a cuestas. "Ludmilla, qué honor para tu viejo padre poder verte de nuevo", se burló en un ronco susurro.

No tiene sentido, pensé. Ese monstruo es el padre de Ludmilla. ¿Por qué no me lo había dicho? Quizá no lo había hecho a tiempo; quizá no le apetecía admitir semejante obscenidad.

Ludmilla guardó silencio ante la provocación; no había asombro en su rostro, en su lugar insinuó una sonrisa dolorosa.

"Morirás hoy... padre", murmuró.

Dos cosas sucedieron al mismo tiempo: Carlos ordenó a sus soldados que recuperaran a Andrea; Adelheid y Dorian se lanzaron junto con otros soldados hacia el monstruo.

"Qué terrible error infantil". Esas palabras resonaban en mis oídos.

No tuve tiempo de darme cuenta de lo que ocurría hasta que me encontré boca abajo sobre una roca. Oí crujir los huesos de mi cabeza. Después, nada.

17

El dolor de cabeza me despertó; miré a mi alrededor intentando averiguar dónde estaba. El monstruo me había secuestrado y ahora estaba de pie frente a mí.

"No hagas ningún movimiento extraño o te mato", amenazó.

Recuperé la lucidez y levanté la cabeza. Estaba agachado frente a mí. Olía a podrido; no tenía el aroma floral que desprendían los vampiros.

"¿Te doy asco? ¿Mi olor te da náuseas? Es normal, no solo me alimento de humanos, también de vampiros... tienen un sabor, cómo decirlo, más picante".

Retrocedí, empujándome con los brazos hasta chocar con la pared rocosa.

Lo miré con horror. ¿Cómo podía existir un monstruo así?

Tragué con fuerza y bajé la cabeza.

"Atacaste a mi compañero", dije con cautela.

"Sí, pero le di la inmortalidad, si puede conservarla".

"No, eso se le dio por necesidad, Ludmilla. O habría muerto".

Vi que se entretenía con mis palabras y, como hacen los niños cuando se disponen a contar un cuento, se acercó, se sentó con las piernas cruzadas y cantó: "Oh, hermosa mía, ahora te contaré un cuentecito".

"Pero no quiero escuchar historias, no... mentiras", me armé de valor para responder.

"Lo siento, tendrás que escucharme. Tenemos tiempo; no creerás que nos encontrarán fácilmente", se mofó.

Tenía las piernas y la espalda entumecidas y la cabeza me palpitaba como si estuviera a punto de estallar. Me di cuenta de que tenía que relajarme; apoyé la espalda contra la pared y subí las rodillas.

"Si quieres hablar, debes hacerlo a una distancia suficiente para que no huela tu hedor".

Gruñó, pero se movió un metro.

"Provengo de una familia noble; mi padre era el único hijo legítimo de Mircea I, llamado 'El Viejo', Mihail; mi madre se llamaba María, como mi abuela, y como tú, querida. No tengo recuerdos de mi padre; murió en el campo de batalla en 1420, en un intento de repeler al sultán Muhammad I. Crecí con mi madre, que se las arregló para ocultarme, haciendo creer a todos que estaba muerta. También tuve otro hermano, pero parece que fue secuestrado por los turcos durante la batalla en la que murió mi padre.

Estaba claro desde el principio que mi madre no podía quedarse en la corte; nos refugiamos en Francia, en París..."

"¿Por qué me cuentas todo esto? No me importa tu vida", le interrumpí.

"Oh, ten por seguro que te interesará", respondió con expresión malvada. Y luego continuó. "Llegamos a París un día cálido y soleado. Inmediatamente buscamos a la familia de mi tío que, según pensaba mi madre, nos ayudaría, pero no fue así. Mi madre preguntó por ahí y alguien le dijo que el hombre había sido asesinado durante una rebelión en la ciudad y que tal vez podría encontrar a su mujer y a sus dos hijas en algún burdel. Por suerte para nosotros, mi madre había conseguido hacerse con el dinero de mi padre, lo que nos garantizaba una vida más que decente, por lo que entramos a formar parte de la alta sociedad parisina. Mientras tanto, mi madre volvió a casarse con un rico comerciante que desconocía mi esencia. El ajuste que mi madre temía llegó, con razón. No pasó mucho tiempo hasta que, durante un ataque de ira, maté a mi padrastro. Mi madre decidió que necesitaba a alguien que pudiera seguirme durante esta época dolorosa y peligrosa. Encontró a los vampiros de París, pero vivían ocultos en las alcantarillas, perseguidos por cazadores y por la Iglesia católica, algo muy distinto a la vida en Valaquia. Un vampiro de noble linaje percibió mi esencia y se dejó acercar por mi madre. Theophile Cambrian, que así se llamaba el vampiro, se convirtió en mi guardián. De él aprendí todo lo que necesitaba saber sobre la esencia vampírica y me ayudó a terminar mi adaptación. Pero luego se le ocurrió hechizar a mi madre; se casó con ella y tuvieron más hijos. Mientras tanto, yo me licencié en Derecho y, cuando mi madre pensó que yo podría valerme por mí misma, ella, su marido y sus hijos abandonaron Francia y regresaron a Valaquia. Partieron el día del solsticio de verano, cuando la luz vence a la oscuridad, escoltados por un escuadrón de vampiros. Aproximadamente un mes después de su partida, uno de los vampiros del equipo de guardia que los acompañó a Valaquia regresó con una carta de mi madre: me decía que el viaje había ido bien y que no me preocupara por ellos y que viviera mi vida al máximo. Lo único que me faltaba era dinero.

Disfruté, durante unos años, de mi vida de joven abogado, pero alguien empezó a sospechar de mí. Un día, mientras me alimentaba de una hermosa joven de los barrios bajos de París, algo me distrajo y ella consiguió escapar. Así comenzó la caza del vampiro rojo, por el color de mi pelo, pero, como ocurre entre vosotros, débiles humanos, la caza se extendió, en poco tiempo, a todos aquellos, humanos y no humanos, que eran pelirrojos. Decidí huir y reunirme con mi madre y su familia.

Me fui una noche escondido en un carro cargado de uvas. Pagué tan bien al mercader que, a las afueras de la ciudad de París, quiso dejarme también la carreta con su carga, pero me negué. Viajé descansando de día y corriendo de noche. Debes saber que en aquella época los vampiros no soportábamos la luz del sol; nos debilitaba demasiado y nos convertíamos en presa fácil de cazadores y otros vampiros. No sabemos qué, precisamente, nos hizo menos intolerantes a la luz para que pudiéramos vivir como humanos. Quizá sufrimos la adaptación de la adaptación. Al cabo de unas tres semanas, llegué a la frontera entre Hungría y Valaquia; decidí permanecer oculto unos días en una cueva y prepararme para reunirme con mi madre.

Fue durante la primera noche cuando un ruido molesto me despertó. Busqué un escondite desde donde pudiera ver bien la sala de la cueva. Vi a un hombre, agobiado y cansado, que debía de correr mucho. Quizá huía de algo o de alguien. Se desplomó exhausto en el suelo y me di cuenta de que si no le ayudaba, moriría. No podía permitirlo. Alimentarse de cadáveres es como alimentarse de comida podrida. Me acerqué a él para olerlo; aquella presa me hizo la boca agua. Me coloqué encima de él, dispuesto a golpearle la yugular, que, flácida, intentaba latir, cuando de repente se recuperó y me miró. "¿Quién eres?", preguntó con voz ronca.

Me levanté y decidí, por el momento, dejarle vivir. Tal vez podría darme noticias de mi madre. No podía venir de muy lejos, solo del pueblo donde ella vivía, pensé.

Cogí la cantimplora que llevaba atada a la cintura, para parecer un viajero cualquiera, y se la llevé a los labios. Bebió con avidez y tosió, derramando el líquido por el suelo. Le ayudé a levantarse.

"¿De dónde eres?", le pregunté. Me contó su historia. Le perseguían por desertor. Consiguió escapar porque se escondió en una fosa común, camuflándose entre los cadáveres putrefactos. Decidí creerle y concederle el don de la inmortalidad; le hice beber mi sangre y luego le mordí. Lo escondí en lo más profundo de la cueva; allí los soldados no lo encontrarían. Entonces pudo comenzar su adaptación. Tardó varias horas, y cuando regresó me juró lealtad eterna. Le pregunté si conocía a la familia de mi madre. Me habló de Theophile Cambrian, que se había convertido en la mano derecha del señor del pueblo. Decidí ir al castillo.

Huelga decir que mi padrastro no se alegró en absoluto de verme. Me negó la entrada al castillo e hizo que me arrestaran, encarcelándome en la mazmorra exterior. Entonces me di cuenta de que solo un cazador de vampiros podía haber construido una prisión al aire libre... la luz del sol mantendría a raya a los prisioneros vampiros. También descubrí su secreto, del que estaba orgulloso: había formado un pequeño ejército de vampiros de Azara..." Jadeé al oír ese nombre y él se dio cuenta. "¿Conoces el significado de vampiro azara?" afirmé con la cabeza.

"Así está mejor, no tengo que perder el tiempo con demasiadas explicaciones".Cambió de posición; por un momento tuve la sensación de que quería poner fin a la farsa, pero no lo hizo.

"Pronto me di cuenta de cómo eran las cosas: el que yo creía que era un amigo de confianza en realidad cumplía las órdenes que le habían dado. Fue él quien me denunció y me hizo encerrar. Se burlaban de mí", rugió, lanzando una roca contra la pared.

Por un momento pensé que la cueva se derrumbaría.

"La bestia de mi padrastro me convirtió en azara, simplemente obligándome a beber sangre de vampiro. Cuando me volví como él, me liberó y me nombró superintendente de su escuadrón de azara. Pensé que seguirle la corriente me llevaría hasta mi madre. Y así fue. La encontré prisionera en un oubliette..."

"¿En un qué?", le interrumpí.

"Una oubliette. No es solo una cárcel; es la condena al olvido en una celda en las entrañas de la tierra: de allí no se sale, allí se muere. Pero la encontré aún viva. Quería a mi madre, no tenía intención de dejarla morir, así que la mordí. Pero incluso ese movimiento fue planeado por mi padrastro. No conté con mi nueva esencia, y cuando ella se volvió, no pude controlar mi sed de sangre de vampiro Azari. La maté.

Desesperado y con el cuerpo destrozado de mi madre en brazos, supliqué la muerte a los soldados de Teófilo, que no me la concedieron. Ya estaba todo decidido, un destino mucho peor que la muerte: me condenaron a la excomunión y a la momificación. Me encerraron en el ataúd de hierro el día de Navidad de 1448".

"Evidentemente, no te dejaron allí mucho tiempo", comenté con sarcasmo.

La cara del monstruo no cambió de expresión, pero se pasó la lengua entre los labios y levantó el labio superior lo justo para mostrar los caninos.

"Permanecí inmóvil durante un tiempo indefinido. El hambre me atenazó durante siglos mientras mi cuerpo se momificaba dolorosamente, pero la mente permanecía siempre lúcida. Caí varias veces en coma; sin embargo, el dolor siempre lograba despertarme... sin paz. Un pensamiento acompañaba al tormento: llegará el día de la venganza. Y así fue.

De repente sentí que el aire invadía mis pulmones. Un equipo de arqueólogos encontró mi tumba, y los tontos la abrieron... Los devoré sin piedad, pero dejé a uno vivo. Le obligué a responder a algunas preguntas. Era 1916 y yo estaba en Cluj-Napoca. Ya ves, medio milenio encerrado en un ataúd". Escupió al suelo y sus ojos ardieron. Temí que estuviera a punto de atacarme, pero se calmó y reanudó la conversación. "Vagué durante mucho tiempo, viviendo solo en las montañas y sin dejar de planear la venganza contra mi padrastro, que imaginaba aún vivo.Comenzó la Primera Guerra Mundial. Me uní a los rescatadores voluntarios, una forma segura de encontrar comida. Vagué entre los moribundos y les permití fallecer sin dolor; me lo agradecieron. Un día, después de terminar mi comida, noté que un hombre me observaba; salté hacia él, pero me apartó violentamente. Solo un vampiro podía hacer eso.

"Tienes que permanecer oculto, ¿quieres que te pillen? Pronto se darán cuenta de tu presencia. Encantado de conocerte, hermano, soy Sebastián". Nos hicimos amigos; hacía tanto tiempo que no trataba con alguien como yo que no estaba dispuesto a perderlo. Le seguí en sus incursiones entre las aldeas campesinas; no le gustaba la sangre de los soldados moribundos: podrida y con sabor a residuos de pólvora.

La guerra terminó. Una noche, en un bar, oímos hablar de Estados Unidos y de las oportunidades que ofrecía ese país. Decidimos marcharnos.

No fue complicado encontrar billetes de primera clase a bordo del barco francés más hermoso, el "Beau Soleil". Mi imaginación, por muy ingeniosa que fuera, no podía imaginar tanta belleza. Pasaba las noches en la cubierta más alta para disfrutar del espectáculo del cielo, el mar y los ricos humanos. Los probé, pero noté con disgusto que sabían agrios... imbebibles, sobre todo las mujeres. Era la época de las cremas radiactivas. ¿Entiendes? Qué quieres que te diga; por suerte, los vampiros también somos inmunes a la radiactividad. Pero estábamos contentos; nunca hubiéramos podido comer solo en restaurantes, así que nos adaptamos a beber solo de los hombres, que no usaban maquillajes varios.

El barco atracó en Luisiana la tarde de mi cumpleaños. Esperaba que esa fecha fuera un buen augurio. Fuimos a Nueva Orleans, donde Sebastián dijo que tenía conocidos. La dirección era 1039 Royal Street, donde nos recibió un francés excéntrico: elegante, rico, pero también misterioso y extravagante. En pocas horas organizó nuestra fiesta de bienvenida, y en poco tiempo la casa se llenó de los personajes más destacados de la ciudad. Nos presentó como sus primos rumanos lejanos y contó, con una confianza casi fanfarrona, nuestras aventuras infantiles... que nunca ocurrieron. Todas las noches había fiesta, y Jacques, que así se llamaba, era el mejor animador que he conocido. Respondía a todas las preguntas con habilidad e intelecto; se rumoreaba que sabía al menos diez idiomas. La mejor fiesta fue la de su cumpleaños. Invitó a un grupo de baile de Nueva York, consiguió hipnotizarlos a todos antes de su actuación, y así, al final, tanto mujeres como hombres le regalaron sus cuellos en su honor. "Por favor, amigos, sírvanse directamente de la fuente", nos invitaron a todos con una reverencia...

"Dios mío... eres un monstruo", murmuré con náuseas.Los ojos de la bestia se clavaron en los míos; parecía querer escudriñar mi mente. Entonces reapareció en su rostro la habitual expresión sarcástica.

"¿Mi Dios? Si juntas los asesinatos perpetrados por todos los vampiros de la Tierra y los elevas al poder... el resultado no será mayor que las muertes en nombre de ese Dios al que tanto te gusta rezar".

Permaneció en silencio, masajeándose la cara llena de pústulas; sentí repulsión. Las lágrimas empezaron a resbalar por mis mejillas. Estaba agotada.

Empezó a hablar de nuevo. "Nos divertimos durante mucho tiempo; Jacques era el dios de la diversión y muy rico, tanto que nos enseñó a ganar dinero. Sebastián tenía algunas posesiones familiares; Jacques le hizo venderlas a precios increíbles y con el primer dinero que tuvimos nos enseñó a invertir en bolsa. En poco tiempo nos hicimos muy ricos, así que decidimos que era hora de dejar las habitaciones que Jacques nos había dado. Compramos una casa en el mismo barrio francés y empezamos a dar nuestras primeras fiestas. Sucedió que un día Jacques nos pidió el favor de invitar a un nuevo amigo a nuestra recepción; aceptamos encantados.

Theophile Cambrian me había encontrado. Se acercó a la puerta como si nada y me ofreció su mano, que no pude rechazar. En cierto momento de la velada se me acercó y me pidió que me retirara. De mala gana le dije que me siguiera a mi estudio.

"Querido hijastro, espero que todo esté bien entre nosotros", afirmó con gran descaro. Recordé en un instante en qué me había convertido... lo había olvidado. Una azara. Creo que él también lo había olvidado. Le golpeé tan rápido que no se dio cuenta. Le vi llevarse la mano al cuello; la mordedura no se curó y la sangre brotó a borbotones. La bebí con avidez y le arranqué la cabeza de un mordisco. Pero Jacques no me perdonó; me vi obligado a abandonar Nueva Orleans. Sebastián tampoco me siguió, pero me dio, una vez más, el nombre de un vampiro al que yo ayudaría: "Ve en mi nombre, él te escuchará".

Benicio Della Puebla era un rico terrateniente y un vampiro de sangre muy antigua. Se alegró al saber que Sebastián, el hijo de su gran amigo, me había enviado a él en busca de refugio. Me sinceré de inmediato y le conté el motivo que me había obligado a abandonar Nueva Orleans. Benicio vivía en una magnífica mansión neoclásica, enclavada en un ambiente pantanoso que se alzaba, imponente, sobre una pequeña colina, rodeada del oro que había hecho su fortuna: la caña de azúcar. Me ofreció un trabajo, que acepté, aunque podía contar con mi propio dinero. Consistía en buscar y acoger vampiros errantes y enseñarles compasión. Benicio Della Puebla era un vampiro compasivo que había aprendido a beber sangre sin matar humanos. Te preguntarás por qué acepté ese infame trabajo...".

No me atrevía a respirar, y mucho menos a responder a sus preguntas, así que me limité a encogerme de hombros.

"Me aburría soberanamente hacer de vampiro compasivo, pero las reglas de Benicio eran férreas; equivocarse significaba volver al ataúd de hierro. Me consolaba en los días en que me enviaba a la ciudad a comprar cualquier bien que necesitara la gran familia. Sobre todo, era una forma de despistar a los curiosos que decían que en aquel cultivo ocurrían cosas extrañas. En la ciudad se me conocía como 'el forastero de Benicio', y gozaba de cierta libertad de movimientos entre los burdeles cercanos al puerto fluvial. A orillas del Mississippi vivían los parias de la ciudad, indigentes sin remedio; entre ellos yo era libre de expresar mi esencia al máximo. Podía beber y nadie se daría cuenta.Un día paseaba por el exterior de la finca cuando me crucé con una extraña mujer que conducía un espectacular Rolls-Royce Silver Ghost. Me quedé mirándola estupefacto. Me di cuenta de que era una criatura como yo, pero ella, me dijo, había sido mordida por un extraño unos cincuenta años antes. Se llamaba Vicky, y la plantación de caña de azúcar más septentrional de toda Luisiana, me dijo orgullosa, era de su propiedad. Sin pelos en la lengua, me confesó que no me había conocido por casualidad, sino que estaba allí por una proposición: quería un entrenador de vampiros, pero, a diferencia de Benicio, los quería sanguinarios. No tardó en convencerme para que la siguiera. Ese mismo día abandoné la finca y me escabullí de todos.

Me reuní con ella en el puerto fluvial donde estaba atracado su barco, el Oasis of the River. Por fin mi vida volvió a ser intensa e interesante, como lo había sido en los días de Nueva Orleans. No llegué a aceptar mi esencia de vampiro de las Azores. Creo que en aquella latitud del mundo no conocían su significado, pero pronto lo descubrirían. Con Benicio, mi sed de sangre vampírica se calmó gracias a la compasión a la que me vi obligado, pero con los vampiros de Vicky la historia fue diferente. Tuve que enseñarles la vileza, la lujuria por la sangre humana y el combate. Sucedió que, exasperada por la inercia de un vampiro que profesaba compasión, perdí la paciencia y lo mordí. Cuando murió, Vicky se dio cuenta de que la mordedura era la causa y quiso una explicación. Se las di, y debo decir que la entusiasmó tanto que me nombró jefe de la finca.

Llegó la Ley Seca, y con ella la dificultad económica de gestionar las plantaciones de caña de azúcar. Si la producción no se hubiera reconvertido en refinado, la policía la habría destruido quemando toda la cosecha y, a veces, incluso la casa. No tenía ningún deseo de sacrificarme por aquel mundo que, al fin y al cabo, no me pertenecía. Regresé a Europa.

En cuanto puse un pie en mi París, sentí una alegría inmensa. Me instalé.

Se dio cuenta de que me miraba los zapatos desde las rodillas, dobladas bajo la barbilla, con una descarada mirada de aburrimiento.

"Será mejor que escuches el final de mi cuento... Mhm... déjame pensar... de todas formas, no tienes elección", se mofó diabólicamente."Te has contestado a ti mismo. Estoy obligado. Te escucharé, pero no puedes obligarme a no aburrirme", respondí con rima.

"Oh, créeme, podría obligarte".

"Pues hazlo, así podré escucharte con entusiasmo", le provoqué.

"¿Qué placer tendría yo después de eso? Tú, en cambio, escucharás y te aburrirás... y yo disfrutaré sabiendo lo aburrido que estás... pero, créeme, en algún momento me suplicarás que continúe con la historia".

Volví a mirar mis zapatos y esperé el resto de la historia.

"Me instalé en uno de los hoteles más renombrados de la ciudad, frecuentado por escritores, filósofos y científicos. Me sentía a gusto entre esa gente y... pude mantener a raya mis instintos. Una noche, una de tantas en las que estaba charlando con otros hombres, una criatura maravillosa entró en el bar del hotel y se sentó sola en una mesita. Pronto se convirtió en el tema de conversación; a pesar de que estábamos en la libertina Francia, una mujer sola en un bar no estaba bien vista. Pensé al instante que sería mía, en todos los sentidos. Pero alguien entró por la puerta y una ráfaga de viento hizo que se le moviera el pelo; se desprendió el aroma salvaje de su esencia. Un vampiro. Ella se dio cuenta y me enseñó los colmillos, pero intenté calmarla levantándome y sentándome a su lado. Sus ojos tan claros reflejaban mi rostro; la observé embelesado mientras hablábamos de más y de menos. Ella lo cortó rápidamente y me pidió que me fuera. La ciudad de noche da sensaciones fuertes; estábamos excitados y hambrientos. Aminoramos el paso mientras caminábamos por el Sena. Las orillas del majestuoso río acogían de día a turistas, artistas y hombres de negocios, pero de noche se convertían en refugios para los sin techo. La elección fue aleatoria: un hombre yo, una mujer ella. Fuimos rápidos y letales, con cuidado de no dejar huellas. Satisfechos, abandonamos las orillas del río para volver a las calles de la ciudad. Pronto nos dimos cuenta de que nos seguían. Alarmados, empezamos a correr, pero pronto nos dimos cuenta de que quien nos perseguía era una criatura como nosotros. Seguía perfectamente nuestro ritmo, algo imposible para los humanos, así que corrimos hacia un callejón para enfrentarnos a él. No había ni un alma en la calle, pero las ventanas de algunas casas estaban iluminadas. Un peligro para nosotros. Nos quedamos inmóviles y esperamos la llegada de la criatura, que no se hizo esperar. Enorme de estatura, vestía como un rico caballero, con bastón y sombrero de copa, que se apresuró a quitarse en señal de respeto. Avanzó despacio, cuidadoso como un gato, y me ofreció la mano; se la correspondí, pero no dejó que le tocara. Se levantó a la velocidad del rayo y con el bastón me golpeó en el antebrazo. El impacto fue tan violento que sentí crujir mis huesos. Otro golpe, infligido en el cuello, me causó un dolor extremo que me hizo caer al suelo. Me crují el cuello y miré hacia arriba; ahora eran tres los asaltantes, todos con palos de hierro en las manos. Uno de ellos, el más bajo, me apuntó al pecho con su bota, impidiéndome levantarme. Todos mis intentos de pedir clemencia fueron inútiles. Entonces me di cuenta de que Adelheid, mi compañera de aquella noche, había desaparecido, o eso me convencí a mí mismo... Qué idiota...".

Escudriñó letra por letra la última palabra, pero yo seguía incrédula, dándole vueltas al nombre que había oído: Adelheid. Intenté hablar, pero él me lo impidió acercándose y poniéndome la mano sobre la boca.

"Ahora no puedes hablar, y mucho menos hacer preguntas", dijo en voz alta, retirando la mano de mi boca. Suspiré aliviada; el olor de aquella mano era el mismo hedor que la muerte.

"Estaba solo y herido, pero sobre todo inconsciente de lo que me estaba pasando; la prioridad era recuperarme y encontrar a Adelheid. Me aterrorizaba la sola idea de que fuera prisionera de aquellos vampiros violentos, iban a hacerle daño. Empecé a correr por las calles de la ciudad, esperando seguir el rastro de su olor, pero nada. La ira se apoderó de mí; arremetí contra cualquiera que se interpusiera en mi camino. Fue a las afueras de la ciudad cuando percibí un leve tufillo de su esencia, que aumentó de intensidad a medida que continuaba mi camino. De repente salió de detrás de un seto; corrí hacia ella, pero vi su rostro contorsionado en una mueca monstruosa. "Morirás hoy", siseó.

Abrió la boca, llevando la arcada dental hacia delante, de modo que los caninos bajaron, y me agarró la cabeza, empujándola hacia un lado para dejar expuesta la yugular. Por un momento pensé que ella también era una azara: yo habría muerto por el mordisco, pero ella también. No me defendí. Pero ella detuvo la acción y me miró fijamente a los ojos: "Has matado a tu madre, maldito monstruo; también era mía".

Me quedé sin palabras; tenía a mi hermana delante y, evidentemente, ella aún no sabía que unos años antes yo también había matado a su padre. De alguna manera conseguí calmarla y, durante unos minutos, charlamos tranquilamente. Me contó que era la única superviviente de sus hermanos y que estaba buscando a su padre. Le conté cómo murió mi madre, sí, por mi mano, pero porque su padre me convirtió en azara. Al oír esas palabras, retrocedió y huyó. Nunca volví a saber de ella.

La Segunda Guerra Mundial devastó Europa. No es que me importara mucho, pero me daba cobijo y me refrescaba. Fue entonces cuando se me ocurrió la más ambiciosa de las ideas: un ejército propio. Transformé a tantos moribundos y los seduje para que me siguieran como su líder supremo. Quería tener el mundo de los humanos a mis pies, pero cometí el error de subestimar la sed de sangre de los neovampiros. Destruyeron regimientos enteros y, luego, aburridos de la sangre de los soldados, se abalanzaron sobre los civiles. En poco tiempo podrían haber destruido a la humanidad, ya devastada por la guerra.

Me vi obligado a pedir ayuda a Charles. Él arregló las cosas, pero me infligió una nueva excomunión. Me liberó para que cualquier vampiro pudiera matarme. Escapé durante años, y fue gracias al avance cultural de los humanos que volví a ser libre. Los humanos ya no estaban dispuestos a creer en el mundo oculto de las criaturas sobrenaturales; nos degradaron a mera leyenda.

Volví entre humanos, dejé de alimentarme de ellos y, en su lugar, perfeccioné la caza de vampiros. Fue un periodo tranquilo; volví a trabajar como abogado y, un día, como recompensa por ganar un caso importante, el bufete me pagó un viaje en el Orient Express, el tren más hermoso y lujoso del mundo. Vida hermosa y sofisticación, hombres de negocios ricos y herederas adineradas: todo eso me hacía feliz con la inmortalidad. Es fascinante mirar a los ricos a la cara y llenarse de orgullo por su mísera existencia, convencidos, tal vez, de que pueden llevar sus posesiones más allá de la muerte. Pero la fascinación se convierte en alegría cuando se les ve morir.

A bordo del tren volví a alimentarme de seres humanos, iniciando una competición conmigo mismo: me servía y los embrujaba para que olvidaran el bocado. Al poco tiempo, solo había gente a bordo con largos pañuelos enrollados al cuello: una pasada.

En Trieste nos detuvimos largo rato; una manifestación impedía que los trenes salieran de la estación. Muchos hombres bajaron de los vagones para pasear y fumar unos cigarrillos en compañía. Yo también lo hice. Fue mientras encendía un cigarrillo cuando, entre las espirales de humo que salían de mi boca, la vi. Apareció ante mí como una diosa, flanqueada por un mozo que llevaba equipaje. También se volvió para mirarme cuando, ayudada por un empleado del tren, subió a un vagón. Tuve que calmarme y contener la lujuria que me excitaba tanto que tuve que ir a encerrarme en mi suite.

Volví a verla sentada en una mesa del vagón restaurante. Le di una generosa propina a uno de los camareros, que le entregó una invitación a mi mesa. Ella aceptó. Se sentó frente a mí y empezó a mirarme fijamente, un poco coqueta. Emanaba un perfume ardiente, su cabello espeso y negro como el carbón, recogido en un suave nudo en la nuca. Su rostro era un óvalo perfecto y su tez, blanca y pura. Movió un mechón de pelo y, al hacerlo, mostró su palpitante yugular. Agarré con fuerza la silla y sentí que mis uñas penetraban en la madera. Me tranquilicé. Me dijo que se llamaba Rachel y que pertenecía a una acaudalada familia de banqueros de origen francés... pero ahora caída en desgracia. Una pizca de emoción impregnaba el tono de su voz. Por mi parte, me presenté como lo que hacía entonces: el abogado Mihail Basarabi, del Colegio de París. Se quedó embelesada mientras escuchaba mis historias como hombre de leyes. "Voy a parecer descarado, ni siquiera nos conocemos, pero un abogado me ayudaría a recuperar la herencia de mi familia, robada durante la guerra". Me moría de ganas de hacerla mía.

Rachel estaba muy alegre y el excelente vino servido a bordo la desinhibía. La acompañé a mi suite con la intención de apagar el fuego que ardía en mi garganta, pero no lo conseguí. Hacía siglos que no sentía amor carnal; después de todo, la vida no me había dado tiempo para pensar en mis apetitos sexuales. Ella comprendió enseguida mi inexperiencia y tomó cartas en el asunto, arrastrándome a un torbellino de pasión que, por unos instantes, me hizo olvidar lo bien que olía.

Decidimos bajar a Estambul y nos quedamos allí mucho tiempo.

Un día, el que debería haber sido el más hermoso de mi vida, se convirtió en lo que sería mi peor pesadilla: me dijo que estaba embarazada. Mi felicidad se apagó cuando me vi obligado a revelarle mi esencia. Estaba seguro de que no lo entendería. Pero no lo hizo, y con gran sencillez me respondió: "Siempre lo imaginé".

Su barriga crecía mientras yo buscaba métodos que le garantizaran un parto seguro. Conocía historias de mujeres que no lo habían conseguido. Recurrí a un viejo vampiro y me aseguró que los tiempos habían cambiado. Las mujeres ya no morían al dar a luz, pero también me dijo que, una vez nacido el niño, la madre tendría que ser hechizada o transformada. La elección era solo de la mujer. Entonces recordé a mi madre, que sobrevivió al parto... sin problemas. Me deleité en la dulce lógica de los acontecimientos.

Volví a Estambul al cabo de dos días. En cuanto entré en casa, me di cuenta de que algo iba mal. Había demasiados olores en el ambiente y Rachel no aparecía por ninguna parte.Ahora bien, debes saber que una de mis habilidades vampíricas es discernir los olores como lo hacen los animales y nunca me equivoco. Adelheid había estado allí. La maldije con todas mis fuerzas. Me volví hacia el padre de Rachel, Robert Du Jardin. No había buena sangre entre nosotros, pero decidí que era el único que podía ayudarme sin traicionarme. Le conté todo, incluso sobre mi esencia y que, con toda probabilidad, también lo haría nuestro hijo, su nieto. Tal vez lo encandilé, pero sin intención... fue él quien me pidió que lo adaptara. Robert nació para ser vampiro; está equilibrado hasta el punto de no haber bebido nunca sangre humana, al menos de forma violenta.

Lo sé, llevo hablando mucho tiempo, pero ya casi llegamos al final... querida".

Seguía siendo ese ser querido que me erizaba la piel. Pero de algún modo consiguió interesarme y casi compadecerme. Creo que leyó mi pensamiento, sonrió, haciendo que me arrepintiera.

"En pocos días, Robert estaba revigorizado y dispuesto a seguir adelante con el plan que nos habíamos trazado. Mi olfato y su dolor por la pérdida de su hija nos llevaron a Italia, a Turín. No pudimos poner un pie en la ciudad hasta que los sabuesos de Adelheid nos encontraron. Maté a un par de ellos, pero tuve que detenerme; atraparon a Robert, que aún no era lo bastante fuerte para defenderse de vampiros mayores que él. Dejé que me llevaran. Nos llevaron a un lugar secreto y nos separaron. Una noche me despertaron unos gritos desgarradores, seguidos del silencio y los lamentos de un recién nacido. Pensé que me estaba volviendo loca. No era muy fuerte; me daban muy poca sangre, pero mis carceleros no debían de ser conscientes de mi esencia de azara. Me abalancé sobre la mano de uno de ellos cuando me entregaba la dosis de sangre a través de los barrotes de hierro. Le mordí. En cuanto se dio cuenta de que la herida no cicatrizaba, me miró aterrorizado, momento en el que jugué mi carta. Le hice contármelo todo, haciéndole creer que solo yo podía ayudarle a curarse. Así supe que Rachel dio a luz, pero murió. Y que yo era el padre de un niño al que nunca vería.

Robert convenció a Adelheid y a su compañero Dorian para que me dejaran vivir. El día que me liberaron, me hicieron jurar que no volverían a verme. Robert me acompañó fuera de la cárcel, jurando que protegería a Ludmilla para siempre".

De repente terminó su relato y cambió de expresión. Vi que se volvía y, en tono paternal, decía: "Acércate". Aterrorizado, casi dejé de respirar.

Oh, no, no, no... Parpadeé confusa, esperando que fuera solo una visión.

Cecilia dirigió a un grupo de niños que salían de las rocas, silenciosos y líquidos.

En el andar de Cecilia estaba la elegancia del depredador, impregnada de un encanto demoníaco. A medida que el grupo se acercaba, no pude evitar estudiarlos. Eran... tambaleantes y torpes, como encorvados por el peso del movimiento. Impresionantemente bellos, me sentí transportada hacia ellos como una madre hacia sus hijos en peligro. Me estaban hechizando.

Cecilia llegó hasta mí, se paró a unos pasos; sus intensos ojos azules me miraban con odio.

"¡Eres viejo!", exclamó con la voz melodiosa y chirriante de las mujeres vampiro, pero con un tono infantil.

"Cecilia... ¿te acuerdas?", intenté domarla.

No me dejó continuar; apretó las mandíbulas y adelantó los hombros.

Se preparó para atacarme.

"No, no, no, querida. Recuerda que tienes que ser amable con los humanos", intervino el monstruo, interponiéndose entre ella y yo.

Por favor —le miré implorante—, solo son niños. Y tú, Cecilia, ¿recuerdas a tu papá? Seguro que sí... bueno, que sepas que el monstruo que te creó lo mató". Vi que la mirada de la niña se volvía desconfiada y de repente se puso dolorida; intentó decir algo, pero no lo hizo a tiempo.

El monstruo se dio la vuelta y, de un salto, estaba encima de mí.

"¿Dije que podías hablar?"

Cuando se enfadaba, era aún más monstruoso. La expresión somnolienta y lujuriosa del animal en celo y el nauseabundo hedor que emanaba de su boca me hicieron perder el sentido.

Cuando volví en mí, el monstruo ya no estaba sobre mí; respiré aliviado.

La pared rocosa rebotaba el eco, magnificando cada mínimo ruido.

El monstruo saltó hacia la oscura caverna y lanzó un rugido.

Entonces se quedó inmóvil.

"Acércate, hijo mío, únete a tus hermanitos".

"¡Andrea!" grité.

Se acercó caminando con elegancia y sin apartar los ojos de mí.

Se detuvo a mi lado. Oí a Cecilia sisear, seguida por el resto del grupo.

"Suéltala", suplicó Andrea, dirigiéndose al monstruo.

"¿Por qué debería escucharte?", respondió, sonriendo como un diablo.

"Ella no tiene nada que ver con tu venganza".

"Tienes razón, pero es mi pasaporte, y además... nunca le haría daño", terminó la frase en tono melancólico.

Cambió de registro, tal vez distraído por un ruido, y apretó los labios en una sonrisa temerosa. Parecía temblar; de la tensión, apretó los puños con tanta fuerza que pude oír crujir sus huesos.

"¡No!", gruñó, y se preparó para abalanzarse.

"¡No te atrevas a hacerle daño!", gritó Andrea, parando delante de mí.

"¿Por qué si no?", le desafió.

"Te mataré".

"No puedes hacer eso; te he hechizado, de hecho, tal vez... tal vez podría obligarte a hacerlo", amenazó.

Los niños empezaron a moverse lentamente, dibujando un semicírculo.

"¡Alto!", les ordenó Andrea.

La confusión era evidente en sus ojos; de alguna manera, Andrea consiguió calmarlos.

El monstruo rechinó los dientes, intentó comprender lo que estaba ocurriendo.

Andrea le flanqueó.

Oí un grito agónico y vi al monstruo girar en el aire, chocando contra las rocas. Provocó un chirrido similar al del acero.

Una ráfaga de viento fragante me dio una sensación de bienestar.

Ludmilla. Me cogió en brazos y salió volando de la cueva.

"¿Cómo estás? ¿Se atrevió a tocarte ese ser inmundo? ¿Estás herida?", preguntó preocupada al ver que me sangraba la frente.

"No tengo nada. Tenemos que volver a entrar".

"Cálmate... no vas a ninguna parte".

"Hola, inspector, le veo de una pieza", dijo la voz que conocía bien.

"¡Luca!" Me lancé instintivamente a sus brazos. "¡Tenemos que entrar y ayudarles!", repetí sollozando.

"Vosotros dos quedaos aquí", atajó Ludmilla.

"Ni siquiera es fácil mantenerla quieta", respondió Luca. "Si se mueve, dispárale".

Desapareció en el interior de la cueva.

Permanecí inmóvil, con los pies pesados, aferrada a Luca. Miré desolada a mi alrededor, me separé de su abrazo y me dejé caer al suelo llorando.

"Cecilia... ¿la has visto? Es todo tan loco... dime que nada de esto es verdad".

Los sollozos me sacudieron violentamente, tanto que me doblé de dolor.

"Eh... eh... mírame, María, mírame", me suplicó, obligándome a levantar la cara.

"Esto es insoportable", solloce, ahuyentando las lágrimas.

Un ruido procedente del bosque frente a la cueva nos alertó a ambos.

"Agáchate detrás de este arbusto", susurró Luca.Salió lentamente entre los árboles. Cecilia.

Sus ojos se movieron para escrutar todo a su alrededor. Brillaban como zafiros. Se protegió la cara con un brazo mientras el sol le daba entre las hojas, provocándole la irritante molestia que sentían los vampiros.

Se detuvo y permaneció inmóvil, mirando en mi dirección. Encontró mi mirada y la atrapó.

"Eres viejo", coreó por segunda vez.

"Oye, niña, no tienes un vocabulario muy pulido", la provocó Luca.

Giró la cabeza y le miró fijamente. El aura de tensión era visible. Luego se agachó, dispuesta a dar el salto. Podría habernos aniquilado en segundos, pero algo en su expresión cambió.

"No quiero matarte... quiero a Ludmilla".

"Tienes razón, pero puedo garantizarte que Ludmilla pagará por sus actos", intenté la carta de la negociación.

"Era un niño, tenía derecho a vivir".

"Tu padre no habría querido verte así. Murió delante de mí. Y tu madre... nunca se recuperó después de tu muerte. Y no fue Ludmilla quien hizo todo esto, sino el monstruo que te creó, que creó a todos los demás niños y prendió fuego a la discoteca".

Se quedó mirándome con la cabeza inclinada sobre un hombro. Avancé unos pasos; quería consolarla... abrazarla, pero Luca me detuvo.

"Quédate quieto, olvida que es una niña vampiro; puede arrancarte la cabeza de un golpe".

La vimos apretar las mandíbulas y adelantar los hombros. Podría haberme alcanzado de un salto, pero permaneció inmóvil. Una risa burlona dibujó sus labios mientras su mirada pasaba sobre mí. En un estado de confusión, emitió un grito desgarrador. Nos dimos la vuelta.

No muy lejos de nosotros, algo rebotó en la roca y rodó a nuestros pies. Luca y yo nos miramos horrorizados.

Di un salto hacia atrás, disgustado. Uno de los niños yacía, indefenso, a mis pies.

"¡No!", la oímos gritar.

Cambió de objetivo y, levantándose, se dirigió hacia Luca.

"Morirás", gruñó.

Saltó sobre Luca, que ya tenía su pistola preparada, con las balas de madera. Le descargó todo el cargador.

"Tenemos poco tiempo antes de que se recupere. ¡Corre!", gritó Luca.

Me quedé quieto y observé cómo una silueta sobrevolaba a Cecilia. Ludmilla. "¡Ponte a salvo!"

"¡No le hagas daño!", grité.

"Luca, llévatela, no tenemos tiempo para discutir".

"¡Déjame en paz!" Me giré amenazadoramente hacia Luca, que intentó agarrarme del brazo.

Oí a Ludmilla resoplar como un toro. Levantó el cuerpo de Cecilia y lo arrojó hacia la pared rocosa de la montaña.

Entonces todo sucedió como en una macabra secuencia. Luca resbaló y acabó con la cabeza contra una roca. El hilillo de sangre que manó de la herida despertó a Cecilia, que se liberó del agarre de Ludmilla. Olfateó el aire, sintiendo la esencia ferrosa que emanaba de la sangre de Luca. Se abalanzó sobre él.

Ludmilla se acercó por detrás y la golpeó con un palo improvisado. Se rompió en dos partes y con la más afilada la atravesó. Cecilia cogió el trozo de madera con las manos e intentó quitárselo gritando, pero Ludmilla no le dio tiempo. La agarró y saltó a un saliente de la pared rocosa. Vi rodar la cabeza de Cecilia por el suelo rocoso, desprendida del resto del cuerpo, hacia un charco de agua, residuo de la lluvia de los días anteriores.

Intenté, desesperadamente, apartar la mirada, pero fue inútil. Mis ojos miraban hacia el charco, mientras las lágrimas fluían copiosamente.

"María, no llores", susurró Ludmilla. De verdad. Cecilia era solo un monstruo sin futuro. Si no la hubiera matado, se lo habría pensado.

"Charles. No pueden existir los bebés vampiros"."Tú, sin embargo, eras un niño vampiro. ¿Por qué tú sí y ella no?", le grité.

"No, yo no era un niño vampiro, pero me adapté en la edad adulta, y de todos modos, cuando me salí del control de Robert, mira lo que hice".

"¿Qué se supone que debo hacer ahora?", pregunté ansiosa.

"Nada. Debes olvidarlo".

Poco a poco intenté recuperar la lucidez.

"¿Los otros? ¿Andrea?", pregunté.

"Todo el mundo está bien, se acabó", respondió la suave voz de Robert, "es hora de pensar en la herida de nuestro capitán".

Se acercó a Luca y empezó a limpiarle suavemente la frente.

Juntos, Ludmilla y Robert, no sin antes haber terminado con Luca, rastrillaron la zona, tomando suavemente entre sus manos lo que quedaba de los cuerpos de Cecilia y del niño.

Regresamos hacia la entrada de la cueva.

Charles nos estaba esperando. Ordenó a sus hombres que cogieran los cuerpos y los pusieran con los demás.

Entonces los vi a todos reunidos en círculo; no lo entendía. Luca se acercó a mí y me abrazó.

"Están realizando el rito funerario. Los vampiros no pueden volver a la tierra; deben someterse a la cremación. Todos están dando vueltas para proteger el ritual de los ojos humanos".

Observé cómo el humo se elevaba espeso, como si fuera a tomar forma, pero el viento, que se levantó en ese instante, lo dispersó en el aire. Quedaba un intenso olor a flores, el mismo que podía oler cuando cualquiera de ellos se acercaba. Entonces todos unieron sus manos y comenzaron a susurrar, aumentando el tono hasta producir un sonido similar al batir de mil alas.

Ludmilla se separó del círculo y se dirigió al montón de cenizas que quedaba. Robert le entregó una urna en forma de ángel con las alas extendidas. Recogió algunas cenizas y las vertió dentro; luego se acercó.

"Mantenla contigo, estoy segura de que Cecilia ya está en paz; ella velará por ti".

Cogí la urna y la apreté contra mi pecho.

Empecé a buscar a Andrea, que creía que estaba en el círculo del servicio.

"¿Dónde está Andrea?", pregunté preocupada.

"Ahí está", le indicó Ludmilla con el dedo.

La vi dirigiendo al grupo de vampiros que, tirando de enormes cadenas, sacaban al monstruo.

"Tú no lo mataste".

La ira me impidió seguir hablando.

"No juzgues lo que no conoces", sentenció Charles. "Mihail morirá momificado en las profundidades de las entrañas de la tierra. Pero antes será juzgado por el Consejo".

"Los niños no les juzgaron", insistí.

"Mujer, te he dicho que no juzgues lo que no conoces. Esos no eran niños, o ya no lo son. No por ellos. Fueron convertidos en monstruos inmortales; de hecho, sus almas ascenderán en paz al cielo. Pero aquí en la tierra no podían haberse quedado, es por el bien de toda la humanidad". Terminó de hablar y, con su mirada, me obligó a bajar la mía.

Irritada y sin emoción alguna, me senté en una roca cercana y empecé a llorar de nuevo.

Sentí las manos de Ludmilla apoyadas en las mías... Esperaba que fueran las de Andrea, pero ya no le veía, al menos no por aquel día. Ludmilla comprendió.

"Todavía está bajo los efectos de la enfermedad; tardará días en volver en sí, y en este momento es mejor que no estéis juntos a solas. No sabemos qué le dijo Mihail que hiciera".La miré confusa, pero sabía bien que cuando algo estaba decidido, no podía hacer nada para cambiarlo.

18

Cuando el coche se detuvo, salí del estupor en el que me había encerrado voluntariamente. Habíamos vuelto a casa de Adelheid.

Les rogué a todos que me dejaran a solas con mis pensamientos y me encerré en mi habitación. En el sopor del viaje, medité un plan. Volvería con Charles y mataría al monstruo con mis propias manos. Una vez que se saliera con la suya y saliera del ataúd, no volvería a ocurrir. Pero era consciente de que solo nunca podría hacerlo. Solo Ludmilla habría estado dispuesta a acompañarme a mi probable muerte, pero tendría que haberle presentado el plan con astucia.

Me metí en la ducha, tratando de imaginar los escenarios a los que me enfrentaría. Jadeé; alguien me tocó el hombro.

"Oye, llevas ahí abajo una hora. ¿Quizás quieras derretirte?"

"¿Andrea? ¿Qué es lo que no quedó claro en la frase 'Quiero estar sola un rato'?"

También pensé en las recomendaciones de Ludmilla y me preocupé un poco. Pero en apariencia parecía indefensa.

"Necesito saber que no me dejarás sola", susurró, rodeándome con sus sólidos brazos.

Moví mi cara, que apoyé contra su pecho, y con un largo suspiro empecé a hablar.

"Si me necesitas, siempre estaré ahí, al menos hasta que la muerte nos separe... y, como bien sabes, sobre quién debe morir no hay dudas. Pero si me pides, en este momento, que te dé certezas sobre nuestra relación, no soy capaz".

"No era lo que esperaba", respondió apenado.

Le miré fijamente a la cara y, por primera vez, me di cuenta de que sus pupilas negras estaban rodeadas de un círculo rojo.

"¿Cuánto hace que no te alimentas?"

"Estás cambiando de tema".

"Puede ser, pero estoy muy preocupado por ti. Hoy ha sido duro para todos, pero para ti, que has sufrido la voluntad de ese maldito monstruo, sigue siendo peor. Así que, por favor, ve con los demás a alimentarte".

"¿Está Luca Perri involucrado?"

"¿En qué estás pensando, estás loco?"

Le miré a los ojos y me di cuenta de que algo estaba cambiando. Me apretó el brazo.

"¡Suéltame, me haces daño!", grité.

Sin darme cuenta, sentí sus labios posarse violentamente en mi cuello.

Ludmilla entró furiosa y le empujó hacia el lado opuesto del cuarto de baño. El cristal de la ducha se hizo añicos. Me echó el albornoz sobre los hombros y me sacó de la habitación.

"Te advertí que podría ser peligroso estar a solas con él".

"Se metió en la ducha sin que yo lo supiera; no pude hacer otra cosa que seguirle la corriente".

"Déjame ver tu cuello", gruñó, inclinando mi cabeza hacia un lado. "Lo hiciste bien..."

"Gracias", respondí.

"Iba a traerte la cena; espero que tengas hambre".

"Sí, tengo hambre, pero dame unos minutos antes".

"Claro", respondió, viniendo a sentarse en la cama a mi lado.

"Tienes que llevarme con Charles", dije de golpe.

Levantó la ceja derecha. "¿Te has vuelto loco?"

Intenté encontrar una abertura en su mirada donde pudiera ejercer presión. "Por favor".

"No entiendo el sentido de lo que me preguntas. María, ¿por qué querrías ir con Charles?"

"Necesito saberlo".

"¿Qué podrías saber?"

"Charles te matará, o más bien nos matará, en cuanto crucemos su puerta"."Sabes, mientras estaba prisionero del monstruo, cogí una espira... de bien". Se rió a carcajadas. "Un atisbo de bien... Me cuesta mantener la cara seria...", tartamudeó, sin dejar de sollozar de la risa.

"No me parece que ponga tanta voluntad en ello", respondí secamente.

"Lo siento. María, Mihail no tiene nada de bueno, pero ¿qué te dijo exactamente?", preguntó con suspicacia.

"Estuvo contándome durante dos horas su vida en lugar de matarme... y no dejaba de insinuar que lo mejor estaba por llegar. Pero las cosas no salieron como él quería".

Hubo un larguísimo momento de silencio; aparté los ojos de ella, tuve la impresión de que quería leerme el pensamiento.

"De acuerdo", respondió.

Tenía la clara sensación de que me ocultaba algo, pero tal vez era solo la misteriosa forma en que los vampiros nos interpretaban a los humanos. "¿Y cuándo te gustaría acabar con nuestras vidas?"

"Mañana".

La oí sisear y tragar saliva con fuerza. "Mañana al amanecer estaré aquí. Prepárate", dijo secamente y de mala gana.

"Gracias, sabía que podía contar contigo". Se fue sin despedirse.

En el fondo, estaba seguro de que el monstruo aún tenía algo que decir, y antes de ejecutar la sentencia, tenía que hablar con él.

Eché un vistazo al teléfono móvil que yacía en medio de la cama. Era casi medianoche, pero en Italia, una hora menos; sentí la necesidad de despedirme de mi madre. Tal vez no volvería a saber nada de ella.

"María, ¿qué pasa?", me gritó.

"Todo va bien. Tenía un momento libre y quería saludarte antes de irme a dormir. ¿Cómo estás?"

"Estamos bien, pero ¿cuándo vas a volver?"

"Unos días más. Estamos cerca de resolver la investigación", intenté tranquilizarla.

"Sé que me dices lo que quieres de todos modos. Llevas haciéndolo toda la vida".

"Mamá, por favor, no es verdad que te diga lo que quiero. Solo te digo lo que puedo. Sabes muy bien que las investigaciones se cubren de secreto hasta que los casos se resuelven o se cierran. Ahora debo despedirme de ti. Despídete también de papá. Buenas noches".

La oí suspirar y murmurar algo, pero cerré la comunicación. Llevaba así toda la vida, o mejor dicho, desde que me había unido a la brigada de homicidios... pero se limitaba a hacer de madre.

Le dije algo y me metí bajo las sábanas.

Pasé la noche despertándome entre pesadillas. No sé cuántas veces mi cabeza voló, por una mano desconocida, hasta la roca donde estaba el cuerpo sin vida de Cecilia.

El despertador de mi teléfono móvil me avisó de que tenía que levantarme. Las 05:30 parpadeaban; luché por apagar el timbre sin dejar caer el teléfono.

Ludmilla no tardó en llamar a la puerta. "¿Estás lista?", susurró.

Me asomé a la puerta y, con un dedo, me indicó que no hiciera ruido. Me rodeó con el brazo y empezó a salir corriendo de la casa.

Me inclinó frente al coche aparcado en la calle. "Sube", me ordenó.

Me senté en el asiento del copiloto y quise darle las gracias de nuevo.

"No me des las gracias; tonto de mí que me voy a morir, incluso antes de los 100 años", dijo sarcástica.

"Pues piensa en mí, que seguro que los cien años, salgan como salgan las cosas, no los veré", le contesté sonriendo.

No hizo caso de mi desafortunada broma y empezó a acelerar hacia la autopista, que tomó desde una carretera secundaria.

"¡Pero no puedes pasar por la puerta de los empleados!", la regañé.

"¿Crees que debería pagar el peaje?"

"Normalmente..."

El camino me resultaba ahora familiar y pronto me di cuenta de que no avanzábamos por la misma carretera.

"¿Hacia dónde vas?", pregunté.

No obtuve respuesta, pero aceleré.

"Ludmilla, ¿quieres responder?" Aceleré de nuevo.La situación me irritaba sobremanera, pero ¿qué hacía aquella loca?

"Ludmilla, para. Más despacio... o para", le supliqué.

Lentamente desaceleró, girando hacia la carretera de Constanza.

"Ludmilla, háblame. Si guardas silencio haré..."

Me desabroché el cinturón y puse la mano en la manilla de apertura.

"Aparte de que debes estar atrasado, para pensar que la puerta se abre mientras el coche está en movimiento..."

Un dolor violento me recorrió la base del cuello a lo largo de la columna vertebral. Luego se hizo la oscuridad.

153

Un dolor punzante en la cabeza y el cuello me despertó. Miré a mi alrededor y, por un momento, pensé que seguía en el dormitorio de la casa de Adelheid, pero me di cuenta, al recobrar la lucidez, de que era el dormitorio de la casa de Ludmilla.
Me di la vuelta sintiendo una presencia a mi lado. Ludmilla.
"Lo siento", dijo con cara de arrepentimiento.
"¿Qué estamos haciendo en tu casa? Oh Dios, ¿hemos tenido un accidente?", pregunté alarmado.
"No tuvimos ningún accidente, pero tú... no me diste opción. ¿Realmente pensaste que te llevaría a Charles?"
De repente, me acordé de todo. Quería saltar del coche... pero ¿por qué me dolía el cuello? ¿Había hecho eso?
Entonces me paralicé ante la idea. "¡¿Me has mordido?!", grité.
"¡Claro que no!", exclamó indignada.
"Habla, Ludmilla, estoy perdiendo la paciencia."
"Nosotros los vampiros no tenemos mucha paciencia, y tú estabas empezando a ser pedante, además de estar completamente fuera de tus cabales. Te golpeé en el cuello. Lo siento de nuevo."
Sentí tanta rabia que empecé a rechinar los dientes. "¿Cómo te atreves?"
En otras circunstancias ya habría agarrado por el cuello a quien tuviera delante, pero sabía perfectamente que cualquier acercamiento físico contra un vampiro solo me llevaría a lo peor.
"Me debes algunas explicaciones... Ludmilla."
"Y los tendrás, pero primero bebe un poco de este té de hierbas; te ayudará con el dolor de cuello".
"No bebo nada", respondí con los brazos cruzados y la cara fruncida.
"Mira, siempre puedo obligarte a abrir la boca", guiñó un ojo juguetonamente.

La miré con disimulo y tomé la taza entre mis manos. Tomé unos sorbos; era agradable, sin duda tenía miel. El dolor desapareció de repente; ni siquiera la aspirina tenía tanta rapidez.
"¿Qué estoy bebiendo?", pregunté con curiosidad.
"Una mezcla de hierbas de montaña. Adelheid es la naturópata de la familia. Solo la adición de una pizca de... miel es mía".
Dejé la taza vacía en la mesilla de noche y Ludmilla me cogió de la mano. "¿Hemos hecho las paces? ¿Amigos?", preguntó, tendiéndome el meñique enganchado. Le correspondí. "Uno... dos... tres, amigos más que reyes".
Nunca entendí su significado, pero era nuestra forma de niños de hacer las paces después de nuestras peleas.
"Pero tienes que explicarme por qué no quieres llevarme con Charles", le pregunté seriamente.
"Te daré todas las explicaciones que quieras, pero primero vístete y acompáñame al salón. Tomando un buen café hablaremos mejor".
Parecía una obviedad. Me decanté por la infusión curativa, pero un café me habría sentado bien.
Cuando la alcancé en el salón, el café humeante ya estaba en las tazas y Ludmilla me esperaba sentada en el hermoso sofá blanco.
No tardó en llegar y, en cuanto me senté a su lado, empezó a hablar.
"Bueno, ya sabes, tener un padre como el mío hace que te avergüences de existir cada día. Supe muy pronto que no era hija biológica de Adelheid y Dorian, pero me dijeron que él no quería interesarse por mí y que mi madre murió al darme a luz".
Hizo una pausa para armarse de valor y yo la animé dándole la mano.
"Pero no nací sola... otro niño... mi gemelo", añadió con dificultad.
Mi expresión se tornó entre la ironía y la duda. "Pero nunca tuviste una hermana"."Me lo dijeron cuando terminé la adaptación; tenía unos dieciocho años. Me explicaron que mi gemela no tenía el gen del vampirismo y que me la ocultaron porque, como humana, sería peligroso para ella."
"¿Y sabes quién es?", pregunté dubitativo.
"Sí. Fue cuando me revelaron su nombre que me rebelé contra Adelheid y Dorian. Era joven y muy lábil en cuanto terminé la

adaptación. Desde el momento en que descubrí su existencia, no pasaba un día sin que pensara en ella, así que decidí ir a su casa. Me presenté en su puerta; fue su madre adoptiva quien me abrió. Me reconoció enseguida; al fin y al cabo, nos conocíamos desde la infancia. Me dijo que estaba fuera estudiando y que volvería al mes siguiente. Fue muy amable y me rogó que volviera al día siguiente, que llamaría por teléfono, que quería darle una sorpresa. Pero yo no contaba con mi familia. Adelheid se puso furiosa, me llamó loca y me dijo que me iba a dar una sorpresa.
Castigó embrujándome: me hizo olvidar a mi hermana".
Las palabras de Ludmilla pasaban por mi cabeza, estáticas y visibles, como si las estuviera leyendo. Iba a llamar por teléfono, quería darle una sorpresa...
De repente, recordé el suceso que había tenido lugar unos treinta años antes, más o menos. Telefoneé a casa, como era mi costumbre cada dos días. Aquella vez mi madre me dijo que una chica que se parecía a aquella Ludmilla había ido hasta mi casa para buscarme y que nunca más volvió a aparecer, aunque me había esperado al día siguiente para saludarla por teléfono.
Lo que pensaba era una locura, una mentira, un truco de mi mente. Pero en realidad era como si siempre lo hubiera sabido.
Presa de un tic nervioso, me solté de sus manos y empecé a despeinarme el flequillo. No sabía qué decir.
Ludmilla vino hacia mí. "Tú eres mi hermana... María".
"Yo... yo... no sé qué decir... pero ¿cómo es posible que mis padres me ocultaran algo tan importante?", tartamudeé.
"Ellos no tienen la culpa. Cuando fueron a buscarte, les hicieron creer que tu madre te había dado a luz".
"Eso... eso no es posible, Ludmilla. Yo misma solicité el certificado de nacimiento, varias veces... ¿también encandilaron al registrador?".
Se quedó callada y me miró antes de contestar. "Sí, creo que fue así como sucedió. No siempre el destino disfruta enredando vidas como lo hizo contigo".
"En mi vida no he hecho otra cosa que intentar conseguir... algo. Cada una de mis acciones estaba marcada por la sofocante sensación de estar

incompleto... y no entendía las razones. Los psicólogos que me siguieron durante mi periplo en la policía aducían mi sentimiento de incompletud, la búsqueda exasperada de una forma de ir 'más allá'... lo que no entiendo es por qué se nos permitía salir de niños".
"Esa era la afirmación del abuelo Robert. Como antiguo humano, su existencia sigue marcada por el miedo, y el mayor era que no podía seguirte si alguna vez se activaba en ti el gen del vampirismo. Pero entonces, los acontecimientos de 1986 cambiaron las tornas y se vio obligado a separarse de ti para ayudarme. Sabes, después de que vine a buscarte, el abuelo quiso asegurarse de que estabas bien. Te rastreó y comprobó que estabas bien desde lejos".
"¿Así que eso es lo que la bestia intentaba decirme?", pregunté ansioso.
"Lo más probable es que sí. Cuando nos dimos cuenta de que no había llegado a tiempo para decírtelo, Adelheid y Dorian insistieron, incluso ayer, en que te ocultara la verdad".
"En consecuencia, ¿aceptaste seguir mi aventura suicida para... acabar aquí, donde estamos ahora?"
"Sí", respondió, bajando la cabeza.
No debería haberme asustado; aún había demasiadas cosas que necesitaba saber.
"¿Cómo supo el monstruo de mí?"
"Mihail no me soltó, como se le había insinuado en nuestro nacimiento, y pronto me encontró. El abuelo Robert, que temía por mi seguridad, pensó que dejarle verme de vez en cuando le mantendría tranquilo, al menos hasta mi adaptación.
Solía aparecer un par de veces al año, y cuando venía traía regalos maravillosos; yo le había apodado 'Papá Noel'. Yo era pequeña y también me gustaba".
"Nunca me hablaste de él".
"Me encantaron para que no lo hiciera. Dorian me obligó a no contárselo a nadie. Pero entonces llegó ese maldito día. Le rogué al abuelo, en vano, que me dejara asistir, pero se mantuvo inflexible. Ese año, Mihail llegó justo en ese evento. Le rogué que me llevara en secreto a casa de mi abuelo... El muy imbécil esperaba todo lo

contrario, así que, para fastidiar a mi abuelo, aceptó acompañarme a la fiesta.
Entré sola en el salón contiguo a la sala de baile donde estaban reunidos los padres y, cuando se dio cuenta de cómo me habían tratado, puso en marcha su plan de venganza. Me dejó reaccionar histéricamente; sabía bien que, aunque aún no había empezado a adaptarme, la ira se desataba con facilidad. Me convenció para que volviera, pero esta vez por la puerta principal. Hipnotizó a los porteros que me dejaron entrar. Esta parte ya os la sabéis, tuve que defenderme de Cecilia, que, enloquecida, me amenazó con una botella rota. Cuando me abalancé sobre ella, todos vieron lo que hice... y cómo lo hice. Si no hubiera llegado el abuelo, me habrían matado... y quizá hubiera sido mejor así... pero entonces empezó el fuego, los gritos, las puertas cerrándose, y no fue culpa del cortocircuito provocado por un disparo, sino de Mihail... El abuelo no se dio cuenta de su presencia; solo le importaba sacarme de aquel infierno. Se hizo encerrar para tener tiempo de llevar a cabo su diabólico plan: mordió a todas las niñas que pudo y las enfermó para que se quedaran con la muerte".
"Dios mío, eso es horrible... ¿qué pasa con la madre de Cecilia?"
"Su única culpa fue que vio algo; la asqueó tanto que no se reconoció".
"¿Me estás diciendo que podría hacerla entrar en razón?"
"Sí", susurró.
"Bueno... creo que definitivamente es mejor dejarla en su olvido en este momento..."
"No te convencen tus palabras... puedo sentirlo. Piénsalo: ¿cómo te sentirías hoy si todo volviera a ti?"
"Tienes razón, mejor no pensar en ello. Y también deberíamos decirle que su marido está muerto... asesinado por el mismo monstruo..."
Me quedé mirándola dubitativo, incapaz de pensar más."Me lo dijeron cuando terminé la adaptación; tenía unos dieciocho años. Me explicaron que mi gemela no tenía el gen del vampirismo y que me la ocultaron porque, como humana, sería peligroso para ella".
"¿Y sabes quién es?", pregunté dubitativo.
"Sí. Fue cuando me revelaron su nombre que me rebelé contra Adelheid y Dorian. Era joven y muy lábil cuando terminé la

adaptación. Desde el momento en que descubrí su existencia, no pasaba un día sin que pensara en ella, así que decidí ir a su casa. Me presenté en su puerta; fue su madre adoptiva quien me abrió. Me reconoció enseguida; al fin y al cabo, nos conocíamos desde la infancia. Me dijo que estaba fuera estudiando y que volvería al mes siguiente. Fue muy amable y me rogó que volviera al día siguiente, que llamaría por teléfono, que quería darle una sorpresa. Pero yo no contaba con mi familia. Adelheid se puso furiosa, me llamó loca y me dijo que me iba a dar una sorpresa.
Castigó embrujándome: me hizo olvidar a mi hermana".
Las palabras de Ludmilla pasaban por mi cabeza, estáticas y visibles, como si las estuviera leyendo. Iba a llamar por teléfono, quería darle una sorpresa...
De repente, recordé el suceso que había tenido lugar unos treinta años antes, más o menos. Telefoneé a casa, como era mi costumbre cada dos días. Aquella vez, mi madre me dijo que una chica que se parecía a aquella Ludmilla había ido hasta mi casa para buscarme y que nunca más volvió a aparecer, aunque me había esperado al día siguiente para saludarla por teléfono.
Lo que pensaba era una locura, una mentira, un truco de mi mente. Pero en realidad era como si siempre lo hubiera sabido.
Presa de un tic nervioso, me solté de sus manos y empecé a despeinarme el flequillo. No sabía qué decir.
Ludmilla vino hacia mí. "Tú eres mi hermana... María".
"Yo... yo... no sé qué decir... pero ¿cómo es posible que mis padres me ocultaran algo tan importante?", tartamudeé.
"Ellos no tienen la culpa. Cuando fueron a buscarte, les hicieron creer que tu madre te había dado a luz".
"Eso... eso no es posible, Ludmilla. Yo misma solicité el certificado de nacimiento, varias veces... ¿también encandilaron al registrador?".
Se quedó callada y me miró antes de contestar. "Sí, creo que fue así como sucedió. No siempre el destino disfruta enredando vidas como lo hizo contigo".
"En mi vida no he hecho otra cosa que intentar conseguir... algo. Cada una de mis acciones estaba marcada por la sofocante sensación de estar

incompleto... y no entendía las razones. Los psicólogos que me siguieron durante mi periplo en la policía aducían mi sentimiento de incompletud, la búsqueda exasperada de una forma de ir 'más allá'... lo que no entiendo es por qué se nos permitía salir de niños".

"Esa era la afirmación del abuelo Robert. Como antiguo humano, su existencia sigue marcada por el miedo, y el mayor era que no podía seguirte si alguna vez se activaba en ti el gen del vampirismo. Pero entonces, los acontecimientos de 1986 cambiaron las tornas y se vio obligado a separarse de ti para ayudarme. Sabes, después de que vine a buscarte, el abuelo quiso asegurarse de que estabas bien. Te rastreó y comprobó que estabas bien desde lejos".

"¿Así que eso es lo que la bestia intentaba decirme?", pregunté ansioso.
"Lo más probable es que sí. Cuando nos dimos cuenta de que no había llegado a tiempo para decírtelo, Adelheid y Dorian insistieron, incluso ayer, en que te ocultara la verdad".

"En consecuencia, ¿aceptaste seguir mi aventura suicida para... acabar aquí, donde estamos ahora?"

"Sí", respondió, bajando la cabeza.

No debería haberme asustado; aún había demasiadas cosas que necesitaba saber.

"¿Cómo supo el monstruo de mí?"

"Mihail no me soltó, como se le había insinuado en nuestro nacimiento, y pronto me encontró. El abuelo Robert, que temía por mi seguridad, pensó que dejarle verme de vez en cuando le mantendría tranquilo, al menos hasta mi adaptación.

Solía aparecer un par de veces al año, y cuando venía traía regalos maravillosos; yo le había apodado 'Papá Noel'. Yo era pequeña y también me gustaba".

"Nunca me hablaste de él".

"Me encantaron para que no lo hiciera. Dorian me obligó a no contárselo a nadie. Pero entonces llegó ese maldito día. Le rogué al abuelo, en vano, que me dejara asistir, pero se mantuvo inflexible. Ese año, Mihail llegó justo en ese evento. Le rogué que me llevara en secreto a casa de mi abuelo... El muy imbécil esperaba todo lo

contrario, así que, para fastidiar a mi abuelo, aceptó acompañarme a la fiesta.
Entré sola en el salón contiguo a la sala de baile donde estaban reunidos los padres y, cuando se dio cuenta de cómo me habían tratado, puso en marcha su plan de venganza. Me dejó reaccionar histéricamente; sabía bien que, aunque aún no había empezado a adaptarme, la ira se desataba con facilidad. Me convenció para que volviera, pero esta vez por la puerta principal. Hipnotizó a los porteros que me dejaron entrar. Esta parte ya os la sabéis, tuve que defenderme de Cecilia, que, enloquecida, me amenazó con una botella rota. Cuando me abalancé sobre ella, todos vieron lo que hice... y cómo lo hice. Si no hubiera llegado el abuelo, me habrían matado... y quizá hubiera sido mejor así... pero entonces empezó el fuego, los gritos, las puertas cerrándose, y no fue culpa del cortocircuito provocado por un disparo, sino de Mihail... El abuelo no se dio cuenta de su presencia; solo le importaba sacarme de aquel infierno. Se hizo encerrar para tener tiempo de llevar a cabo su diabólico plan: mordió a todas las niñas que pudo y las enfermó para que se quedaran con la muerte".
"Dios mío, eso es horrible... ¿qué pasa con la madre de Cecilia?"
"Su única culpa fue que vio algo; la asqueó tanto que no se reconoció".
"¿Me estás diciendo que podría hacerla entrar en razón?"
"Sí", susurró.
"Bueno... creo que definitivamente es mejor dejarla en su olvido en este momento..."
"No te convencen tus palabras... puedo sentirlo. Piénsalo: ¿cómo te sentirías hoy si todo volviera a ti?"
"Tienes razón, mejor no pensar en ello. Y también deberíamos decirle que su marido está muerto... asesinado por el mismo monstruo..."
Me quedé mirándola dubitativo, incapaz de pensar más."Te recuerdo que somos hermanas", respondió con seriedad.
"Razón de más para confesar".
Apreté con fuerza su mano, que nunca había retirado del hueco de la mía, y estallamos en carcajadas como cuando éramos niños.
"Vamos, continúa", la insté.

"¿Qué puedo decir? Cuando Carlos me devolvió mi buena voluntad, no tuve el valor de matar o hacer matar a Mihail, y por eso no lo denuncié. Siendo mi padre, era libre de decidir. Esta actitud mía me creó bastantes problemas con mi madre. Quería venganza, la misma venganza que ni siquiera ella, años antes, había conseguido llevar a cabo. Se lo eché en cara el día que intentó extorsionarme, utilizando la hipnosis, para saber dónde estaba Mihail. Pero Charles se dio cuenta y salió en mi defensa. Sobre todo defendió la ley. No hablé con Adelheid durante años; esa fue también la razón que la llevó a vivir a Cluj y a Dorian a Constanza. Verás, Dorian, a pesar de no ser mi padre biológico, siempre me ha querido con locura, y al ver que Adelheid se comportaba así, no lo aceptaba. Por mi parte, aunque la quiero, nunca la he sentido como mi madre, ni como mi tía, o mejor dicho, nuestra tía. Tiene un carácter muy duro, apenas se permite efusiones maternales, y además viví buena parte de mi vida con mi abuelo; a él se lo debo todo."

Dejó de hablar; se hizo un silencio surrealista, casi asfixiante. Mi actitud llamó la atención de Ludmilla.

"Después de todo, estos problemas también existen en las familias humanas", comentó vacilante. "No te ha hecho ningún bien, hermana mía", dijo, recordándome que me había advertido que no siguiera escuchando la historia.

"Ya... ya ves, somos hermanas, pero oírte decir eso aún me pone nerviosa... no, inestable".

"Bueno... entonces lo siento; no te llamaré así... mientras tú quieras".

Se cruzó de brazos con fuerza y puso mala cara.

"No te lo tomes a pecho. Dame tiempo para acostumbrarme al cambio. Estarás de acuerdo conmigo en que algo enorme ha ocurrido en mi vida".

"Tienes razón, discúlpame por ser tan superficial. Mejor, háblame un poco de tu familia; tengo curiosidad".

Me eché a reír pensando en lo curiosa que era, pero Ludmilla se limitó a mirarme, levantando la ceja derecha.

"Con mis padres llevas varios años tratando... nunca han cambiado. Creo que les decepcioné el día que decidí entrar en la policía. Mi madre,

en particular, creo que imaginaba para mí un marido, hijos... una vida, como ella decía, sencilla y sin excesos. En cambio, hasta el día de hoy sigo sin darle más que pensamientos. Cuando la llamo y no puedo decirle dónde estoy, la oigo angustiada; siente dolor físico, le aterra la llamada, y afortunadamente aún no ha recibido... noticias de mi muerte. Lo único que la ha hecho sentir bien es mi aventura con Andrea. Consiguió abrir una brecha en sus corazones, incluso en el de mi padre. Imagínate si tengo que decirles que ha muerto en Rumanía...", terminé la frase con un sollozo.
"Estoy convencido de que no será necesario. Andrea volverá contigo y reanudarás tu vida".
"No lo creo", la congelé.
"¿Perdón?", me miró con gesto adusto.
"¿Cómo crees que puede ser mi vida futura con Andrea, él vampiro inmortal y yo, muy pronto, vieja bruja en pañales... no bromees?".
"¿Eso crees? El amor entonces no te basta. Andrea, como vampiro, sabrá darte el amor más puro que jamás hayas imaginado... ¿y tú qué haces? Lo rechazas".
"No puedes entenderlo, Ludmilla", insistí.
"Muy bien, convénceme de que me equivoco y de que no eres una gallina de mierda", me retó."¿Y si realmente soy una gallina de mierda?", pensé. El amor es tan irracional. Cuanto más quería a Andrea, más me daba cuenta de que tenía que alejarme de él.
Ya nada tenía sentido.
"La vida humana es complicada", suspiré.
Una conclusión tan buena como cualquier otra. "Yo, sin embargo, quiero entender lo que eres... la filosofía no me interesa", respondió secamente.
Empecé a irritarme; Ludmilla no hacía más que confundir aún más mi ya sobrecargada psique.
"Hablemos de otra cosa, si no te importa".
"Muy bien. Un tema de tu elección. Empieza tú", respondió sonriendo.
"Me hablaste de Dorian, pero de una parte muy pequeña... Si no soy demasiado curioso".

La vi florecer de nuevo, el óvalo perfecto de su rostro realzado por esos labios en forma de corazón que se estiraban en una sonrisa alegre.
"Dorian nació en 1100. Era un fraile francés. Fue transformado por otro fraile que conoció en el camino a Jerusalén. Dorian formaba parte de los Once, los frailes franceses dedicados a la salvación de los peregrinos que viajaban a Palestina para rezar ante la tumba de Jesús".
"¿Quieres decirme que Dorian era templario?", pregunté asombrado.
"Sí. Dedicó los primeros años de su vida como templario a la defensa de los peregrinos. En aquella época, la gente creía ciegamente en criaturas sobrenaturales; un paso en falso le habría costado la vida". Se dedicó a la vida monástica hasta principios del siglo XIX; describe ese periodo como "un tren de fuerzas por expresar". En 1888, al entrar en su casa, descubrió el cadáver de Elisabeth Stride, una de las víctimas de Jack el Destripador. A partir de ahí, decidió tratar con la ciencia forense... como lo conociste".
"Definitivamente, una vida digna de ser vivida y contada, si no fuera por el inconveniente de ser un vampiro", exclamé con entusiasmo.
Recosté la cabeza en el sofá y suspiré; el cansancio me invadió de repente.
"¿Quieres ir a descansar?", preguntó Ludmilla.
"Si no te importa, me estiraré aquí en el sofá". Sentí que no podía llegar al dormitorio.
"Como quieras; mientras tanto, organizaré la cena", y se marchó.
Caí en un sueño profundo. Soñé que podía volar, que estaba por encima de un bosque, que veía a los animales nocturnos y oía sus gritos, tan acompasados que me daba la impresión de que podía entenderlos.
La escena cambió y me encontré en el bosque, cerca de un gran roble. Unas voces a lo lejos me alertaron; eran risas. Estaba seguro de que no había caminado, pero de repente me encontré cerca de las voces. El rostro de mi madre se hizo claro, dentro de una luz intermitente. Me sonrió y me tendió la mano. "No tengas miedo", me dijo. Retrocedí mientras ella salía de la luz. Llevaba un vestido blanco; lo reconocí, era el mismo de cuando me llevaba a la playa de niña. Abrió los brazos, pero yo seguí retrocediendo.

La escena volvió a cambiar. Estaba tumbada en una cama, con mi madre sentada a mi lado, intentando consolarme. No entendía muy bien el significado de mi miedo y de sus palabras, pero todo cambió en un segundo. "Bebe, hija mía", me dijo, entregándome un animal muerto. Aterrorizada, moví sus manos. La escena volvió a tomar otra forma. Ahora mi madre me miraba sombríamente: sus ojos eran una pequeña rendija y sus labios dibujaban una mueca de desprecio. "No escaparás a tu destino", tronó. Empecé a correr, girando de vez en cuando la cabeza para asegurarme de que no me perseguía. Luego levanté el vuelo y, hacia atrás, vi todas las escenas que había vivido, hasta que llegué al principio de la pesadilla. Aquí, una luz me engulló."¡Despierta!", gritó Ludmilla, sacudiéndome los hombros.
Abrí los ojos y me incorporé. Me pasé una mano por el pelo empapado de sudor. Respiré entre sollozos.
Sentí las manos de Ludmilla aferrar las mías. "Tuviste una pesadilla; no pude despertarte".
La miré desconcertado y la pesadilla volvió a mí, aguda.
"¿Cuánto tiempo he dormido?", pregunté aturdido.
"Unas tres horas", respondió Ludmilla, mirándome preocupada.
Me quedé quieto y escuché. Alguien hablaba, o más bien era claramente la voz de Ludmilla, pero ella estaba allí, delante de mí, y me observaba sin hablar. Intenté escuchar mejor.
"¿Cómo sabías que estaba soñando con mi madre?"
"En efecto, no lo sé", respondió ella, con un rostro cada vez más preocupado.
"Lo has vuelto a decir", alcé la voz con suspicacia. "¿Por qué negarlo?".
"Entonces, ¿no acabas de decir que me he vuelto loca?"
La vi ponerse rígida. Sus manos apretaban las mías, como se hace con un objeto caliente. Salió de la habitación como un rayo.
Aturdido y concentrado, escuché cualquier ruido del exterior: un coche averiado, el conductor maldecía; dos mujeres charlaban de sus penas; un niño lloraba y el canto de los pájaros era más melodioso que nunca. Luego un ruido diferente, desconocido; me concentré para oír mejor. Podía oír las olas del mar.
¿Por qué oía esos ruidos?

Quizá seguía en la pesadilla... Pronto despertaría.
"Sólo le di una gota de mi sangre. Estaba demasiado cansada; no pudo hacerle nada", oí gritar a Ludmilla.
Tragué saliva y una rabia incontrolable empezó a ocupar el lugar del cansancio. Me levanté y me uní a Ludmilla.
"¡Abuelo, date prisa!", la oí suplicar al teléfono.
Permaneció inmóvil, como se permanece ante una bestia feroz.
"¿Me diste tu sangre? ¿Cómo te atreves?", gruñí.
"¿Cómo has oído lo que decía? Solo se lo susurré al abuelo", preguntó aterrorizada.
"No lo sé, pero lo oí claramente. Ludmilla, te lo pregunto por última vez: ¿me diste sangre?" Escudriñé las sílabas.
"Una gota en la tisana", murmuró.
Me sobresalté al dar un salto para agredirla, pero algo violento me lanzó contra la pared opuesta. El impacto debería haberme causado dolor, pero nada...
Levanté la vista y vi a Robert de pie junto a Ludmilla.
"¡Vete!", le ordenó. Extendió la mano y me la cogió. "No te preocupes, todo irá bien", dijo acariciándome.
"Siento un extraño hormigueo por todo el cuerpo", me quejé.
"Ya pasará".
"¿Qué me ha pasado? ¿Qué me ha hecho la sangre de Ludmilla?", pregunté desesperada.
"No lo sé... No lo sé, cariño. Las cosas no funcionan así; no puedes estar en adaptación solo por beber una gota de sangre. Y créeme, Ludmilla no tiene motivos para mentir. Semejante afrenta a la ley le costaría muy caro".
Me separé del abrazo de Robert y me llevé una mano a la mandíbula. Sentí dolor al tocarme las encías. Jadeé y los músculos se me agarrotaron al sentir de nuevo una rabia incontenible. Me clavé las uñas en las palmas.
Robert me rodeó con sus brazos, atrayéndome hacia él. Intenté apartarlo, pero era demasiado fuerte.
Luego me concentré en la ira y la empujé hacia abajo tan profundamente que no explotó. Luego salté por encima del sofá.

"¿Qué me has hecho?", volví a gruñir.
"Nada, María; yo no te he hecho nada, pero ahora tienes que encontrar la manera de calmarte", intervino Ludmilla al volver a entrar en la habitación.
"¡No me digas que me calme! Eso es lo peor. Créeme", resoplé como un caballo desbocado.
La vi doblarse sobre sus piernas, adoptando la posición defensiva. Comprendió mi intención.
Salté de detrás del sofá y di un solo salto. Iba a matarla. Se agachó y consiguió agarrarme la pierna, levantándome como a una muñeca. Robert me bloqueó por detrás y, levantándome como si fuera una pluma, me arrojó contra la pared.
Cuando volví en mí, estaba sentada en un sillón, atada a él como un salami. No podía moverme, aunque me retorcía como un hada herida. Entonces levanté la vista y le vi.
"Andrea, ¿estás aquí?", murmuré.
"Sí, aquí estoy. Ahora ya no tienes que tener miedo".
"Pero no tengo miedo; sólo tengo un gran deseo de matar a Ludmilla". Terminé la frase en tono diabólico.
No respondió, pero siguió mirándome sonriente. En ese instante, el impulso de hacerle daño, de herirle, se hizo incontrolable. Volví a retorcerme y a soplar como un gato.
En mi cabeza, de repente, sólo había sangre. Mis músculos se agarrotaron y, en un probable momento de lucidez, sentí náuseas y horror de mí mismo.
Andrea se acercó un paso más, de modo que noté, incluso en medio del delirio que me poseía, que sus hermosos ojos azules se tornaban de un negro intenso. Tenían una extraña luz que nunca antes había visto. Me engullían en su interior, dándome la sensación de caer en un pozo sin fin. La ira se desvaneció y volví a respirar con normalidad.
Me serené y permanecí en silencio con la cabeza gacha. Sentía tanta vergüenza que no me atrevía a mirar a nadie a la cara.
"Ahora estás lista para saber".
La voz sensual y serena de Dorian puso fin al ascenso desde el inframundo en el que había caído. Levanté la cabeza.

"Puedo quitarte las cadenas si te apetece", dijo paternalmente.
"Sí, por favor".
Con cuidado, abrió los candados que cerraban las cadenas con las que Robert me había atado. Moví las manos para dejar que la sangre se escurriera y suspiré. Se me cortó la respiración y me tapé la boca con la mano. Durante un largo momento pasé la mirada entre los presentes; me di cuenta de que Adelheid también había llegado. Esto no llenó mi corazón de alegría. Entonces empecé a gritar y a sollozar.
"¿Por qué?", repetí, coreando.
"María, por favor, mírame". Sentí la misma sensación que antes con Andrea. Los ojos de Dorian se clavaron en los míos y me hundí en una sensación de relajación total. "No pasa nada", dijo Dorian apartándose de mi cara. "Piensa en las veces que estuviste con Mihail. ¿Tienes vacíos?"
"No, que yo sepa... no me mordió, si a eso te referías".
"Debe haberte hipnotizado para hacerte olvidar. Tenemos que revisarte; podrías tener marcas de mordiscos en alguna parte del cuerpo".
"Entonces vamos a buscarlas", respondí sin pensarlo mucho.
"Te dejamos a solas con Adelheid..."
Emití un gruñido sordo, pero ella lo oyó perfectamente. Me miró como si fuera una cucaracha.
"De acuerdo", murmuré, empezando a quitarme la ropa.
Adelheid me miró detenidamente. "No tienes mordida... no lo entiendo".
"¡Ludmilla!", pronuncié su nombre con rabia, tan profunda que conseguí mantenerla a raya rompiendo la mesita que había frente al sofá.
"¡No!" gruñó, poniéndose en posición de ataque.
Sentí la rabia tan poderosa e irreprimible que fui capaz de darle forma. Una bola de energía salió disparada de mi pecho, estrellándose en dirección a Adelheid, que enseguida se arrojó contra la pared opuesta. El esfuerzo y el susto de lo que acababa de hacer me dejaron sin energía.

Adelheid saltó sobre mí y, tirando de mí como de una muñeca, me inmovilizó de nuevo en la silla de inmovilización.
La puerta se abrió de golpe y todos entraron, alarmados por los ruidos que oían.
"¿Qué ha pasado?", preguntó Dorian, mirándome primero a mí y luego a Adelheid.
"Algo que no he visto en mi vida y, le aseguro, he visto algunas cosas", respondió señalando la pared.
"Le has hecho daño; eres demasiado fuerte comparado con ella", la regañó Robert.
"No fui yo quien derribó el muro, sino la energía hecha de ira que salió de su pecho", replicó con expresión de disgusto.
Fingí estar inconsciente, avergonzado de lo que había hecho.
"¿Encontraron mordeduras en su cuerpo?", preguntó Ludmilla con dudas.
"No", señaló Adelheid con la cabeza.
Mientras tanto, Andrea vino, se sentó a mi lado y me cogió de la mano. Decidí levantar la cabeza y me volví para mirarle... no, para suplicarle con los ojos. ¿Cómo era posible? Me apretó la mano.
"Cuando Luca Perri se entere de esto, nos dará caza, y sólo Dios sabe si no conseguirá matarnos a todos", tronó Adelheid.
Dejó escapar un bufido por la nariz y afortunadamente salió de la habitación; la visión de aquella mujer me molestaba demasiado.
Intenté respirar rítmicamente, alternando largas inhalaciones que conseguían calmarme con sollozos de desesperación. Sentía que el corazón me latía por todas partes; el zumbido palpitante dirigía mis pensamientos en un intento de calmarlo, en lugar de canalizar más ira. Tenía que aprender a controlarme, y rápido. Compadecerme de mí misma era inútil.
"Ahora estoy lúcida y dispuesta a aceptar", susurré.
"Bienvenido de nuevo", murmuró Dorian, acercando una silla. "¿Te gustaría compartir algo de tu experiencia?".
Ahora que Dorian estaba sentado frente a mí, noté que ya no era el mismo. La belleza hechizante había desaparecido... se me escapó una carcajada.

"Veo con placer que vuelves a disfrutar", dijo Dorian sonriendo.
"Eres diferente... eres diferente a como te vi antes", volví a reír.
"Ves las cosas de otra manera y también a las personas. Es una visión más nítida, un poco como ponerse las gafas de dioptrías adecuadas".
"¿Cómo pudo pasar esto, Dorian? Yo no lo quería, o al menos quería decidirlo".
"No tengo ninguna respuesta; lo que sí sé es que Ludmilla podría haberte hecho beber toda su sangre también, pero nunca te habrías convertido... no funciona así. Creo, sin embargo, que tu gen vampírico se ha reactivado de alguna manera. Sigues siendo la hija de un vampiro de sangre".
Sólo oír la frase "hija de un vampiro de sangre" me hacía sentir náuseas. Dorian me liberó de las ataduras. Me estaba masajeando las muñecas cuando Ludmilla se acercó. Lloró como una niña y me abrazó.
Al principio intenté alejarme, pero entonces ocurrió algo. Otra cosa desconocida. De alguna manera entré en su mente y leí su sufrimiento. No mentía.
Luego la apreté aún más fuerte.
"¿Qué ha sido eso?"
"Entraste en mi mente y leíste mis pensamientos. Es una facultad común a todos los vampiros... pero hablemos de ti; mi mente también leyó la tuya. He visto tu don, tu habilidad para moldear la ira... genial. Solo tendrás que aprender a dominarlo".
Robert también se acercó y me cogió de la mano. "Hija mía, he esperado toda mi vida poder protegerte de este momento. El destino, si se puede llamar así, se ha torcido... No puedo hacer otra cosa que ayudarte a sobrellevar tu nueva esencia. Ahora estás con tu familia, entendiendo que ninguno de nosotros pretende sustituir a la tuya, la que te ha criado. Te quiero".
Me emocioné y le abracé con ternura. "Mis padres, los únicos, nunca podré considerarlos un monstruo, pero saber que os tengo a ti y a Ludmilla en mi vida me enorgullece".
Ludmilla se unió al abrazo y sentí que sus mentes se fundían con la mía en un acto de amor familiar.

Lentamente nos separamos y me dirigí hacia las dos ventanas de la habitación. En el centro había un espejo del siglo XVII. Miré el reflejo de mi imagen, buscando al monstruo en que me había convertido. Seguía siendo yo, quizá un poco rejuvenecida y con una piel tersa y brillante que me provocó un parpadeo de vejación.
Me toqué la cara, intentando comprender si todo había ocurrido de verdad. Tuvo que ser así. Y ahora, sin ninguna razón en particular, era un vampiro. "Lo seré por el resto de mi existencia".
Mis piernas me jugaron una mala pasada; pensé que había superado ciertas situaciones... pero me encontré de rodillas y, al caer, me golpeé la cabeza contra el espejo antiguo, haciéndolo añicos.
El terror y la vergüenza pudieron conmigo; salí corriendo de la habitación y luego del piso. Salí.
En la calle, la luz me golpeó violentamente, causándome un dolor punzante en los ojos. Tenía que encontrar refugio. Atravesé la pequeña plaza llena de terrazas de bares y me refugié en un callejón sin salida detrás de un cubo de basura. La sombra alivió mis ojos.
Oía tantas voces zumbando en mi cabeza que cada ruido resonaba en mis oídos, hasta causarme dificultades para mantener el equilibrio.
Entre todos los ruidos distinguí dos: Dorian y Ludmilla, estaban cerca. Me acurruqué contra la pared.
"María, te oigo", oí hablar a Ludmilla. "Todo lo que te está pasando es normal. Todos lo hemos experimentado. Pasará rápido, pero necesitas ayuda". "María..." Ludmilla se paró frente a mí.
Volví a echarme a llorar; creía que un vampiro debía adoptar una actitud fuerte y contenida, pero desde que me había convertido en uno, lo único que hacía era llorar.
Ludmilla se puso en cuclillas y me levantó la cabeza, pinchándome la barbilla con una mano. Me miró fijamente durante un buen rato.
Ha vuelto a ocurrir.
Me hundí en sus ojos y me encontré en el habitual oasis de serenidad.
"¿Pero cómo demonios lo haces?", le pregunté, mirándola desconcertada.

"Piensa en cómo das forma a la ira; ese es un don que solo tú posees. La capacidad de manipular las emociones es común, como leer la mente, a todos los vampiros, o casi todos los vampiros".
"A decir verdad, aún no sé muy bien cómo darle forma a la ira...".
"Estás mirando a la eternidad; aprenderás. ¿Habrías dicho eso alguna vez?"
Me reí, buscando el autoconsuelo, un poco como hacen los gatos cuando ronronean para sí mismos.
Dorian también llegó y me ayudó a levantarme.
"Ahora tengo que decirte algo que no te va a gustar", dijo en voz baja, con una extraña sonrisa de satisfacción.
"¿Quién sabe lo que será? Escúpelo", respondí dubitativa.
"Necesitas beber sangre humana, o la adaptación no se consolidará y correrás el riesgo de convertirte en un verdadero monstruo".
Examiné bien su rostro y traté de sopesar las palabras con que le respondería, pero solo pude reírme tan fuerte que soné como un pobre tonto.
"Tienes que estar de broma. Nunca beberé sangre humana, pero tampoco sangre animal. Soy vegetariana de toda la vida". Terminé la frase haciendo hincapié en las últimas cinco palabras.
"Puedo asegurarte que nunca volverás a ser vegetariana", oí la voz amenazadora de Adelheid.
Apareció en el callejón, con su habitual expresión impenetrable, inquisitiva y furiosa hacia mí. Jadeé, pero al mismo tiempo me di cuenta de que tenía los dedos curvados como garras.
Esa mujer tenía la capacidad de sacarme de mis casillas.
Era inevitable; la ira empezó a tomar forma.
¡Ayúdame! grité mentalmente hacia Ludmilla.
Me agarró del brazo y empezó a acariciarme, mirándome fijamente a los ojos. Sentí que el peso de la ira se desvanecía. Separé los dedos y esbocé una sonrisa.
"Será mejor que le des lecciones de comportamiento o te juro que le haré tanto daño...". Dorian no le permitió terminar la frase y la empujó lejos de mí.
"No ayudas actuando así... Adelheid."

Y de todos modos... ¡Nunca beberé sangre! le grité mentalmente mientras se marchaba.
"¡Ya veremos, ya veremos!", gritó, y desapareció.
"Señor, tenemos que irnos a casa", dijo Dorian.
Emití un gruñido.

20

Todo estaba en silencio en casa de Ludmilla. A través del gran ventanal, la primera luz del atardecer se asomaba por los dibujos del cristal, creando divertidos juegos de luces y sombras.

"Sabes que tenemos que hacer esto", decía Dorian. "Luca debe saber esto de nosotros o estaremos muertos antes de cualquier explicación".

"Pero no me apetece... No me apetece darle explicaciones, no ahora".

Insistieron en invitar a Luca a casa y explicárselo todo, enseguida, aquella misma noche. Solo tenía un deseo: ir a dormir.

"Mañana tenemos que ir a ver a Charles... nada de lloriqueos", dijo Adelheid, siempre muy amable.

"Mañana iremos a ver a Charles y, cuando tenga su bendición, se lo contaremos todo a Luca", respondí con sarcasmo.

"Nos espera un largo día, ¿por qué no vamos todos a descansar? Con la mente despejada podremos pensar mejor", intervino Robert que, con sabiduría de abuelo, calmó los ánimos. El de Adelheid y el mío.

Me despedí de todos y me dirigí a la habitación.

Inmediatamente me di cuenta de la presencia de Andrea.

"Por favor, no me preguntes nada. Todavía tengo que averiguar qué hacer con mi vida, no estoy listo para pensar en dobles".

Se fue sin protestar. Se dio la vuelta y desapareció, no percibí ningún pensamiento... Casi me dolió.

Para distraerme, revolví en mi bolso, buscando no sé qué, pero encontré mi teléfono móvil. Lo encendí. Había veintidós llamadas perdidas de Celeste. Como si una esponja hubiera barrido la realidad de aquel momento, cambié al modo humano.

Toqué la pantalla táctil de una de las notificaciones y esperé la comunicación.

Tuut...

Maldita sea, volví a la realidad. Cerré la comunicación.

¿En qué estaba pensando, hablando con Celeste... qué le iba a decir? Hola, ya sabes, ahora soy un vampiro ah... Andrea también... Pensamientos... pensamientos... pensamientos.

Empecé a darme golpecitos en el labio inferior con el dedo índice, señal de que los tics humanos no me habían abandonado. Charles, Luca... ¿a cuántas personas más tendría que dar cuenta de mi transformación? La cabeza me latía con fuerza, intenté escuchar los pensamientos.

¿Ludmilla? Intenté pensar.

"¡Ya voy!", no me dio tiempo a responder.

La vi entrar por la ventana. "¿Dónde estabas? ¿Qué hacías ahí fuera?"

"Para hacer lo que, antes o mucho antes, te verás obligado a hacer".

"¿O?"

"O podrías convertirte en ese monstruo que conoces tan bien".

"Mejor morir."

"Ya ves. Eres libre de decidir", replicó impertinente.

"Vale, no te he llamado para que me regañes... me estalla la cabeza...".

"Ya no eres humana, hermana, la aspirina no hará nada por ti. Debes alimentarte".

"Voy a la cocina a hacerme un café con leche", la provoqué. "Vete al infierno. Me voy a descansar". Desapareció al entrar, por la ventana.

Me desperté tumbada en la cama, con la ropa aún puesta. El día estaba despejado y el sol brillaba tras los cristales de la ventana. Instintivamente me llevé las manos a los ojos, pero para mi sorpresa el malestar del día anterior había pasado. Abrí la ventana de par en par e inspiré profundamente, llenando mis pulmones hasta que ardieron. Me sentía bien, fuerte y preparada para cualquier cosa. Charles no me asustaba, ni tampoco Luca Perri.

Fui al salón de Ludmilla, de donde venían las voces de los demás, estaban esperando a que me fuera.

"Buenos días, estás radiante", dijo Andrea al acercarse.

Intentó besarme, pero desvié mis labios con un inofensivo beso en la mejilla. Me dolió, pero en ese momento no podía pensar en otra cosa que no fuera sangre. Pero nunca lo habría admitido.

"Me preguntaba", dije fanfarrona, "por qué demonios iba a arrodillarme ante Charles... No lo hice como humana, y menos como vampiro".

Los vi a todos callados y estupefactos, solo Adelheid se acercó a mí.

"Yo que tú me pondría las pilas, si no quieres que esa cara de fanfarrón cambie al mismísimo Charles. No tienes ni idea de a quién te enfrentarías".

Podía oír las risitas mentales de Ludmilla, y la acompañé hoscamente.

"Ahora dejémonos de teatro. María, por favor, aprende a controlar tus emociones ahora, son más pronunciadas como vampiro; si Charles encuentra un resquicio en tu mente, te someterá a él. Para siempre. Ahora debemos seguir nuestro camino", dijo Dorian amablemente, pero con una velada nota de amenaza. "Como acordamos, te quedarás aquí con Robert", volviéndose hacia Andrea.

"¿Por qué no iban a venir los dos?", pregunté con suspicacia.

"Charles debe pensar que estamos allí, solo para contar la pura verdad de los hechos y presentarte en tu nueva esencia. Demasiada gente podría interpretarse como una intrusión para protegerte".

Robert se acercó y me abrazó sonriente. "Ten por seguro que no tendrá forma de sospechar cómo fueron las cosas, o al menos lo hará, pero te leerá y verá la verdad. No obstante, debes comportarte con consideración... ¿está claro?", terminó la frase dándome un beso en la mejilla.

Dorian salió primero. Le encontramos esperándonos, con el coche en marcha, justo delante de la puerta principal.

Adelheid se sentó a su lado, mientras Ludmilla y yo ocupábamos el asiento trasero cuando oí unos golpecitos en la ventanilla de mi lado. Dorian la bajó, accionando el botón de la puerta.

"Buenos días a todos, ¿a dónde se dirigen?"

Oí una distorsión en su voz que, con toda probabilidad, no habría sido posible como humana.

"Hola, Luca", respondió Dorian.
Adelheid asintió con la mano y volvió inmediatamente a su posición. La oí amenazarme mentalmente: "Quítalo de mi camino". Pero no tuve tiempo de pronunciar palabra.
"Vayas donde vayas, iré contigo. María es asunto mío. Para vosotros los vampiros, para mí los humanos. ¿O algo ha cambiado?"
"Entra", gruñó Dorian.
"Yo... yo... no creo que sea una buena idea", tartamudeé, dándome cuenta del ardor que sentía en la garganta.
"María, mantén la calma", les oí suplicar.
"Ponte a mi lado", le invitó Ludmilla, evitando así que se sentara a mi lado.
Podía oler a Luca como nunca antes. Me causó un estado de confusión, así como un dolor ardiente en las encías.
Me toqué la boca.
Dios mío, ¿qué me estaba pasando? Tenía la impresión de que los dientes se habían duplicado y algunos no encontraban suficiente espacio en las dos arcadas.
Los caninos eran cada vez más largos.
"¡No!" grité en mi mente.
Les oí ponerse rígidos, excepto Luca, que, ajeno a todo, al menos eso me pareció, miraba plácidamente por la ventanilla.
Sentí que la mano de Ludmilla apretaba la mía. "Relájate", me dijo.
Sentí que su fluido de bienestar me impregnaba de pies a cabeza, pero no fue suficiente para que mis caninos se retrajeran.
Alguien tiene que hipnotizar a Luca, la oí decir.
Ella se daría cuenta, respondió Adelheid. *Hay que mantenerla tranquila, es todo lo que podemos hacer.*
Intenté cambiar mi estado de ánimo con entrenamiento autógeno. Centré mi atención en las encías ardientes, imaginando que irradiaban calor a mi cuerpo, dándome una sensación de relajación mental. Poco a poco, mi corazón recuperó el ritmo. Sentí que los caninos se retraían.
"Tengo la impresión de que no me quieren", dijo Luca con sarcasmo.
"Eres tú quien se ha autoinvitado", respondió Ludmilla, dándole un codazo en el costado.

Le oí gemir. Se me escapó una risa, pero en un momento volvió a convertirse en dolor.

El aroma del aliento de Luca invadió mis fosas nasales, mi garganta se resecó de sed y mis encías ardieron.

Los caninos bajaron.

D'n'zione, no puedo resistirme... murmuré pensativo.

Tienes un segundo para elegir: atacarás a Luca y con toda probabilidad te matará o tendrás que hacer esto...

Se volvió hacia el maletero y cogió una bolsa, que colocó sobre sus pies, no sin antes golpearla con fuerza contra mi cabeza. Gruñí.

"¿Quién quiere una copa?"

"Espero que sea agua", preguntó Luca.

"Claro", respondió ella, tendiéndole la botellita.

"Toma", me ofreció una a mí también. "Bebe y cállate", amenazó malhumorada.

Cogí el frasquito y lo abrí. Un olor chocante golpeó mis fosas nasales: sangre.

Intenté permanecer impasible y me lo llevé a los labios. Estaba preparado para el asco, pero no fue así.

Miel, flores de lavanda, pero también nata montada con fresas... todos estos sabores invadieron mis papilas gustativas. Bebí con avidez, cuidando de no perder ni una gota.

¿Estás mejor? La vocecita de Ludmilla en mi cabeza.

Quiero más.

Por ahora tendrás que conformarte, o Luca lo entenderá.

Entonces se me ocurrió algo. Busqué en mi bolso una máscara y me la puse. Mejoró.

"¿No se encuentra bien, inspector?", preguntó Luca al ver la máscara.

"La verdad es que he estornudado mucho esta noche, mejor póntelo, que no se sabe. Además, el aire acondicionado me reseca las fosas nasales. O quizá me contagie el Coronavirus".

Al inclinarme hacia delante para mirarme, sentí que Ludmilla se ponía rígida.

"¿Me estás tomando el pelo?", gruñó.

Ludmilla le bloqueó el brazo y le obligó a volver a sentarse, pero Luca, nervioso, intentó darse la vuelta, aplastándose contra el respaldo para verme mejor.
"¡Ya basta!", tronó Dorian, deteniendo el coche. "Somos tres contra uno, no se te ocurra atacarnos", le amenazó.
"Dorian, tú y yo somos amigos desde hace años. Te conozco... te conozco lo suficiente como para saber que algo no cuadra. ¿Qué le pasó a María?"
Salimos del coche, excepto Adelheid, que se quedó sentada como una estatua de mármol.
Luca se acercó a mí y me cogió de la mano. *Déjale hacer,* me advirtió Ludmilla pensativa.
Me miró directamente a los ojos. "¿Cómo ocurrió?", murmuró.
"No lo sé, pero no fueron ellos. Lo juro."
"¡Habla... di algo!", dijo, elevando el tono de voz.
"Cómo se lo dijo, no lo sabemos. Creemos que, de algún modo, Mihail le dio un poco de su sangre y luego la hipnotizó para que olvidara", respondió Dorian.
"Así que os vais con Charles ahora, antes de que os mate a todos", se burló con maldad.
"Sabes bien cómo funcionan estas cosas, no tiene sentido ser sarcástico. Si el objetivo de Mihail era que nos mataran a todos, probablemente lo consiguió."
De algún modo, el interés de Luca por lo que me había pasado me molestaba. Empecé a tragar bilis.
Sentí descender los caninos, esta vez sin dolor y, por primera vez, sentí los ojos inyectados en sangre.
"Aún no se ha alimentado", le alertó Ludmilla.
"Ella es peligrosa, ¿y tú la llevas a la casa de Charles? Te matará antes de abrir la puerta."
"Puedes dirigirte a mí. Estoy aquí y te oigo... idiota," gruñí.
Alguien me agarró y me metió dentro del coche. No podía moverme, algo me lo impedía. Las malditas cadenas de siempre...
"No puedes no alimentarte, corres el riesgo de volverte violento, sería difícil hacerte entrar en razón. Por favor, bebe," tronó Ludmilla.

Me entregó su muñeca, la miré desconcertado e incrédulo. ¿Quería que me alimentara de ella? ¿Estaba loca?

"No me harás daño... vampiro... sanguíneo... inmortal... y no te convertirás en azara..."

La arteria de su muñeca estaba tan turgente y palpitante que podía sentir su flujo. El hambre se convirtió en lujuria, incontrolable. Hundí los dientes.

El líquido caliente y espeso, muy distinto del de la botellita, empezó a inundarme la garganta y, al sentirlo correr por todo el cuerpo, experimenté una sensación de bienestar y tranquilidad.

Me desprendí.

"Ha sido fácil, ¿verdad?" preguntó Ludmilla sonriendo.

"Sobre todo satisfactorio," respondí, pasándome la lengua entre los labios.

"Vuelve a entrar, el bebé ha dejado de hacer berrinches," canturreó Adelheid.

Ludmilla me quitó las cadenas y reanudamos el viaje.

Luca se quedó inmóvil y en silencio mirando por la ventana, qué comportamiento tan ridículo.

Llegamos al aparcamiento del teleférico cuando empezaba a lloviznar; esperamos en el coche, mientras la fila de turistas corría hacia el suyo en busca de refugio.

Con la tormenta de nuestro lado, empezamos a correr desde el primer sendero al pie del teleférico. Cuando llegamos al claro que precede al bosque, le pedimos a Luca que se vendara los ojos. No pude contenerme y solté una carcajada mientras Dorian lo cargaba sobre sus hombros.

La carrera duró sólo unos minutos; nos detuvimos frente a un enorme roble, donde Dorian movió algunas ramas y hojas con las manos.

"¡Una trampilla!" exclamé.

Cállate, sólo piensa. Luca es un sabueso, podría encontrar el camino hasta Charles. Me sorprende que no lo haya hecho ya, pero no debe ocurrir por nuestra culpa, reprendió Ludmilla.

Seguí a los demás y me lancé, pero con un resultado diferente. Me encontré con el trasero en el suelo.

"Tendrás que entrenarte un poco..." me espetó Ludmilla, mientras ella y Adelheid ayudaban a bajar a Luca.

Un túnel excavado en un bosque subterráneo nos condujo al magnífico sumidero que tan bien recordaba. Aquí Luca se quitó la venda de los ojos.

21

Adelheid llamó a la puerta, y fue el propio Charles quien le abrió.

"¿Teníamos una cita?", preguntó en un tono que era cualquier cosa menos amistoso.

"Diría que no, pero tenemos que hablar con usted," respondió Adelheid.

Por la expresión de Charles era fácil comprender su estado de ánimo: sorprendido, enfurecido y en alerta total. Al menor error nos mataría.

"Adelante," canturreó, haciéndose a un lado.

Fue en el preciso momento en que pasé junto a él cuando le vi vacilar y, en el mismo instante, ponerse rígido y adoptar una expresión diabólica.

"Si estás aquí para pedir perdón, te equivocas, ¿eres consciente de ello?", habló en tono iracundo.

"No estamos aquí para pedirle perdón, no hemos hecho nada," respondió Adelheid con firmeza.

"¿Me tomas el pelo, mujer?" gruñó.

Dorian se acercó más a él, cubriendo así la figura de Adelheid.

"Estamos aquí para entender, junto contigo, cómo pudo ocurrir esto. Tienes unas habilidades psíquicas tan poderosas... nos lees y sabes la verdad," dijo Dorian.

Hubo un largo silencio. Nos estudió y luego decidió.

"Apareceré con ella, y sólo después, cuando haya oído su versión de la historia, aceptaré hablar con todos vosotros."

Me rodeó la cintura con el brazo y, como un rayo, me condujo a otra habitación. Me invitó a sentarme. Obedecí sin rechistar.

Me miró fijamente a los ojos y me tocó la mejilla con una mano. Permaneció así unos instantes.

"¿Así que tú serías la otra hija de Mihail?"

"Eso parece," respondí, bajando la cabeza.

"Mírame," murmuró, "no debes avergonzarte de dónde vienes, nunca. Recuérdalo para siempre."

Le miré incrédula. "¿Cómo podría no sentir vergüenza? Es un monstruo, ha hecho cosas que... que..." no pude terminar la frase.

"Tienes razón, ha hecho cosas deplorables y prohibidas, pero, recuerda, es un vampiro... y esa es nuestra naturaleza, y dominarla no es fácil y no todo el mundo es capaz de hacerlo... tarde o temprano lo experimentarás por ti mismo. Pero, por favor, cuéntame cómo resultaron las cosas."

Intenté comprender en su mirada de ave de rapiña, paciente y oportunista, las verdaderas intenciones una vez que supe las cosas, pero fue imposible, así que comencé mi relato, hecho de datos reales e hipótesis. Intenté no pensar en la gota de sangre que Ludmilla puso en mi té, no quería darle la oportunidad de culparla sólo a ella. Así me lancé a acusar al monstruo de mi padre.

"Oh, tranquilo... una gota de sangre... pero aunque sangrara no te habrías convertido," murmuró, dejándome perpleja. Estaba seguro de que no había pensado eso.

Consideré su declaración como una provocación.

No respondí.

"Quédate aquí. Vuelvo enseguida."

No me atrevía a mover un músculo, pero entonces oí la voz de Ludmilla en mi cabeza.

¿Estás bien?

Sí, ¿y tú?

Esperamos su regreso.

Apagué mis pensamientos en cuanto le oí regresar.

"¡Bebe!" me ordenó, tendiéndome un vaso de poliestireno.

La esencia roja y perfumada me provocó un cosquilleo en las encías, pero dejé el vaso sobre la mesa.

"¿De dónde ha salido esta sangre?" pregunté dubitativa.

En respuesta, sacó una bolsa de sangre, de las que se utilizan en los hospitales, de un bolsillo del jersey que llevaba.

Me llevé el vaso a los labios y bebí frenéticamente.

"Ahora bebe de mi muñeca," me dijo, tendiéndome la palma de la mano.

Le miré horrorizada. "¿Por qué será?"

"Porque yo te lo ordeno. Sólo así podré conocerte mejor."

Algo que iba contra mi voluntad me obligó a hincar el diente. Succioné hasta llenarme la boca, con avidez. Tragué varias veces sin quedar satisfecha. Quería más... y más.

"Bueno, hemos terminado," dijo, apartando con fuerza el brazo de mi boca. Se recompuso y me invitó a salir de la habitación. "Te he hecho preparar una comida humana. La necesitas." Di las gracias y volví al vestíbulo.

La mesa puesta me provocó cierta hambre humana.

Estaba a punto de coger un plato para servirme, cuando la vocecita furiosa de Ludmilla se apoderó de mi mente.

¡Estás loca por haber bebido su sangre! gritó.

¿Qué podía haber hecho yo? respondí secamente.

Finalmente, se quitó, refunfuñando, de mi mente y me lancé sobre una porción de lasaña, para vergüenza del mejor cocinero italiano.

La espera parecía interminable, así que decidí deambular por la enorme sala. La gigantesca librería, que ocupaba toda una pared, estaba repleta de libros antiguos, pero mi mirada se posó en un pequeño estuche cerrado que contenía un libro abierto apoyado en un atril con ricas incrustaciones, formando dos alas de ángel.

Rebusqué en los cajones de la mesa de lectura y encontré un par de guantes blancos, me los puse y me atreví a girar la llave en el ojo de la cerradura de la puerta de cristal.

Cogí el libro con cuidado y lo coloqué en el atril de la mesa. Me quedé de piedra. Tenía ante mí una Biblia... La Biblia de cuarenta y dos líneas de Gutenberg de 1455.

La versión completa; sabía que sólo había veintidós ejemplares y nunca imaginé que tendría uno en mis manos.

La encuadernación de hilo dorado estaba prácticamente intacta, al igual que la cubierta roja. Volví a colocarlo en su sitio con reverencial asombro.

"A nuestro inspector le interesan los libros antiguos," comentó Charles, volviendo con el resto del grupo.

"Me llamó la atención la encuadernación en hilo de oro, pero sobre todo la Biblia de cuarenta y dos líneas. Es prácticamente imposible de conseguir, y los veintidós ejemplares que existen se encuentran en el Vaticano o en los museos y bibliotecas más famosos del mundo... es realmente interesante encontrar un ejemplar aquí."

"Poca gente sabe que, en aquella época, la Biblia de Gutenberg se vendía en hojas plegadas, y luego se encuadernaba según los deseos del comprador. Me pareció que el uso de hilos de oro daría al libro un valor inestimable a lo largo de los siglos, haciéndolo único en su género."

Claro, cómo no se me ocurrió antes que lo compró directamente de manos de Gutenberg...

Noté que Dorian se reía a mis espaldas. Supuse que había percibido mi pensamiento.

El estruendo procedente del exterior del vestíbulo nos puso a todos, excepto a Charles, por supuesto, en alerta. Con recelo y miedo volví la mirada.

Estaba allí, una vez más frente a mí. "Monstruo," siseé.

Dorian se acercó inmediatamente por detrás y me rodeó la cintura con el brazo en un intento de arrastrarme hacia Luca, pero me resistí.

Empecé a temblar y a canalizar rabia y más rabia... odio... repugnancia... y luego rabia otra vez. Intenté organizarla y darle forma: una lanza invisible.

Estallé y le golpeé en el pecho, lo bastante fuerte como para dejarle sin aliento. Se estrelló contra la pared, arrastrando tras de sí a los dos vampiros que sujetaban las cadenas. Rugieron. Los dos guardias se levantaron y se recompusieron apretando sus cadenas. Oí quejarse al monstruo, pero levantó la vista socarronamente y con una sonrisa de satisfacción se volvió hacia mí.

"Dos de mis hijas juntas. ¡Maravilloso!"

Miré a Ludmilla, que estaba tan asombrada como yo. Dos palabras de *mis hijas* no pasaron desapercibidas...

Olvídalo. Sólo quiere crear estragos para alargar el tiempo que le separa del olvido, Ludmilla se dio cuenta de mi estado de ánimo e intentó calmarme.

"¡Llévenlo inmediatamente a su celda!" ordenó Charles. Luego se volvió hacia mí: "Tienes un don importante y peligroso, tendrás que aprender a usarlo... sería desagradable tener que deshacerlo".

Así que mi don era anulable... pero preferí guardar silencio. No veía la hora de irme de allí.

Charles miró por encima de mi hombro e invitó a todos a seguirle.

Me moví el último, me quedé quieto unos segundos, disfrutando de los improperios del monstruo mientras se lo llevaban. Luego me moví.

Fui y me senté entre Ludmilla y Luca, frente a mí Adelheid y Dorian. Charles se colocó en la cabecera de la mesa y, en tono académico, comenzó una especie de arenga sobre sus conclusiones.

"Durante más de tres mil años he formado parte de este planeta y nunca he visto suceder lo que María está experimentando. Pero oí a las brujas hablar de ello, cuando aún caminaban entre nosotros con sus espíritus presentes. Pensé que sólo una de ellas podría ayudarnos". Interrumpió la charla levantándose de la silla. Se dirigió a la puerta y la abrió.

Entró el padre Vesta.

Todos permanecimos inmóviles, mirando fijamente hacia la gran figura del sacerdote que se adelantó, fijando su mirada sólo en mí.

"Sé que ya conoces al padre Vesta," dijo Charles.

"Yo diría que sí," respondí, levantándome para saludarle.

"Te lo advertí," susurró mientras se sentaba.

Adelheid no dejó de vibrar y mantuvo su mirada fija y siniestra en el sacerdote, mientras Dorian le cogía la mano, apretándosela. Sabía que, a su manera, la estaba tranquilizando.

"Padre Vesta... Vesta, por favor, te he mandado llamar para que vengas en ayuda de esta situación. Por lo tanto, danos tu opinión," le instó Charles.

El cura nos miró a todos, uno por uno, y luego empezó a hablar.

"Se les llama Seres Duales: mitad humanos y mitad vampiros. En ellos, el gen del vampirismo puede permanecer latente de por vida y conducir a la muerte natural como humanos, o puede activarse y dar lugar al más alto rango genético entre los vampiros: el *malier*."

Sentí que una oleada psíquica me invadía: eran las emociones de los presentes que tenían lugar en mi interior. Me fijé en la expresión angustiada de Ludmilla.

En ese momento Charles se levantó rígidamente de la silla. "¿Qué balbuceas, bruja? Los *malier* se extinguieron hace cientos de años, o mejor dicho, no, gente como tú los forzó a ese terrible final," tronó Charles, golpeando la mesa con el puño.

"Tú preguntaste y yo respondí. Mi tarea termina aquí," respondió un decidido padre Vesta.

"No está terminado en absoluto," respondió Charles en tono amenazador.

Vi que se desafiaban con la mirada, el cura levantó la cabeza hacia él sin una sombra de temor. Pero luego se resignó a la voluntad de Charles y reanudó el discurso.

"Eran doce, todos nacidos del mismo vampiro. Hermanos y hermanas por parte de padre, cada uno con su propio don como pareja: dos mutantes, dos gobernantes de los elementos, dos caminantes, dos controladores, dos barqueros y dos benévolos. Pero sus habilidades sólo podían expresarse si todos nacían y la pareja se unía. Algunas brujas vieron, en las habilidades de estas criaturas, el mayor peligro para la humanidad. Se reunieron en un aquelarre y vivieron para darles caza, pero nunca pudieron atrapar al vampiro que las creó". Se volvió hacia Ludmilla y le señaló con el dedo: "Tú eres una controladora, tienes el poder de manipular las emociones, pero no como los de tu especie; puedes hacer que sientan lo que tú quieras; mientras que tú..." dijo moviendo el dedo hacia mí, "eres una benévola... pero aun así lucharás contra cualquier ser sobrenatural peligroso, y tarde o temprano te cazarán y te matarán."

"Una explicación fascinante, pero carente de sustancia," comentó Charles aburrido.

Sentía que la tensión iba en aumento y sólo podía pensar en cómo acabaría toda esta increíble historia.

"He dicho todo lo que se me ha pedido. Puedo terminar advirtiéndote. Mientras los *malier* no se reúnan, la magia que se cierne sobre ellos permanecerá volátil e inactiva, pero si un día los doce se reúnen, entonces la magia se cumplirá y volverán a cazar brujas, o mejor dicho, cualquier criatura sobrenatural que no sea un vampiro."

"Por lo tanto, a las brujas no os preocupaba la humanidad, sino vuestra propia existencia. ¡Cogedle y llevadle al calabozo!" gritó Charles.

El padre Vesta blanqueó e intentó, en vano, hacer entrar en razón a Charles.

Nos quedamos quietos mientras algunos vampiros escoltaban al padre Vesta fuera de la sala.

"Te habría matado. Tarde o temprano," sentenció Charles. "Ahora puedo explicarte por qué, cada vez que pensaba en matarte, cambiaba de opinión. La tuya es una habilidad muy poderosa, no quiero imaginar en qué podría convertirse si alguna vez encuentras a tu otra mitad," dijo volviéndose hacia Ludmilla. "Y tú..." continuó dirigiéndose a mí, "eres un benévolo, es increíble. Hasta ayer no eras más que un simple humano..." sonrió y soltó la frase.

"Yo, sin embargo, no entendía nada de esto... ¿quizás las divagaciones de un anciano... era necesario darle ese trato?" aventuré.

Charles se puso delante de mí; no hizo ningún ruido, pero imitó el gesto de seguirle, como si hubiera escuchado mis pensamientos. Me moví, con el resto del grupo detrás de mí, pero Charles se interpuso, impidiendo que Adelheid y Dorian continuaran. "Tú sí", le dijo a Luke.

El corto pasillo terminaba en una puerta de seguridad; hacían falta dos llaves para abrirla. Entramos en una gran sala que cruzamos para llegar a otro pasillo. Desde allí empezamos a descender. El ancho pasillo se convirtió poco a poco en un túnel estrecho y bajo, obligándonos a agachar la cabeza y colocarnos en fila india para pasar. Otra puerta blindada nos condujo a un gran espacio circular, el fondo de la mazmorra.

Aquí estaban las celdas, cuatro en total, cada una cerrada por una serie de barrotes de hierro. "Son barras de hierro empotradas en las paredes y controladas electrónicamente. No hay vampiro que pueda destruir el hierro. Es el único elemento terrenal que puede detenernos", explicó Charles.

A través de los barrotes de la celda vi al monstruo y me acerqué. Inmediatamente, dos guardias me apartaron con un garrote de hierro. "Déjala en paz", insinuó Charles. Los fulminé con la mirada y me acerqué a los barrotes.

"¿En qué puedo ayudarte, niña?", siseó.

"Podrías demostrarme que no eres un verdadero monstruo."

"Pero yo sí."

"No estoy convencida; creo que podrías sorprender a todos", le halagué.

"Porque te crees la mentira."

"Digamos que, como acabo de conocer a mi padre biológico, le exijo un favor. Me debe una."

"No te debo nada, pero sé adónde vas... te ayudaré. Tanto como pueda."

"Supongo que sabes lo que necesito."

"Créeme, la mente del cura funciona como una máquina de aplastar, son tantos sus pensamientos que forman una inmensa playa. Sí, sé lo que quieres de mí."

"Quiero entrar con él", pregunté en tono arrogante.

"Como quieras", respondió melodiosamente Charles.

"¡Estás loco!", gritó Luca.

"Por favor, capitán, no interfiera, necesito que confíe en mí", le supliqué.

"Pero confío en ti, es en él en quien no confío. ¿Lo entiendes?"

"No me hará daño y, además, ya sé defenderme bien", respondí con tono tranquilizador.

Se movió, dejándome frente a los barrotes.

Voy contigo, oí la voz de Ludmilla.
Por favor, necesito estar a solas con él.
La vi bajar la cabeza. Ten cuidado, no te fíes.
Le sonreí.
Los barrotes empezaron a deslizarse dentro de la pared, entré. Se cerraron detrás de mí.
El monstruo estaba sentado en una silla de contención, levantó la cabeza cuando oyó el ruido de los barrotes al cerrarse. Su pálido rostro, lleno de pústulas purulentas, pareció tomar color al verme.
"¿Recuerdas cuando te hablé de mi amigo Sebastian?", preguntó.
Asentí vacilante.
"Durante una de las fantásticas fiestas en casa de Jacques, un extraño vampiro de aspecto antiguo contó la leyenda de los Doce, y créeme cuando te digo que, hasta hace una hora, pensaba que era sólo un cuento, fruto de una resaca vampírica".
"Continúa", gruñí.
"A principios del año 1000, cuando los seres humanos y los sobrenaturales aún vivían en armonía en la Tierra, en un pueblo del sur de Francia, algunas mujeres, doce para ser precisos, fueron secuestradas. Regresaron a casa unos días después sin recordar nada. En aquella época, la magia corría entre los hombres, que la creían la verdadera esencia de la naturaleza, y por eso, cuando tres meses después las mujeres descubrieron que estaban embarazadas, el jefe del pueblo recurrió a las brujas que vivían en las cuevas cercanas. Comprendieron que sólo la mano de un vampiro sanguinario y muy poderoso podía haber realizado semejante obscenidad. Intentaron, en vano, arrancar los fetos. Agotados de realizar hechizos inútiles, decidieron proteger a las mujeres y a sus hijos. Los unieron con un solo hechizo y, cuando cumplieran diez años, los dispersarían. Pero no contaban con el vampiro que los había creado. Una noche secuestró a los doce infantes, mató a sus madres y al resto de la aldea. Luego amenazó a las brujas: si le buscaban, su ira caería sobre toda la humanidad, mientras la Tierra siguiera girando alrededor del sol. Y así fue".
"¿Eso es todo?"

"Sí, eso es".
"Tu amigo Sebastian, ¿qué tiene que ver con esto?"
"Se sintió abrumado por el relato y pronto se volvió loco. Indagó en todos los rincones de Nueva Orleans y descubrió a una bruja, que ya no tenía sus poderes pero sí sus conocimientos intactos... y mandó contar el resto.
Fue la verdadera razón por la que no me siguió cuando me echaron de Jacques. Estaba convencido de que podía reconstituir los Doce. Ahora te toca a ti, hija", dijo mirándome fijamente a los ojos.
Resistí las ganas de darle un puñetazo en la cara por llamarme hija por segunda vez y pedí a los guardias que me dejaran salir.
"¿Encontraste lo que buscabas?", preguntó Charles.
"No lo sé", respondí dubitativa, "pero puede que tenga pruebas de que alguien ha intentado repetir la leyenda. Para averiguarlo, Andrea y yo debemos volver a Italia. Lo antes posible. Tengo una petición más", dije, aprovechando el silencio de Charles.

"Habla", respondió, sin emitir un suspiro y clavando la mirada en un punto preciso de mi cara, como si pretendiera prenderme fuego.

"Necesito al padre Vesta, supongo que solo él podrá averiguar si lo mío es solo una fantasía o si, por desgracia, responde a la verdad... y además -insistí antes de que pudiera responder-, le pido que no proceda a la momificación de... M... M... Mihail", terminé, balbuceando el nombre que no quería pronunciar.

Ludmilla y Luca me miraban con una expresión difícil de descifrar, pero lo más probable es que solo quisieran abofetearme.

"¿De verdad crees que puedes pedirme algo?"
Sentí escalofríos por el tono que empleó Charles, pero fingí que no.
"Preguntar está permitido. Todavía lo necesitaré más tarde, después de lo cual puede ejecutar la sentencia."

"Vete", dijo con calma.
Sentí las piernas a punto de abalanzarse, pero conseguí dominar mis músculos y relajarlos. Apreté los puños.

"Dame al Padre Vesta... te lo imploro."
Charles se volvió bruscamente hacia los guardias y ordenó al sacerdote que saliera, luego me agarró del brazo y me arrojó contra los

barrotes de la celda. Oí al monstruo rechinar los dientes. Me apretó el cuello.

"Podría volarte la cabeza, aún eres tan frágil... no hagas que me arrepienta de haberte complacido."

Entonces oímos la voz ronca y grave del monstruo.

"Solo yo conozco el rostro de Sebastián, nunca lo encontrarás sin mí."

Permanecí inmóvil, con los ojos muy abiertos y perplejos, mirando fijamente a la celda. Estaba demasiado alterado para responder a su provocación y, de repente, sentí que la alteración sufría una transformación. La ira empezó a crecer y a tomar forma. Ludmilla lo notó, pero no pudo transmitirme calma. Llegué justo a tiempo para que Luke se moviera y la masa de energía abandonara mi cuerpo, estrellándose contra los barrotes de la celda. No se rompieron, pero la onda expansiva provocó un cortocircuito. Empezaron a retraerse en la pared.

"Vaya, eres muy fuerte, pero si no aprendes a controlarte pronto... tendré que encargarme yo", amenazó Charles con una sonrisa falsa.

Los dos vampiros que custodiaban la celda fueron alcanzados por la onda expansiva que los hizo volar por el pasillo como hojas arrastradas por el viento.

"Zorra", gruñó uno de ellos.

Un movimiento imperceptible nos alertó. La expresión de Charles se endureció.

"¡Ha escapado!", atronó uno de los guardias.

Charles resopló como un toro enfurecido y me agarró, de nuevo, por el cuello.

"¡Mira lo que has hecho!", dijo, apretando tan fuerte que me crujieron las vértebras.

Luke se acercó y se dirigió amenazadoramente a Charles:

"Hazle daño y se acabará la tregua."

De mala gana, pero me soltó. No me moví ni un milímetro y seguí desafiándole con la mirada. Se dio la vuelta.

Así que empezamos a correr hacia la casa, a una velocidad vertiginosa por el túnel y luego por el pasillo. De repente me detuve, ya no oía a Ludmilla. Me di la vuelta y me di cuenta de que no estaba detrás de nosotros.

"¡Maldito sea, la tiene!", grité histérica.

Adelheid y Dorian nos esperaban a la salida del pasillo. Tenían las caras juntas y los puños apretados.

"¿Cómo ha podido pasar esto? Pagarás por esto", gruñó Adelheid, mirándome con amenazadora insistencia.

Ni siquiera me di cuenta cuando Adelheid se movió. Metió la mano por detrás y me sujetó con fuerza un brazo por detrás de la espalda y con el otro me forzó las vértebras del cuello hasta dislocarlas.

"Todos sois culpables del secuestro de Ludmilla, pero ella...", apalancando aún más mis pobres vértebras, "ella es la primera. Nunca debió estar entre nosotras, pero tú, Dorian, siempre tuviste que complacer a la caprichosa Ludmilla. Debería haber seguido siendo humana y haber muerto... treinta... cuarenta años... quizá incluso menos, y todo habría acabado. En cambio, mi pobre niña está de nuevo en manos de su monstruoso padre."

Rompió a llorar y me dejó, desplomándose en el suelo

Me quedé petrificada contra la pared, sin creer haber entendido bien las palabras de Adelheid.

"P... ¿lo que me pasó fue planeado para complacer los caprichos de Ludmilla?", pregunté, sin saber si estaba más indignada o más amenazadora.

"No creo que sea el momento de discutir esto contigo", replicó Dorian con frialdad, ayudando a Adelheid a ponerse en pie.

Tenía razón. Me serené y me tragué la rabia que empezaba a tomar forma, pero los pensamientos eran un revoltijo de sospechas, difíciles de evitar.

Dos de los guardias regresaron y pidieron hablar con Charles.

"Habla más alto."

"Pauline", murmuró uno de ellos.

Charles se quedó helado y su boca se torció en una expresión de angustia. "¿Qué le ha pasado a Pauline?", preguntó entre dientes apretados.

"Será mejor que lo vea usted mismo, jefe."

Los siguió por el enorme vestíbulo. Intenté hacer lo mismo, pero Dorian me detuvo, le miré de reojo, pero me hizo un gesto con la mano.

Charles regresó llevando el cuerpo de Pauline en brazos. Me puse la mano delante de la boca cuando vi que estaba sin cabeza. El silencio fantasmal que recibió al pobre cuerpo se convirtió en un murmullo de preguntas cuando lo depositaron suavemente en un sofá.

Vi a Charles arrodillarse y coger la mano sin vida de la mujer. La acarició y se la llevó a la cara, las lágrimas empezaron a caer copiosamente.

"Pagará, tenlo por seguro... pagará...", empezó a repetir sollozando.

Los dos guardias también regresaron, uno de ellos llevaba un paño negro envuelto alrededor de algo redondo. La cabeza de Pauline.

No sabía quién era Pauline, iba a tientas en mi mente, y la única vampira que vi la primera vez que pisé esta casa fue la anciana que nos abrió la puerta.

"Abuela...", susurró entre sollozos mientras el vampiro le entregaba el paño. La sostuvo entre sus brazos y separó la tela lo suficiente para verle la cara. La acarició.

Me quedé de piedra al oír la palabra "abuela". Escudriñé los rostros de los presentes, uno por uno, esperando una respuesta, pero Dorian, por segunda vez, me hizo señas de que guardara silencio.

"Ve a buscar al Padre Vesta", ordenó.

"¿Por qué Padre Vesta, qué te hizo?" Decidí que ya no pediría la aprobación de Dorian para hablar.

Giró la cabeza y me miró durante un largo, largo segundo. "Creo que podrías seguir a mis guardias y ayudar al Padre Vesta a caminar hasta aquí."

Me quedé gratamente aturdida y, sin hacerme repetirlo, corrí hacia el pasillo que conducía a la mazmorra. No me di cuenta de que era una trampa hasta que los dos vampiros que me precedían se quedaron inmóviles, impidiéndome continuar.

"¿Adónde crees que vas?", siseó uno de los dos, abalanzándose sobre mí.

Intentó morderme.

193

De repente me acordé: dos pésimas azaras.

Conseguí liberar uno de mis brazos, pero inmediatamente el otro me inmovilizó la cabeza, intentando dejar a la vista la palpitante arteria carótida.

"No creas que puedes escapar, zorra. Si nunca hubieras venido aquí, Pauline seguiría viva", exclamó el vampiro sujetándome la cabeza.

Sentí que la rabia tomaba forma, el peso del vampiro sobre mí me impedía inhalar largas bocanadas de aire, para que la bola de poder tuviera espacio para hacerse más grande. Salió de mi cuerpo con tal violencia que el vampiro que tenía encima salió despedido contra el techo. Logré una nueva maniobra y, mientras agarraba a uno por el cuello, bloqueé al otro con continuas descargas de poder, hacia el techo. Levanté la vista al oír el ruido sordo contra el suelo. Estaba demasiado cansada para seguir sujetándole contra el techo. El otro seguía mirando a su camarada caído para asegurarse de que estaba bien. Me soltó el cuello.

Reuní todas las fuerzas que me quedaban y me lancé hacia atrás, estrellándome contra la pared. El vampiro se tambaleó y cayó. Entonces le puse un pie en el cuello y empecé a empujar hasta que su cabeza se separó del resto del cuerpo. Inmediatamente me abalancé sobre el otro, que corría en busca de ayuda. Lo abordé agarrándolo por las piernas y cayó. Lo arrastré por el pasillo, pero una voz me detuvo.

"No te ensucies las manos, mantente pura", dijo el Padre Vesta.

"Demasiado tarde, ya he matado a uno."

"Te habría matado", replicó en tono paternal.

Me solté. Se tiró al suelo sin atreverse a mirar al cura a la cara. Me di cuenta de que temblaba. No comprendía lo que estaba ocurriendo. El padre Vesta se colocó frente a él y lo levantó con fuerza, luego llevó una mano a su hábito y sacó de ella una daga. Cuando la hoja golpeó al vampiro, vi cómo se disolvía. Solo quedó polvo.

Miré al padre Vesta, sin comprender lo que había ocurrido. Me acerqué a él y le ayudé a guardar la daga.

"¿Qué ha pasado?", pregunté vacilante.

"Charles pensó que lo usaría contra ti y Ludmilla... pobre tonto", respondió, sacudiendo la cabeza.

"Eso no es precisamente lo que te he preguntado."

"Esta daga", dijo mostrándomela, "fue forjada bajo un hechizo por las brujas que protegían a los hombres de los Doce, y luego pasó de generación en generación. Yo soy el último descendiente de Tiara, la bruja que lideró el aquelarre que mató a los Doce."

"Charles nos matará, aniquilamos a dos de los suyos."

"No lo hará, lo considerará un daño colateral... al menos hasta que se haga con esta daga."

"Entenderás quién está en posesión de ella..."

"Sabe que es mía y que nunca podrá arrebatármela."

"¿Cómo es posible?", pregunté, pero nos interrumpieron unos ruidos procedentes del pasillo.

Dorian y Luca.

"Charles nos envió para averiguar por qué no regresabas con el padre Vesta", dijo Luca molesto, mirando al vampiro en el suelo, con la cabeza desencajada. "Ahora entiendo..." murmuró con una pequeña sonrisa cómplice.

"¿Y el otro? ¿No había dos guardias?", esta vez le tocó preguntar a Dorian.

"Yo me encargué de ello", respondió el padre Vesta.

"Bueno, ahora que estamos seguros de nuestro final, supongo que podemos volver al salón", se quejó Luca en tono desafiante.

"Nadie morirá, tenedlo por seguro, capitán." El padre Vesta se desabrochó la bata, mostrando la daga.

Dorian tembló y dio un paso atrás.

22

Volvimos al salón. Adelheid estaba de pie en un rincón y cobró vida en cuanto nos vio, o mejor dicho, en cuanto vio a Dorian.

¿Sabes algo de Ludmilla?, me preguntó telepáticamente. La miré asombrado y fingí no hacerlo. ¿Acaso aquella horrible vampiresa, hermana de un monstruo, quería meterme en problemas con Charles?

Idiota, solo podemos comunicarnos con la persona en cuestión, los demás no pueden oír, y Charles, para leernos, debería estar interesado en hacerlo.

La miré lleno de resentimiento. Sea como fuere, no la oí.

Entonces ahí estaba, abrumador y claro, el pensamiento de Ludmilla entró en mi cabeza.

"No me busques, Mihail está de nuestro lado. El secuestro fue un señuelo, ya estamos fuera. Esconderé a Mihail, te esperaré en mi casa con Luca. Mi madre y mi padre no deben tener la menor sospecha."

"¿Cómo saliste? Según Charles sería imposible y entonces... ¿por qué mataste a Pauline?"

"Nosotros no matamos a nadie, lo hizo el vampiro, el que el Padre Vesta convirtió en polvo. Debes decírselo a Charles."

"Nunca lo creerá."

"El Padre Vesta hará confesar al que le devolvió la cabeza a su abuela. Debo dejarte."

Apreté el brazo del padre Vesta, que se volvió hacia mí un instante, lo suficiente para asentir con la cabeza.

Charles regresó, seguido por otros dos vampiros. "¡Atrápenla!", exclamó.

Inmediatamente el Padre Vesta me protegió. "Detente, y que nadie se atreva."

"¡Cómo te atreves, sacerdote, a rebelarte contra mi voluntad!", le desafió hoscamente.

"Te atreviste a enviar a María a una emboscada. Sabías que tus dos azaras la matarían."

"Murieron a sus manos. Pagará por ello", gruñó en respuesta.
"Aquí te equivocas, fui yo quien los mató. La legítima defensa no es un crimen."

Dios mío, el cura estaba asumiendo la culpa que no tenía, no toda. Oí la voz de Dorian en mi mente. "No respondas, el padre Vesta sabe lo que tiene que hacer, y a él Charles no le hará ningún daño."

Charles frunció el ceño y lanzó una mirada desafiante al sacerdote. Por su parte, el padre Vesta extendió los brazos y comenzó una especie de arenga.

"Tú que hablas de justicia, clemencia y benevolencia, tú creador de un ejército de azaras malditas, convencido de haberlas subyugado a tu voluntad... te has atrevido a enviar a la muerte a un malìer benevolente y ahora estás dispuesto a quitarle la vida sin siquiera mirar a tu alrededor. Cuidado con tus criaturas."

Charles se dirigió hacia el vampiro que devolvió la cabeza de Pauline y lo miró tan intensamente que vimos cómo se inclinaba en una dolorosa reverencia.

"No quería... fue un error, pero ella paró delante de mí... ya sabes... no podemos resistirnos... fue un error", suplicó sin llegar a levantar la cabeza.

La figura de Charles pareció elevarse en el aire, levantó el brazo y lo estampó contra el cuello del vampiro, con tal violencia que no hubo escapatoria. La cabeza rodó hasta mis pies, di un paso atrás y me hice a un lado. Siguió rodando hacia la pared.

"Se hace justicia." Luego nos cuadró: "Debéis devolverme a Mihail, y si no lo hacéis os mataré a vosotros en su lugar. Sois libres de marcharos." Cogió el cuerpo de la abuela y desapareció.

"¡Vamos!", ordenó Adelheid.

Luca me cogió de la mano y todos salimos de la casa.

"Yo llevaré a Luca", dije. Le explicaría las cosas de camino al coche, como me había pedido Ludmilla.

"¿Ludmilla ha hecho un trato con Mihail? Debe de haberla hechizado...", exclamó, mientras el viento producido por la velocidad con la que yo corría le azotaba la cara. "Puede ser, pero tengo una idea clara. Y os necesito a ti y a Andrea. ¿Confías en mí?"

No dudó: "Por supuesto que confío en ti."
Llegamos al coche unos segundos más tarde que Adelheid y Dorian.
"Lo siento, tendré que practicar corriendo con un humano a cuestas."
"No creo que sea necesario", respondió Adelheid.
"Padre Vesta, suba al coche, le llevaremos a casa", dijo Dorian.
"Como vine, volveré. No te preocupes por mí."
Todos subimos al coche, pero esta vez no estaba Ludmilla para separarme de Luca. El perfume que violaba mis fosas nasales me provocaba sed. Contuve la respiración una y otra vez para no olerlo. Dorian bajó la ventanilla, a pesar del aire acondicionado, comprendía mi malestar.

"¿Tienes algo en mente, quieres contárnoslo?", preguntó.

"Hace unos diez años", empecé a relatar, "mi equipo se vio envuelto en una investigación peculiar: diez mujeres fueron encontradas desnudas en la calle... intentaban cubrirse con basura. Un coche patrulla que pasaba por allí las vio acurrucadas cerca de una parada de autobús a las afueras de la ciudad. Estaban desorientadas, no recordaban nada, lo único que podían decir era que, sin motivo alguno, se habían encontrado desnudas en la calle. Cuando llegaron a la comisaría, las vestimos y empezamos a interrogarlas. Todo fue inútil, no recordaban absolutamente nada, salvo lo último que estaban haciendo antes de que pasara nada: se estaban preparando para una fiesta. Nada más. Todas eran estudiantes que vivían en el campus universitario, no niego que al principio pensamos que consumían drogas, lo que fue desmentido inmediatamente por los análisis toxicológicos, y ninguna de ellas presentaba signos de violencia sexual. Investigamos durante unos días, pero sin la menor pista. Las familias, queriendo proteger a sus hijas, les convencieron para que retiraran la denuncia."

"¿Por qué diez mujeres, si era plausible un intento de resucitar a los Doce?", preguntó Luca.

Me encogí de hombros, estaba sin respuestas.

"A menos que... alguien supiera de la existencia de otras dos parejas: María, Ludmilla y quién sabe quién más", intervino Adelheid.

"No puedo soportar la idea de que mi pequeña esté en manos de mi hermano loco. Podría embrujarla y convertirla de nuevo en una asesina."

"¿No le hará daño?", pregunté preocupado.

"Claro que no, es preciosa para él, y ahora también sabemos por qué", contestó ella, acomodándose el pelo detrás de las orejas.

Sonó un teléfono, era el de Adelheid. "¿Ludmilla?", gritó.

Puso el altavoz.

"Estoy bien, estoy en casa."

"¿Dónde está ese monstruo?", gruñó Adelheid.

"Me usó para escapar, no me hizo daño. Te esperaré aquí." Cerró la comunicación.

"Tu hija", tronó hacia Dorian, "siempre cree que está en un juego. Ya la habrá hechizado."

"Lo entenderemos en cuanto la veamos", trató de tranquilizarla, estrechándole la mano.

En cuanto Andrea me vio, se acercó y me abrazó hasta dejarme sin aliento.

"Tenía miedo, por un momento temí lo peor para ti", murmuró.

Me separé del abrazo y le miré. "¿Recuerdas el caso de aquellas diez chicas encontradas desnudas en la calle? Hace más o menos una década."

"Recuerdo que sí... Maldita sea, solo saben en qué estaban... ¿pero qué tiene que ver eso?"

"No estoy seguro", me volví hacia todos, "pero si mi sospecha es correcta, tendríamos diez familias en peligro. Los pequeños vampiros están creciendo y empezando a adaptarse... y no creo que su esencia se conozca en casa."

"¡Maldito monstruo!", exclamó Robert.

"No, no sabía nada de eso, o más bien creía hasta hoy en una leyenda como tantos otros", le contesté, y me acerqué a abrazarle. Querido abuelo Robert.

"Sinceramente, me importan un bledo las divagaciones de mi monstruoso hermano", dijo Adelheid secamente. "Si lo dejas escapar, tendrás que encontrarlo", me señaló con el dedo. "Mi hija está sana, eso es lo único que importa. Me vuelvo a Cluj, y no quiero volver a ver tu cara", terminó, mirándome con desprecio.

Besó a su hija y salió de casa.

"No le hagas caso, mejor dinos: ¿qué piensas hacer?", habló Dorian.

"Bastante difícil no hacerle caso... De todas formas, Andrea y yo tenemos que volver a Italia, pero lo más importante es encontrar la forma de enganchar la investigación por la que vinimos a mi sospechoso."

"Tenemos que tomarnos nuestro tiempo, mientras tanto hablaré con tu cuestor", respondió Dorian.

Yo seguía dudando, incluso unos días antes había comprendido, por una frase dicha por Dorian, que algunos humanos sabían de nuestra existencia, pero que Spatafora estuviera entre ellos me parecía, cuanto menos, ridículo.

Estamos ocupados, ¿recuerdas? Oí la voz de Ludmilla.

No puedo esconder a Mihail de Andrea.

Estás loco, Mihail nunca cooperará con nadie que no haya puesto en su lista de confianza. Sólo tú y Luca.

Entonces busca la forma de desvincularte de todos ellos... -le espeté.

De hecho, Ludmilla, ya de acuerdo con Luca, se había adelantado con las mentiras. Una verdadera maravilla.

"Acabo de recibir un mensaje del capitán Perri, dice que el padre Vesta aún no ha vuelto", dijo leyendo en el teléfono, o mejor dicho, fingiendo leer algo escrito en él.

"No quiso volver al coche con nosotros, supuse que había escondido el suyo en algún sitio", respondió Dorian preocupado.

"Bueno, de cualquier manera, Luca está aquí abajo. Voy con él a buscar a ese loco sacerdote brujo."

"Ludmilla, es peligroso", le advirtió Dorian.

"Quiero ayudar a Luca."

Desapareció por la puerta sin añadir nada más.

"Me voy con ellos", dije de golpe, sin dar a nadie la oportunidad de hacer preguntas o recomendaciones.

Llegué hasta Ludmilla, que esperaba en el coche. "Temía que Andrea te siguiera."

"Será mejor que nos vayamos, antes de que le veamos salir por la puerta."

"Mihail está con Luca en casa del Padre Vesta."

Asentí sin contestar, estaba preocupada y me habría hecho daño antes que encontrarme con el monstruo.

Cuando entramos en casa del padre Vesta, Mihail estaba atado a una silla de inmovilización, con la cabeza colgando hacia abajo. Se recompuso en cuanto nos sintió.

"¡Lee mieee hijos!", exclamó, cortando la frase.

Le dirigí una mirada de odio y él me devolvió una sonrisa burlona. Quería romperle los dientes podridos, pero era consciente de que era cien veces más fuerte que yo. Así que me resigné a su presencia, de todos modos no sería por mucho tiempo.

Volví a contarles el incidente ocurrido diez años antes.

"¿Por qué sólo diez mujeres? No tiene sentido, es un accidente, nada que ver con el renacimiento de los Doce", dijo Mihail.

"Tranquilo, matón de barrio", intervino Luca, "¿no podría haber otro par de malier? Además, no me pareció que las criaturas sobrenaturales os dierais cuenta de que ya teníais dos por ahí."

"Puede ser", responde Mihail encogiéndose de hombros.

"Escucha, monstruo psicópata", gritó Luca, apuntándole al cuello con la daga del padre Vesta, "sólo estás aquí porque decías conocer a ese otro monstruo psicópata, pero si, aunque sólo sea por un momento, me das a entender que nos estás jodiendo, esta daga te cortará el cuello, sin darte ninguna oportunidad."

Mihail permaneció tranquilo con una comisura de los labios levantada en una mueca, no dijo ni una palabra más, sino que se quedó mirando fijamente a Luca.

De repente se abrió la puerta. Charles.

Todos nos asustamos, pero sobre todo Mihail recompuso su mueca y bajó su mirada burlona.

"¿De verdad creías que no escuchaba tus pensamientos? Qué ternura...", respiró hondo y relajó su mirada aterrorizada.

Entonces, la puerta volvió a abrirse.

Esta vez entraron Dorian y Andrea.

Evité la mirada severa de ambos.

"Vaya, vaya, vaya... Veo que nos gusta jugar con fuego", dijo Dorian, lanzando una mirada de reproche hacia Ludmilla. Luego continuó, esta vez dirigido a mí: "Tú... creía que eras más listo, pero... está claro que me equivoqué."

Charles se acercó a Mihail y le miró directamente a los ojos: "Puede que hayas engañado a estos idiotas, pero a mí no... y ni siquiera al buen Dorian. Sebastian no existe, y lo sabes". ¡Se había permitido burlarse de mí!

Sentí que la ira crecía y tomaba forma, pero algo me impidió de nuevo lanzarla contra Mihail.

Fue el Padre Vesta quien intervino en mi malestar.

"Eres un malìer benévolo, querido, tu esencia nunca te permitirá matar a tus semejantes o a un humano." Me derretí.

"Mah, fue fácil matar a ese vampiro en la mazmorra", murmuré desconcertado.

"Te lo dije, te defendiste. No fuiste tú quien le atacó, nunca podrías haberlo hecho."

No dejé de mirar al monstruo con odio, pero cambié, desmoralizado, mi interés y me volví hacia Dorian.

"Si este monstruo lo inventó todo para, digamos, tener unos minutos más de vida, ¿a quién deberíamos buscar?", pregunté.

"Ya he hablado con Spatafora. Mañana por la mañana tenemos plazas reservadas en el primer vuelo a Italia", respondió.

Me volví hacia Andrea para buscar su comprensión o, simplemente, una señal de perdón por haberle apartado, pero no vi nada. Permaneció impasible y me devolvió la mirada. Entonces me asaltó la duda.

"¿Tenemos a quién?"

"A ti y a Luca", respondió.

"De ninguna manera, Andrea tiene que volver conmigo", respondí perentoriamente, o al menos empleé ese tono.

"Andrea no puede volver todavía."

"¿Por qué?"

"¿Recuerdas que intentó matarte en la ducha?"

"Sí, pero eso fue antes de ser vampiro."

"Exacto", respondió secamente.

Busqué ayuda en los ojos de Andrea.

"Todo irá bien. Partirás mañana y completarás esta investigación, aunque haya tomado un giro peculiar... Sé que lo harás. Te esperaré aquí."

No podía añadir más oposición, tal vez tenían razón. Vi a Andrea por lo que era, no por lo que se había convertido.

"¡Me iré con ellos!", tronó Ludmilla.

"Por supuesto que no. De problemas, hija mía, ya has hecho bastante. Irás con tu madre tanto tiempo como tu hermana y... Luke para terminar su tarea."

"Oblígame...", le desafió ella.

"Sabes que podría hacerlo", intervino Charles amenazadoramente.

"Tú lo has querido", dijo sibilinamente, dirigiendo su mirada hacia cada uno de nosotros.

"Atten..." gritó el Padre Vesta, amortiguando las letras sin terminar la palabra.

Sentí... sentimos el poder de Ludmilla. La sensación era la de caer en un mar con agua tan verde como una esmeralda, y seguir hundiéndose en un abismo tan claro y limpio, donde todo pensamiento era eliminado hasta que te sentías tan libre y ligero que ya no querías salir de aquella profundidad. Entonces salí a la superficie y volví pacíficamente mi mirada hacia Ludmilla. Todos lo hicimos, incluso Charles que claramente intentaba luchar contra aquella manipulación sin buenos resultados.

"Encontrarás tu billete en el aeropuerto", dijo Dorian paternalmente.

"Gracias, papá", respondió Ludmilla con alegría.

Charles, ayudado por el Padre Vesta, cogió a Mihail y desapareció de la habitación.

"Ludmilla", siseó Dorian, "no vuelvas a hacer eso."

Lentamente, salí del estado de éxtasis en el que Ludmilla nos había sumido. Más tarde comprendí su poder. No se limitaba a forzarte, sino que limpiaba tu mente de pensamientos y te inculcaba los que ella quería. Un poder enorme, pero aún controlado por la falta de su doble.

Suspiré... Pensé en mi propio poder: benevolente para la eternidad... ¡Santa Rita de Casia! Vamos...

Abatido, miré a Ludmilla saltar de alegría como un niño, sacudí la cabeza y sonreí a Andrea.

Me acerqué a él. Sentí la necesidad de hablar, de tender un puente entre nosotros y no el muro que, por mi culpa, se estaba levantando.

"Quédate aquí y sigue a Robert y Dorian, ellos podrán ayudarte, y te prometo que volveré tan rápido que no habrás notado mi ausencia."

Me cogió suavemente por los hombros. "No sé cómo compensarte por lo que pude haberte hecho la otra noche", murmuró.

"Pero no sucedió. No pienses más en eso... Yo tampoco soy la misma de antes, o mejor dicho, soy, pero con otra esencia. Y te entiendo, sé que no lo hiciste a propósito. Por eso tienes que quedarte aquí y dejar que te ayuden. Prométeme que lo harás."

"Lo prometo", respondió con ojos brillantes.

Me dio un casto beso en los labios y desapareció con Dorian.

23

Ludmilla estaba eufórica por el vuelo que nos llevaría a Italia.
"¿Qué te hace tan feliz?"
"Estar contigo, mi hermana. Un viaje juntos, nunca lo esperé."
"Gracias por la consideración", se quejó Luca, a hurtadillas desde el asiento trasero.
Miré a través del hueco entre los dos asientos y le guiñé un ojo. Luego desconecté los contactos, una habilidad que solo descubrí como vampiro. Poder apartar el mundo de mis pensamientos y convertirme en una estatua, bueno... no tiene igual. Me puse los auriculares y con el volumen a tope disfruté de AC/DC.
Aterrizamos en el aeropuerto de Turín con puntualidad. Tras recoger mi equipaje en la zona semivacía, me quedé de piedra cuando, entre la gente que esperaba a los pasajeros, vi al Quaestor Spatafora.
"¿No se suponía que íbamos de incógnito?", le pregunté a Luca.
"En realidad no. Dorian avisó a Spatafora de nuestra llegada", respondió.
"Al menos podrías haber dicho eso", le miré sombríamente.
Spatafora se apresuró a hacerse ver, sin saber que ya se hablaba de él.
"Bienvenido de nuevo, inspector", me tendió la mano, que estreché lo suficiente para que se le humedecieran los ojos.
Tragó saliva y se dirigió a Ludmilla con su detestable melancolía.
Creo que recibió el mismo apretón de manos a cambio porque, además de las lágrimas en sus ojos, su cara se puso roja.
"Capitán Perri, qué placer conocerle en persona", le abrazó.
"Quizá le duela demasiado la mano", pensé divertido.
"Algo extraño está pasando. Señora Donadio..." murmuró en su cara.
"¿Qué pasó con la señora Donadio?"
"Desde ayer ha recuperado la conciencia y ha empezado a recordar muchas cosas... demasiadas."
"Ahora estamos de mierda hasta el cuello", me encontré pensando, arrepintiéndome inmediatamente.

"Bueno... son buenas noticias", susurré.
"Pero esto no ha terminado", continuó Spatafora con la cabeza gacha. "Otros testigos de los hechos de 1986 están recordando cosas de repente. Desde hace unas horas, las comisarías de media Italia están inundadas de gente que denuncia hechos olvidados durante años."
Me puse la mano delante de la boca y miré a Ludmilla con angustia.
"No es un buen negocio que estés aquí. Tu nombre saldrá a la luz y te perseguirán", le dije mentalmente.
"Nadie sabe que estamos aquí."
"Ninguno por ahora. Es demasiado peligroso, tienes que volver."
Cerré la telepatía y me volví hacia Spatafora: "Ludmilla debe abandonar el país inmediatamente."
"Estoy de acuerdo", respondió Luca.
"Mientras tanto, alejémonos de aquí, todavía estamos dentro de un aeropuerto", sugirió Spatafora mientras se dirigía hacia la salida.
Le seguimos, con Ludmilla enfurruñada como una niña a la que le han quitado los caramelos.
Miré la figura de Spatafora y me pregunté cómo era posible que aquel hombre conociera el mundo sobrenatural. Y sobre todo por qué razón.
"Por ahora vendréis todos a mi casa, estaréis a salvo y lejos de miradas indiscretas."
"Debemos pensar en enviar a Ludmilla de vuelta, inmediatamente", insistí.
"Entiendo, María, lo haremos. Pero antes tengo que enfrentarme a Dorian Geoana", respondió aburrido de mi insistencia.
"¿A nadie le importa mi opinión?", trinó Ludmilla.
"Oigámoslo", respondí resignado.

"Te sirvo, si es cierto que hay un vampiro ahí fuera empeñado en recomponer el malier, sólo yo tengo la fuerza y el poder para encontrarlo y luchar contra él. Ciertamente no tú, hermana mía, que llevas dos días adaptada."

Intenté no perder la paciencia. Decidí posponer la pelea para otro momento. Y menos en presencia de Spatafora.

Guardé silencio, evitando incluso responder a las solicitudes mentales que me enviaba.

Spatafora vivía en una villa de las colinas de Turín, escondida en un bosque de su propiedad. Recientemente se había separado de su mujer, así que puso la casa a nuestra entera disposición.

El nudo en la garganta que sentía desde que aterricé en Caselle se me hizo aún más fuerte. Pensé en mis padres y en que no podría verlos. Al menos por ahora.

"He preparado una lista de las mujeres que presentaron una denuncia aquel día. Está actualizada, desgraciadamente dos de ellas murieron a consecuencia de un accidente, una con tres meses de diferencia con la otra. Supongo que habrá familiares, por si pueden ser útiles en su búsqueda."

"En realidad estamos buscando niños eventuales. ¿No te lo dijo Dorian?"

"No", contestó, sacudiendo la cabeza, "creía que te interesaba atrapar al maníaco, ¿qué tienen que ver los niños?"

"Sabes... realmente tengo que preguntarle. Nunca hubiera imaginado que pudiera ser amigo de lo sobrenatural, de los vampiros. Si no es demasiado, ¿puedo saber por qué?"

Por atrevido que fuera, Spatafora no esperaba mi pregunta. No tan pronto y a bocajarro delante de los demás.

"Mi esposa es una de ellas... de ustedes."

Me tocó quedarme de piedra e intentar murmurar una disculpa, mientras Spatafora me miraba satisfecho de haberme hecho callar.

Luca tomó la palabra: "¿Estamos seguros de que la rata de mujer se puso para procrear?"

"Aunque lo hicieran, no es seguro que todas quedaran embarazadas, y además estamos en el segundo milenio, el aborto existe. Pero, ¿por qué buscan niños?", volvió a preguntar Spatafora.

"Si son el resultado de una relación humano-vampiro, el noventa por ciento de ellos serán todos vampiros no adaptados, en consecuencia muy peligrosos para los que les rodean. Aún no conocen su esencia y, si nadie se lo explica y les acompaña en el camino de la transformación, podrían resultar dañados tantos inocentes desprevenidos que uno no puede imaginarse. Y luego el riesgo de que alguien descubra lo que son."

"Claro, todo tiene sentido para mí. Si crees que te vendría bien la ayuda de mi mujer, no creo que te la niegue."

"Sí, necesitaremos una mano extra. Como dijo Ludmilla en el aeropuerto, María aún no tiene la fuerza de un vampiro adaptado desde hace años y Ludmilla... debería irse a casa", dijo Luca con seguridad.

"Pero yo no me voy a casa", rugió Ludmilla, saliendo corriendo de la habitación en la que estábamos.

"Déjala en paz", me aconsejó Luca, que comprendió mi intención de seguirla.

Con lo espeso que era, sufrí un colapso emocional. Me desplomé en la silla, presa de un agotamiento psíquico que no me daba tregua desde hacía días, pero que pude sobrellevar con calma. Cómo no me había dado cuenta: Ludmilla... llevaba días controlando mis emociones... y ahora, en venganza, se había desconectado de mí, dejándome sumido en el caos mental.

"¿Puedo preguntar cómo está el subinspector Pancaldi?"

Miré a Spatafora y apenas pude articular la respuesta.

"No muy bien. Fue transformado sin su voluntad y con violencia. Quien lo encontró tuvo que terminar la adaptación para que no muriera. Pero es el autocontrol lo que tiene lagunas en su fuerza, por eso pensamos que era mejor dejarle aún en compañía de Dorian y Robert..."

No terminé la frase porque Spatafora se distrajo al sonar el teléfono. Se disculpó y se marchó.

Podría haber escuchado muy bien su conversación, pero preferí no invadir su intimidad.

"Tenemos que ir a buscarla", le dije a Luca.

"Estará aquí, en algún lugar del jardín. No te preocupes."

"Pero no me preocupo por ella, sino de que pueda hacer algo..."

"¿Qué se supone que tengo que hacer?", siseó mientras entraba furiosa. Se plantó ante mí con los brazos cruzados y la mirada hosca. "Dime, ¿qué debo hacer? ¿Cómo me consideras, igual a nuestro padre?"

La expresión de Ludmilla me hizo sentir culpable, pero desde luego no la habría comparado con el monstruo.

"¿En qué estás pensando? Ni se me ocurriría pensar que eres un monstruo, pero hermana, por favor, vuelve a casa, aquí corres peligro", le supliqué.

"Me has llamado hermana, es la primera vez."

Vi cómo su rostro se transformaba en pura felicidad. Me abrazó con tanta fuerza que perdí el aliento.

Y entonces, de repente, un velo cayó sobre los pensamientos dolorosos, recuperaron el vigor mental.

"Gracias", pensé.

Spatafora volvió con la cara de quien no tiene emociones. Fue a sentarse y empezó a juguetear con un bolígrafo: clic clic clic... Se quedó pensativo y movió los labios primero a la derecha, luego a la izquierda.

"Hay novedades", espetó y guardó silencio.

"¿Tenemos que conocerlas nosotros también, o es un secreto?", pregunté sarcásticamente.

"Claro, claro... lo siento", dijo recomponiéndose en la silla. "Estaba al teléfono con la comisaria Celeste... ha habido un incidente doméstico. Al parecer, un televisor se desprendió de una pared y cayó sobre la cabeza de una señora de la limpieza; trabaja en una familia que coincide con uno de los nombres de la lista."

"¡Bingo!", grité.

"Por suerte, la mujer no sufrió consecuencias graves, pero declaró que el niño, de diez años -parece que sí...-, fue él quien, en un momento de ira, lo arrancó de la pared con sus propias manos. Celeste me avisó porque tendrá que pasar la denuncia al menor... eso es todo."

"Esto es sólo el principio, si no hacemos algo pronto", comentó Ludmilla.

Estaba ocurriendo lo peor que podíamos imaginar, y estaba seguro de que ni siquiera las dos muertes habían sido causadas por ningún accidente.

"Llegados a este punto, tendremos que actuar. Llamaré a Malvina", dijo Spatafora, descolgando el teléfono.

Le miré, su cara era de dolor mientras marcaba el número. Este es uno de esos asuntos que están más allá de las capacidades imaginativas de un humano, aunque sea consciente de la esencia sobrenatural de la historia.

"Ya voy", dijo, sacando el teléfono de su bolsillo.

"Será pesado para ti tratar con la pareja de la que te has separado recientemente. Lo lamento."

"No lo sientas, María... Ya es hora de que empecemos a tutearnos, ¿no crees?"

"Ya era hora", asentí asombrado.

"Como dije, no lo sientas. Quedamos en muy buenos términos, y luego fui yo quien la dejó. Puede que sea un cobarde, pero no podía soportarlo más. Ella inmortal, yo un simple humano que, dentro de poco, ya no podrá ir a mear solo."

Ese mismo pensamiento no abandonó mi mente desde el momento en que descubrí la transformación de Andrea.

Le vi mirarme fijamente como si hubiera oído mis pensamientos.

"Pero ahora tú eres uno de ellos. Por favor, dime: ¿qué se siente al tener una vida eterna por delante?"

Estaba claro, el socio debió pedirle que aceptara la adaptación.

Me senté en el sofá y también lo hizo Spatafora... Giovanni hizo lo mismo.

"Vamos a dar un paseo por el maravilloso jardín que hay fuera", advirtió Luca, cogiendo a Ludmilla de la mano. Me quedé unos segundos observándolos mientras se marchaban, sentí fastidio al ver sus manos tocándose, pero evité cualquier pensamiento que Ludmilla pudiera escuchar.

"Cuando descubrí la nueva esencia de Andrea, no la acepté. Pensé, única y egoístamente, lo mismo que tú: 'Es broma, algún día, no muy lejano, tendrá que cambiarme los pañales.' Pero entonces la adaptación me alcanzó. Supongo que sabes que el gen vampiro estaba localizado en mí, pero latente. No quiero divagar. La cuestión es que necesitas hacer un examen de conciencia. ¿Realmente la amas? ¿Estás dispuesto a sufrir su simpatía? Recuerda que si ella te ama, un día será destruida por tu muerte. Debes saber que los vampiros tienen sus emociones amplificadas. Sufrirá durante décadas, tal vez siglos, pero está dispuesta a correr el riesgo. Creo que es la más alta demostración de amor. De lo contrario, si tu amor fuera sólo pasión por su esencia sobrenatural, entonces sí, deberías dejarla ir. Sólo tú diriges el juego."

"Pero no has respondido a mi pregunta."

"Todavía es muy pronto, pero puedo decir que la ira y el desconcierto están dando paso a la conciencia. La inmortalidad es una gran responsabilidad, pero ciertamente digna de ser experimentada y puesta a disposición de la humanidad."

"Bueno, quiero decir... de la humanidad hay que alimentarse...", aventuró, hablando con cautela.

"No tienes que matar para alimentarte. A menos que quieras."

Su mirada se volvió serena. Sonrió, mirando por encima de mi hombro.

"Soy Malvina", se presentó.

Se quedó mirándome con esos grandes ojos azules de niña. Debió de transformarse cuando era muy joven o era una sanguínea.

Me levanté para devolver la presentación.

"Querida, bienvenida", se levantó del sofá, con los ojos llenos de amor.

"Mi amor", respondió ella, abrazándole.

Debían de amarse con locura y, para no hacerse daño, habían preferido alejarse el uno del otro. Los vi acariciarse suavemente, intercambiando miradas de dolor. Me quedé estupefacta, pensando todavía en Giovanni como Quaestor Spatafora. Tampoco era demasiado agradable. Sonreí ante mis pensamientos.

"¿Cómo... piensas proceder?", preguntó, y se separó de aquel inquietante abrazo.

Ludmilla y Luca también regresaron, pero Malvina emitió un tremendo silbido y saltó hacia atrás. Acabó torpemente contra una vieja consola, apoyada en la pared de entrada de la casa. La destrozó, cayendo al suelo.

"¡Has traído a un cazador ante mí!", rugió.

"Tranquila, mi amor", Giovanni corrió a su lado, "es un amigo. Nos está ayudando", intentó calmarla.

"Es un maldito cazador, ¿qué amigo?"

"Es un amigo, puedes creerlo. Sin su ayuda, probablemente sería cenizas durante unos días", me acerqué a ella, tendiéndole la mano. Ella la cogió. "Buen trabajo", añadí, riéndome del mueble destrozado. Entrecerré un ojo.

Sentí que el velo de la serenidad caía sobre cada uno de nosotros. Vi la mirada de Malvina, había percibido, sin lugar a dudas, que alguien en aquella sala gozaba de enormes habilidades. Se tranquilizó.

"Pido disculpas", dijo, recuperando su dignidad.

Se sonrojó un poco, pero empezó a hablar con calma.

"Me pediste ayuda y te la daré. También intentaré comprender qué razón lleva a un cazador de vampiros a ser amigo... de vampiros. Renuevo mis disculpas por mi comportamiento. Ahora, si me explicas..."

Giovanni sirvió algo decididamente fuerte en los vasos y nos los entregó.

"Los necesitamos, señores y... señoras", declaró con entusiasmo.

El líquido superalcohólico bajó muy bien, dándome una ligera sensación de embriaguez. Ludmilla me miraba divertida.

"Bueno... ¿qué pasa?"

"Puedes beber todo lo que quieras, olvídate de la borrachera, sólo un ligero... aturdimiento. Bastante agradable." Le devolví la mirada divertida.

"Iré al hospital a ver a la mujer atacada por el niño", dijo Giovanni.

"Sí, pero usaremos otro enfoque... no del todo humano, pero no podemos permitir que nadie recuerde lo que pasó."

"¿Pretendes hechizar a todo el mundo?"

"No me hará ninguna gracia, pero tendremos que hacerlo", respondí secamente. Luego me volví hacia Malvina: "Tú irás con Giovanni al hospital e inculcarás en la memoria de la mujer una historia, digamos, un poco distinta de la realidad, pero suficiente para exonerar al niño y evitar que intervengan los asistentes sociales. Nosotros, mientras tanto, iremos a ver a la familia. Tendremos que hacerlo con todos. La única manera de controlar a estos niños será manipular la mente de las familias. No tenemos elección. ¿Están de acuerdo?" Todos asintieron.

"Bien. Giovanni y Malvina van al hospital, nosotros tres iremos con la familia."

Y así lo hicimos. Las familias ignoraban la esencia de aquellos pequeños, pero seguramente los habrían defendido hasta la muerte... incluso en el error, y tal vez, incluso sin enfermedad. Habríamos jugado con el afecto, como personas horribles, pero por otro lado éramos vampiros que ayudaban a otras personas afines.

24

La familia Testori nos recibió estrechándonos calurosamente la mano, ajenos al poder de Ludmilla. Me sentí culpable, pero mientras Luca mostraba indignación por la denuncia de la que resultó ser la niñera, no la criada, del pequeño Lorenzo, pedí ver al niño.

Lorenzo Testori era un niño, aparentemente como cualquier otro. Menudo y de mirada inquisitiva, lo encontré ensimismado jugando a un videojuego. Percibió mi presencia y se dio la vuelta, mostrando la mirada furiosa de un vampiro.

"¿Quién eres tú? ¡Mamaaaa! ¿Quién es?", gritó en el característico tono melodioso que ya no me asombraba.

"Me llamo María", susurré con cautela mientras me acercaba.

Me miró fijamente un momento y dejó el volante que sostenía entre las manos.

"¿Has venido aquí para llevarme?"

"No, cariño, he venido a ayudarte."

"¿Qué quieres decir?"

De repente mis manos se calentaron y el instinto me dijo que cogiera las suyas. Se dejó llevar.

Nos sentamos en el catre con forma de coche de carreras.

Seguí actuando instintivamente, sin saber lo que me pasaba, pero le vi cambiar aquella expresión furiosa.

"Eres bueno y estás aquí para ayudarme", gimoteó.

Le abracé con fuerza hasta que sentí fluir en mí toda su ira, todo su miedo por no ser consciente de su fuerza. ¿Era esto lo que significaba ser un villano benévolo? ¿Absorber el sufrimiento de vampiros y humanos? Intenté mantener la calma, pero tenía miedo, ni más ni menos que Lorenzo.

Llamé a Ludmilla. A ella le correspondería explicar su esencia.

Volví a la otra habitación con Luca y los padres del niño.

"¿Está bien Lorenzo?", preguntó su madre con serenidad.

"Por supuesto, los dejé solos, Ludmilla sabrá qué hacer."

"A nuestro hijo especial no tiene por qué pasarle nada. Confiamos en ti", dijo el padre.

"No le ocurrirá nada en los años venideros, hasta que se complete su adaptación. Tu tarea será mantener su esencia oculta a los ojos humanos y ayudarle a aliviar los dolores que vendrán durante su adaptación."

"¿Ya no hará daño a nadie? Es un niño, también será difícil resguardarle de sus propios instintos... y entonces sufrirá mucho para transformarse", intervino angustiada su madre.

"No volverá a pasar nada, lo juro", tomé las manos de la mujer entre las mías.

Desde el dormitorio llegaban las risas de Lorenzo y Ludmilla, absortos en una carrera de Fórmula Uno.

Lo sé, no había sido humano actuar sobre la psique de personas desconocedoras de nuestras habilidades, pero no teníamos elección, había pasado demasiado tiempo sin que nadie sospechara de la diabólica obra de un monstruo sin escrúpulos. Hice vibrar el teléfono móvil que llevaba en el bolsillo.

"¿Giovanni?"

"La niñera ha presentado su versión de los hechos y ha retirado la denuncia. Está mejor, pero la herida de la frente es muy grave."

"Lo siento. Ahora debemos continuar con la lista, pero creo que necesitaremos al Padre Vesta."

"¿La bruja?"

"¿Le conoces?", pregunté asombrado.

"Sí... no... He oído hablar de él varias veces a Malvina. Aparentemente es la piedra angular de lo sobrenatural."

"Claro que sí. Sólo él conocerá el poder de cada niño."

"Haz lo que sea necesario", respondió resignado.

Terminé la llamada y me volví hacia Ludmilla y Luca.

"Vamos, todavía tenemos mucho trabajo que hacer."

Asintieron, aunque Luca mostró algunas dudas.

"No es callando como podré responder", le insistí.

"¿Por qué vendría aquí el Padre Vesta? Si el miedo de Charles fuera fundado, podría intentar mataros a todos."

"Realmente no creo que Charles tenga razón. Estoy convencida de que el cura conocía mi esencia, incluso antes de la transformación. Incluso intentó decírmelo... de alguna manera. Y de todos modos, nunca me hizo daño."

"Será..." asintió dubitativo. "Necesito un mínimo de descanso y un par de horas de sueño, no soy un vampiro."

"Ve a casa y descansa, tal vez evita estar a solas con Malvina."

"Significará que me encerraré en mi habitación... evitaré matarla."

Se marchó, con expresión reprobatoria y acusadora. Hubiera preferido que se enfrentara a mí, que me echara en cara sus dudas. En cambio, nada de nada.

"No te tortures por él. Conozco a Luca desde hace tanto tiempo que sé que ahora mismo su esencia de cazador anula cualquier amistad con los vampiros. Tiene que reprimir sus instintos", dijo Ludmilla, abrazándome.

Saqué la lista del bolsillo.

"Tenemos que ir a ver a la familia de la primera mujer que murió en el accidente, una tal Sonda Wood. Nunca se había casado, tiene una hija que vive con sus abuelos desde su muerte. Se llama Deborah Wood y tiene diez años."

Los abuelos no vivían en Turín desde la muerte de su hija. Se trasladaron a un pueblo de la provincia donde vivía otro hijo.

El abogado Jeremy Wood era un hombre de unos cuarenta años, con aire de estudiante empollón. Y, efectivamente, su despacho olía a polvo de libros y té de cerezas. Trabajaba en un pequeño estudio en la última planta de una pintoresca casa de estilo clásico canavés, donde en la planta baja había un Bed and Breakfast. Me quedé encantado contemplando la magnífica vista desde el jardín a Monviso.

"Inspector Diletti, supongo. Mis padres me avisaron de su visita."

Mientras nos dábamos la mano, noté en sus ojos ese destello de admiración que yo también tuve la primera vez que nos vi. Aproveché ese momento de evasión mental para meterme en su cabeza.

Ludmilla golpeó las emociones.

"Por favor, entra. Llamaré a mis padres con Deborah enseguida."

Ordenó los tomos de derecho penal esparcidos por su escritorio y llamó a sus padres desde un interfono.
"¿Quieres un té de hierbas?"
"No para mí, gracias."
Ludmilla tampoco aceptó, pero a cambio se sirvió un caramelo de un recipiente colocado sobre una mesita.
"¿Podría hablarnos del accidente?"
Se sentó y suspiró. "Todavía parece que fue ayer y sin embargo... ya han pasado tres meses. Echo de menos a mi hermana. Pero perdóname, sé que el tiempo siempre apremia en tu trabajo", comentó llevándose la taza a la boca. "Lo siento de nuevo. El incidente... fue sobre las siete de la tarde de aquel maldito miércoles. Estaba a punto de saludar al último cliente cuando sonó el interfono. Eran los carabinieri que aparecieron para avisarme de lo que había pasado. Corrí al hospital, mis padres aún vivían en Turín en aquel momento; yo sólo llevaba aquí unas semanas, ellos me habían precedido. Los encontré sentados frente a la entrada de urgencias esperando a que un médico dijera algo sobre Deborah. Para Sonda no había nada que hacer, murió en el acto. Pero tú estás aquí por la dinámica del accidente, ¿verdad?"

Le miré, asintiendo con la cabeza.

"Pues bien, nunca creí ni una sola palabra de lo escrito en el certificado redactado por los carabinieri sobre las circunstancias que provocaron el accidente", dijo de golpe, con una expresión de orgullo y desprecio.

"La escucho", más interesado que nunca en la declaración.

"Sé por experiencia que cuando culpan a un atropello inexistente, sólo significa que no saben dónde meterse. Aquel día, casualmente, la cámara de la entrada al centro de la ciudad no funcionaba... lo cual es muy extraño. Desde esa puerta electrónica nos ponen multas todo el tiempo. En tantos años nunca había ocurrido que estuviera apagada. Tampoco ningún testigo vio al camión pirata que no cedió el paso. El coche acabó misteriosamente en la calzada contraria, saltando el quitamiedos y circulando en sentido contrario. Mi hermana no pudo hacer nada. Murió en el acto. A Deborah, en cambio, la encontraron deambulando por el Corso Regina Margherita, sin un rasguño, gracias a Dios, pero en estado de confusión. Todavía hoy repite que su madre la mató porque la había hecho enfadar. Pobre niña."

Se hizo un largo silencio, sólo interrumpido por la llegada de Deborah. Entró corriendo, arrojándose a los brazos de su tío. Pero fue por un segundo, luego todo cambió. Se volvió de repente hacia nosotros, temblorosa y con los ojos enrojecidos por la ira.

Me quedé mirándola, su ira me desorientaba. Busqué con la mirada a Ludmilla, que se levantó y caminó hacia la niña.

"No pasa nada", le dijo, poniéndole una mano en el hombro.

Vi a Deborah hacer una mueca de sorpresa y volverse hacia Ludmilla, echándole los brazos al cuello.

"Lo sabes, ¿verdad?", preguntó entre lágrimas.

"Sí, pero ahora María tiene que recibir a tus abuelos. ¿De acuerdo?"

Con un imperceptible movimiento de cabeza, señaló a las dos figuras que permanecían junto a la puerta, asustadas e incapaces de articular palabra.

Se pusieron rígidas en cuanto me levanté de la silla. Las cogí de la mano y las saqué del estudio.

Me llevé todas sus ansiedades, miedos y dudas, y les dejé sólo el conocimiento de una nieta tan especial a la que proteger durante muchos años. "Cuéntales a estas dos señoras lo que haces por la noche", canturreó el abuelo.

Busqué la mirada interrogante de Ludmilla, esperando oír qué hacía la niña por la noche.

"Veo a mamá, pero no está enfadada conmigo, aunque fui yo quien la mató. Me coge de la mano y, al tocarme, me encuentro en otro mundo. En realidad no es otro mundo, es éste, pero todos van vestidos de otra manera y en la calle no hay coches, sino caballos. Allí puedo pasear con mi madre y hablar con ella, pero entonces el sueño termina y me despierto asustada."

"Santo cielo, he oído la voz de Ludmilla, un caminante," pensé.

Permanecí unos segundos en silencio mirando a aquella criatura tan perfecta y tan poderosa. Un caminante, un vampiro capaz de viajar en el tiempo. Qué maravillas será capaz de hacer cuando aprenda a conocer y utilizar su poder, pensé extasiado.

Esto también se hizo. Les dejamos con la promesa de que volveríamos a vernos pronto y que se pondrían en contacto con un extraño sacerdote: el Padre Vesta.

Por muy fuerte que me hubiera vuelto, me estaba exigiendo demasiado; los esfuerzos psíquicos me estaban agotando.

"Necesitas alimento", dijo Ludmilla, que comprendía mi estado, "y no comida", añadió.

"Paremos y compremos algo para llevar a casa."

"Haz como que no lo entiendes, pero si no te alimentas bien, harás algo de lo que te arrepentirás."

"Espera a que saque el primero a la calle... en realidad no, volveré a subir un momento," respondí, aburrido de escuchar una y otra vez la misma perorata.

"Mira, no estoy bromeando, cabeza de repollo. Resígnate, te has convertido en vampiro, y tarde o temprano tendrás que comer. O el instinto te hará hacerlo a costa de algún inocente. Depende de ti."

Se volvió hoscamente hacia la ventana sin dirigirme la palabra en todo el camino de vuelta a casa de Giovanni.

En cuanto entramos en el jardín de la casa de los Spatafora, Ludmilla recuperó el contacto con el mundo y salió del coche incluso antes de que yo me quedara completamente quieto.

Vi a los tres de pie en la puerta principal: Malvina, Giovanni y Luca. Ludmilla se había detenido a medio camino, esperando algo que ni siquiera ella sabía.

"Veo que han decidido una reunión fuera... bien, con el calor que hace..."

"Siempre sarcástico nuestro inspector", refunfuñó Giovanni inexpresivamente.

"¿Qué está pasando?", pregunté con suspicacia.

"¿Qué tienen?", replanteó Ludmilla, que por fin salió del modo rabieta.

"Y yo qué sé, parecen tres hebes."

Pero luego siguieron adelante, rompiendo filas como buenos soldaditos.

Celeste salió por la puerta.

Hice más deducciones mentales en ese momento que el genio de Einstein en toda su vida, pero no encontraba el motivo de la presencia de Celeste y, sobre todo, no sabía qué decirle.

"Hola María", dijo con el tono de quien está realmente decepcionado.

"H... h... hola..."

"No tartamudees, que esta vez no cuela. Más bien explícame: ¿qué coño haces aquí y dónde coño está el subinspector Pancaldi?"

"Puedo explicarlo todo", respondí, buscando complicidad en la mirada de Giovanni, que me miraba inexpresivo.

Desde luego, a Giovanni Spatafora nunca se le habría ocurrido pedirle a Malvina que se metiera en la cabeza de Celeste. Le lancé una mirada sucia a Luca, que me la devolvió con una sonrisa diabólica.

Perdí la paciencia y, para evitar que toda la rabia acumulada por los demás durante el día saliera de mi cuerpo, me acerqué a Celeste. Le cogí las manos y vi su cara de estupor al sentirlas calientes. No hablé y evité mirarla. Cerré los ojos y asimilé toda su desesperación. Las emociones se limpiaron de toda contaminación negativa, pero se volvieron tan poderosas que cayó al suelo. Le cogí justo a tiempo para evitar que se diera un golpe en la cabeza.

Entonces Ludmilla se acercó y le puso la mano en el hombro.

"María, lo siento, llevo en ayunas desde esta mañana, se me olvida que la edad empieza a pasar factura", dijo, volviendo en sí del desmayo.

"Podemos cenar bien en el restaurante de abajo", propuso Giovanni.

"Buena idea, Luca y tú también os quedáis, ¿verdad?", preguntó masajeándose el cuello.

Me quedé mirando hoscamente a Ludmilla, a saber qué se le había metido en la cabeza.

"La verdad," la oí pensar mientras corría hacia la casa.

"No recuerdo de qué estábamos hablando", preguntó Celeste avergonzada.

"Andrea es... la subinspectora, ¿recuerdas?"

"Claro, claro. Así que se quedó en Rumanía para recibir ayuda tras la transformación... Encontraré una buena excusa con los superiores que harán preguntas."

Veía a la pobre Celeste divagar sobre cosas inculcadas por Ludmilla y que, en cuanto cruzaba el umbral del jardín, se olvidaba de ellas. Odiaba hacer esto a personas a las que respetaba y conocía de toda la vida.

Fue una noche para olvidar, al menos para mí. Fue sólo una serie de mentiras y pistas falsas, en la remota posibilidad de que pudiera recordar la verdad.

"¿En qué estabas pensando al traer aquí a Celeste?", le espeté a Giovanni en cuanto nos quedamos solos.

"No podía hacer otra cosa. Apareció en la puerta, unos minutos antes de que tú y Ludmilla cruzaran el umbral del jardín. Pidió aclaraciones sobre la nueva versión presentada por la niñera. Y yo, como bien sabes, no tengo poderes embrujadores ni persuasivos."
"Por supuesto, disculpa".
"Estamos todos cansados", dijo Luca, "¿qué tal si dormimos bien y mañana por la mañana reanudamos la búsqueda?".
"Yo digo que tienes razón. Así que te saludo".
En cuanto entré en la habitación, me senté en la silla junto a una de las ventanas y cogí el teléfono. Pulsé el número de Andrea. Miré la hora. Efectivamente, era más de medianoche en Rumanía.
Contestó al primer timbrazo.
"¿María?"
"Hola Andrea, ¿cómo estás?"
"Estoy bien, no te preocupes por mí. Tú, más bien, ¿cómo estás? ¿Cómo va tu investigación?"
"Si no fuera porque esta noche estoy delante de Celeste, diría que todo va bien".
"¿Delante de Celeste? Mira, María, tengo que decirte algo que no te va a gustar".
"Esta es Andrea".
"Mihail logró escapar una vez más".
"Eso no es posible, pensé... todos pensamos que estaba muerto".

"¿Por qué dices eso?"

"¿Recuerdas a la Sra. Donadio?" Murmuró un débil sí. "Ha recuperado totalmente la memoria y lo recuerda todo. Pero no está sola, otros testigos que estuvieron presentes en los sucesos de 1986 también recuerdan y están presentando cargos."

"Mañana estaremos contigo. Creemos que Mihail te está buscando, no tardará mucho en encontrarte. Te avisaré en cuanto subamos al avión".

"¿Subir a quién?", pregunté inútilmente.

Desconectó la línea. Un ruido me distrajo. Ludmilla.

"¿Qué es lo que pasa? Escuché tu miedo y luego, lo siento, pero te escuché, pero para entonces ya estaba cerrando la comunicación".

"Mihail se escapó".

"Puede que haya escapado, pero algo le ha pasado. Y no algo agradable".

"Creen que se dirige hacia aquí".

"Repito que no es posible. Sólo en dos casos cae el sometimiento: o por la muerte de la criatura que lo activó o por su propia voluntad. Pero en este último caso tiene que hacerlo él mismo... no es como un correo electrónico..."

"¿Y si alguien le hubiera matado durante la huida?"

"Puede ser, pero no podemos estar tranquilos hasta que nos aseguremos de ello".

Ludmilla conectó con Malvina y le pidió que bajara al salón con Giovanni. Yo hice lo mismo con Luca.

Tuve que llamar insistentemente, el pobre estaba dormido.

"María, ¿qué pasa?", murmuró abriendo la puerta.

Se me escapó una risita al ver su aspecto arrugado y somnoliento.

"¿Has venido a divertirte o tienes algo -que espero que sea importante- que contarme?".

"Mihail se ha escapado. Estamos todos reunidos en el pasillo", corté y me dirigí a la escalera, no sin antes lanzar una mirada de suficiencia a su físico delgado y musculoso.

Cuando bajé el último escalón, Ludmilla voló cerca de mí.

"He hablado con papá, están esperando a que llegue mamá para coger el primer vuelo a Turín. No quiere que vayamos al aeropuerto. Cuanto

menos nos enseñemos, mejor". Asentí con la cabeza y fui a sentarme junto a Giovanni.
"¿Por qué se acuerda toda esa gente?", preguntó a bocajarro.
"No lo sé, Giovanni, no lo sé", respondí, tomándome la cabeza entre las manos.
Un ruido procedente del exterior alertó a todos.
"Iré yo", susurró Malvina, volando hacia la puerta principal. La seguí.
"Vengo en son de paz, no quiero hacerte daño", dijo la voz desde el seto.
"¿Quién eres?", gritó Malvina.
Nos quedamos inmóviles, observando cómo la figura emergía del seto. La larga melena color bronce, perfectamente recortada, enmarcaba el rostro más bello que jamás había visto. La camiseta de hilo escocés dejaba entrever sus abdominales, tan perfectamente esculpidos que parecía una estatua griega, mientras sus músculos intentaban hacerse hueco entre las tramas de la tela. Pero lo que nos dejó boquiabiertos fue el hermoso gato negro que tenía a su lado. Nos miraba bonachón con dos ojos tan amarillos que eran la envidia de los faros de un Ferrari. Se sentó sobre sus patas traseras y empezó a lamerse la pata.
"Soy Jacques y ella es la señorita Nimue", dijo con un fuerte acento francés.
"¿Por qué te conozco?", preguntó Ludmilla de pie en el umbral.
Malvina saltó fluida y amenazadoramente como una pantera, avanzando hacia el lado del hombre. La reacción de la gata fue inmediata: arqueó la espalda y erizó su pelaje. Sus ojos se convirtieron en dos lenguas de fuego y mostró dos arcos de dientes afilados como cuchillas.
"Ssssh... bien, señorita Nimue, ésa no es manera de comportarse", la regañó el hombre. Ella dudó un momento, luego se recompuso reanudando el lavado de su pata. "Disculpe, pero la señorita Nimue es bastante... protectora".
"Entonces sólo tienes que explicar cómo te conoce Ludmilla... y rápido", dije a punto de perder la paciencia.

Sentí la necesidad de tocarlo para comprender cuáles eran sus intenciones y absorber cualquier negatividad para volverlo inofensivo. Me acerqué a él.
Le sorprendí cogiéndole la mano. Cerré los ojos.
"Vaya, eres un malier. Creía que ese loco sádico de Mihail se lo había inventado todo", exclamó mirándome extasiado.
Le solté la mano, no había nada malo en él.
"O se te da bien mentir, o realmente no tienes malas intenciones", murmuré.
"Vous n'avez qu'à me mettre à l'épreuve", murmuró.
Nos movimos para dejarle entrar acompañados de la señorita Nimue, que manoteaba orgullosa junto a su amigo.
Malvina se acercó a Giovanni y le cogió de la mano. "Este es Jacques, parece ser un amigo".
Vacilante, Giovanni se presentó.
"¡Un humano!", exclamó, con cierto brillo en los ojos.
Luego cambió de expresión y miró a Luca a los ojos. "¿De verdad tienes un cazador por amigo?"
La señorita Nimue sopló al oír la palabra cazador.
"Bien, es una amiga", susurré, agachándome para acariciarla. Empezó a ronronear y saltó a mis brazos.
"¡Nunca lo ha hecho con nadie!", murmuró, mirando celosamente al gato que se frotaba contra mi pecho.
"Tú y yo vamos a ser grandes amigas, díselo a tu papá", canté, rascándole la cabeza. Luca se acercó y la señorita Nimue, con la mayor timidez, aceptó que la acariciara. Oí que se calmaba y empezaba a ronronear, mientras Jacques observaba la escena con el ceño fruncido.
"OK, lo entiendo, eres un buen cazador de vampiros. Pero ahora deja de hacer el tonto. Y usted, señorita Nimue, ¡salte!"
El gato dio un salto preciso y se posó en el hombro de Jacques. Se agazapó entre los poderosos músculos de aquel físico de adonis y permaneció vigilante, pasando su mirada por encima de cada uno de nosotros.

"Creo que ha llegado el momento de que este amable caballero explique lo que ha venido a hacer aquí", dijo Ludmilla, que hasta ahora había permanecido apartada y observando la escena.
Jacques se sentó en el sillón y la señorita Nimue pasó de su hombro al reposacabezas, donde se enrolló escondiendo la cabeza bajo una pata.
"Nos conocimos, ma cher, il est vrai, usted no debe recordar... o ¿Te quitó Mihail la enfermedad?"
"Quizá esté muerto", respondió Ludmilla, atenta a cada una de sus inclinaciones emocionales.
"Ah, qué pena... Ya oigo repicar las campanas de la iglesia", comentó riendo entre dientes, y serenándose continuó. "Te conocí cuando vagabas hipnotizado por el testamento de tu padre. ¿Recuerdas al hombre del bosque?", preguntó levantándose de la silla.
Los ojos de Ludmilla se encontraron con los míos, su expresión preocupada como si estuviera repasando, en su mente, años de existencia olvidada.
"¿Eres tú?", le preguntó, cuadrándolo de pies a cabeza.
"Soy yo, petit étincelle."
Todos nos quedamos boquiabiertos viendo la escena: Ludmilla corriendo hacia él y abrazándole.
"Señorita Nimue", se dirigió al gato, "siento no haberla reconocido antes".
La gata pareció entender, levantó la cabeza para que la acariciaran y ronrone
"Te presento a María, mi hermana."
"¿Ta soeur? No sabía que tuvieras una hermana..."
"Pues yo tampoco lo sabía, al menos hasta hace un par de semanas. Y... para ser justos... nunca había sido un vampiro", respondí en lugar de Ludmilla.
"Mon dieu, ¿la has transformado?", preguntó, mirando profundamente a los ojos de Ludmilla.
"Nunca nos lo habríamos permitido. Me sorprende que pienses eso de nosotros... de mí", replicó Ludmilla, resentida. "Somos gemelos", continuó, "su gen vampírico permaneció latente hasta hace unos días. Aún no hemos comprendido cuál fue la chispa que lo despertó."

Jacques, desconcertado, siguió acariciando a la señorita Nimue.
"Ella es una malìer, probablemente nada que ver con el gen vampiro, pero prefiero no especular. Como dije, siempre pensé que eran divagaciones de Mihail. Sin embargo, creo que tengo a alguien que puede ayudarnos. Pero ahora, ¿me dirás qué está pasando aquí?"
"Intentamos salvar de sí mismos al fruto de la locura de Mihail", respondí de un tirón.
"Lo ha intentado varias veces en su despreciable existencia, no puede haberlo conseguido...", murmuró.
"Oh, lo ha conseguido", afirmó Luca con sarcasmo.
"Mais, c'est pas possible..." exclamó asombrado, "los malìer son el resultado de un hechizo ancestral, no pueden crearse de la nada."
"Hoy conocimos a uno. Un pequeño vampiro de diez años con la habilidad de viajar en el tiempo. Un caminante."
"¡Vaya, eso es genial!", exclamó.
"Lo sería, excepto que la familia, como otras nueve, no tiene ni idea de con quién está tratando. Dos mujeres fueron asesinadas, una de ellas era la madre del viajero."
Jacques adelantó las manos, las apoyó en los reposabrazos del sillón y apretó con fuerza. Se oyó el crujido de la madera al romperse bajo su poderoso apretón.
"¿Cómo piensas salvarlos a todos?", preguntó.
"Planeamos someter a las familias, para que los protejan hasta que se complete la adaptación."
"Me parece bien, pero igual de peligroso", respondió dubitativo, "deben permanecer juntos, bajo la guía de una bruja."
"Pero tú deliras", repliqué con sarcasmo.
"Ojalá pudiera, pero créanme cuando les digo que es la única solución."
"¿Cómo crees que podemos alejar a diez niños de sus familias humanas? En poco tiempo tendríamos a la policía pisándonos los talones. Nos perseguirían por todo el mundo. No olvides que muchos humanos, en los lugares adecuados, saben de nuestra existencia."
Jacques dirigió su mirada divertida hacia Giovanni, que se estremeció.

"No seas fanfarrón", le reprendió Ludmilla, acurrucándose en sus brazos.
"Creo que ha llegado el momento, querido Jacques, de que nos digas por qué estás aquí", preguntó Malvina, todavía escéptica.
"Alguien me dijo que Ludmilla estaba en Italia. Nos conocimos durante la reclusión mental que le impuso su padre. Y cuando se dio cuenta de que nos habíamos enamorado, la enfermó para que me olvidara. De nada sirvieron mis súplicas para que Ludmilla siguiera amándome; pensó que la utilizaba para vengarme de él". Hizo una breve pausa para tomar las manos de Ludmilla, y luego continuó: "Hace un siglo, Mihail apareció en la puerta de mi mansión en Nueva Orleans, acompañado de su amigo Sebastian. Siempre tuve la sensación de que era un loco peligroso, pero quise darle una oportunidad. Sabía comportarse en sociedad, pude ver sus orígenes aristocráticos, estaba convencido de que me equivocaba, y por eso lo introduje en la alta sociedad de Nueva Orleans. En aquella época no estaba acostumbrado a la benevolencia hacia los humanos, pero la crueldad de Mihail no la había visto nunca en seiscientos años de existencia. Un día reconoció, entre los invitados a una fiesta, a su padrastro, el que lo encerró en un ataúd durante casi medio milenio. Ni que decir tiene que se vengó cortándole la cabeza. Lo desterré de mi casa y de la ciudad, pero su amigo Sebastian se quedó conmigo. Fue él quien me contó lo que Mihail tenía en mente. No le creí, pero con el paso del tiempo, las pruebas concretas de los estragos que había perpetrado me obligaron a intentar ponerle fin. Nunca creí la historia del malìer, qué idiota... solo seguí su firma en el rastro de cadáveres."
"Maldito monstruo", gruñí.
"De una cosa estoy seguro: Mihail no pudo crear malìer de la nada... tiene una bruja, muy poderosa y cómplice."
"Según Charles, las brujas ya no existen, o en todo caso han perdido sus poderes desde hace siglos", dije, poco convencida.
"Charles... Charles... un presumido autoproclamado anciano juez, mejor dicho, más cercano a un dios..." hizo el gesto de escupir al suelo. Ludmilla le apretó la mano con fuerza. "No dudó en aprovecharse de mi amada, sometiéndola a sus insanos antojos durante tantos años...

aun siendo consciente de que ella estaba convencida de que le amaba solo porque estaba encantada de olvidarme. ¿Qué puede saber él del mundo que le rodea...? Las brujas solo han apartado sus poderes, con el propósito de potenciarlos y, llegado el momento, reutilizarlos."
"Charles matará a cualquiera que use magia", dijo Ludmilla angustiada.
"La muerte nunca ha asustado a las brujas, si viene como precio a pagar por un acto de bien... y no tienes ni idea de lo mucho que la necesitas", respondió con auténtico temor.
"Mañana llegarán Dorian, Charles y el padre Vesta", dije, pero Jacques no me dejó terminar.
"Mañana... estaré lejos de aquí", respondió con voz ronca.
Ludmilla jadeó. "¡No me dejes!", suplicó con ojos brillantes.
Jacques se limitó a apretarla con fuerza. Me di cuenta de que intentaba mantener su mente a salvo de la de Ludmilla. Solo podía significar una cosa: le rompería el corazón.
"Jacques", intenté colarme en su cabeza, "no hagas eso, no debes hacerla sufrir... justo ahora que se acordaba de ti."
Me miró asombrado.
"No me quedaré donde pueda oler siquiera el hedor de Charles."
"Puedo intentar evitar que el grupo se vaya."
"¿Cómo crees que te escuchan?"
"Lo harán, ya lo verás."
Cerré mi mente y con una excusa salí del salón. Medité un plan instantáneo para evitar que Dorian y los demás se fueran y cogí el teléfono.
"María, ¿qué pasa?", respondió Dorian preocupado.
"No puedes irte, el monstruo acaba de volver a Rumanía."
"¿Y tú... cómo lo sabes?"
"Encontramos a su amigo Sebastian", por supuesto tuve cuidado de no mencionar a Jacques a Dorian, "o más bien, él nos encontró a nosotros. Lo hizo para advertirnos de las intenciones de Mihail."
"¿Cuáles serían las intenciones de Mihail?"
"Mataros a todos y luego volver para realizar la magia del malier. Así que por favor, quédense donde están y traten de mantener sus pieles a

salvo... si pueden la de mi prometido también. Esconderemos a los niños aquí."
"Hablaré de ello con los demás y te lo haré saber. ¿Cómo está Ludmilla?"
"Bien. No te preocupes por ella, puede arreglárselas sola."
"Oh, lo sé... Estaré en contacto."
Primero cerró la comunicación. No me satisfacían las mentiras contadas para evitar que se marcharan, pero necesitábamos más que nunca la presencia de Jacques y, sobre todo, que Ludmilla no volviera a perderlo.
Vi a Luca apoyado en el marco de la puerta. Lo había oído todo.
"¿Por qué?", se limitó a preguntar.
"No puedo permitir que mi hermana sufra, y si Charles llega, sufrirá. Y... por decirlo sin rodeos... yo también me siento mejor sin la presencia de tu aliado", repliqué secamente.
"Como quieras", tarareó, haciendo una reverencia y burlándose de mí. Pasé junto a él, chocando con su hombro, pero continué hacia el vestíbulo.
"Creo que he conseguido convencer a Dorian de que se quede en Rumanía por ahora", dije, mirando a Jacques.
"Tengo a la persona adecuada para ti", respondió tras unos segundos de silencio, "pero no hagas preguntas al respecto. Iré a hablar con ella ahora mismo."
"Iré contigo", suplicó Ludmilla.
"Querida, será mejor que no. Volveré lo antes posible y, si tenemos suerte, accederá a ayudarnos."
Enfurruñada, Ludmilla se soltó del brazo de Jacques, que, acompañado por la señorita Nimue, desapareció en la noche.
Miré a Giovanni, que dormía tiernamente en el sofá. Malvina le consiguió una manta y lo cubrió cariñosamente, acurrucándose cerca de él. Luca también tenía sueño, se estiró en el otro sofá y pronto se quedó dormido.
Ludmilla permanecía inmóvil en la puerta, mirando fijamente a la oscuridad. Sentía que su mente ardía por el dolor que le producía la idea de volver a perder a Jacques.

"Oye, no te preocupes, no volverás a perderlo", intenté consolarla, entrando en su mente.
"Espero que tengas razón. Ya es un dolor indescriptible recordar lo que se me ocultó, pero si lo perdiera de nuevo, no sé si sería capaz de soportarlo", respondió, ansiosa. "Cuando papá se entere de tu mentira, no te lo perdonará. Pero gracias."
Me acerqué a ella y la abracé.

25

Eran casi las siete de la mañana cuando Jacques regresó. Ludmilla corrió hacia él, pero la vi ponerse rígida y dar unos pasos hacia atrás. Me quedé quieto, observando para entender qué ocurría... entonces la vi: la señorita Nimue entró, moviéndose con elegancia, la cola erguida y los ojos amistosos fijos en mí. Se acercó y se frotó contra mi tobillo. No pude agacharme para acariciarla, tal fue mi sorpresa.

Ada Garzina había entrado tan silenciosamente como un fantasma, seguida de Jacques. Sólo podía mirarla con los ojos muy abiertos, incapaz de emitir un solo sonido.

Nunca podré encontrarle sentido a este mundo: era el estribillo machacón, tan inexorable como el acúfeno palpitante que, a pesar de mi transformación en vampiro, seguía sin abandonarme en los momentos de confusión mental.

"Ánimo, puedes recuperarte", dijo mientras se acercaba.

"¿Y qué papel desempeñarías tú en todo esto?", pregunté, más desconcertado que nunca.

Me cogió de la mano y, de repente, como en una secuencia de planos fotográficos, recuerdos olvidados brotaron de mi mente.

El dolor de cabeza fue tan violento que me dejó sin aliento y, en ese mismo instante, lo que parecía una secuencia de instantáneas se convirtió en conciencia. El velo de la enfermedad cayó, me apoyé en la pared para mantener el equilibrio, pero Ada me sostuvo firme.

"No sabía que era un vampiro, un malier, porque alguien me obligó desde que nací a no recordar. Ahora todo está claro", murmuré con dolor.

Lo que me pareció correcto hacer con esos niños, lo sufrí yo mismo; no se lo merecían.

Sentí que las lágrimas me mojaban la cara, cerré los ojos y apreté los puños.

No debía dejar que el dolor de la conciencia me abrumara o me aplastaría. Me levanté despacio y a trompicones.

Ada me miró, tratando de comprender mi estado de cordura. "Pasará y todo te parecerá normal. Sólo tienes que darte tiempo."
"¿Cómo has podido quitarme la enfermedad?", le pregunté, con una mirada llena de duda.
"Todo a su tiempo", respondió.
"Bueno, creo que tengo todo el derecho a saberlo", insistí obstinadamente.
Odiaba parecer incómoda delante de alguien a quien apenas había tolerado durante mi infancia. Así que me volví con rigidez hacia la entrada y entré en la casa.
Ludmilla, que no había soltado el brazo de Jacques, me siguió. Intenté comunicarme con ella mentalmente, pero, por alguna razón desconocida, me lo impidió.
Me senté en el sofá junto a Malvina, que, inmóvil como una estatua, observaba cada movimiento de Ada. "No te atrevas", la oí gruñir.
"Es un humano, no debe saber estas cosas", respondió Ada secamente.
Luego extendió una mano hacia Malvina y la otra hacia Giovanni. Vi cómo Malvina intentaba en vano moverse, mientras Giovanni suspiraba y caía en un sueño aún más profundo del que ya tenía.
"Hay alguien más en la casa", dijo Ada mirando hacia la escalera.
"El capitán Luca Perri", dijo Ludmilla. "Un buen amigo", añadió.
"Un cazavampiros...", se mofó, "siempre puede venir bien", siseó, mirándome.
Intenté no pensar en nada, sabía que ella me oiría, pero las ganas de maldecirla eran enormes. Ada me sonrió e, inclinando la cabeza hacia un lado, comenzó a recitar un cántico incomprensible.
Los primeros rayos de sol que entraban en la habitación la envolvieron, haciendo brillar su hábito negro de monje como si estuviera cubierto de pequeñas perlas. Se dio la vuelta y cayó de rodillas. Instintivamente, intenté extender la mano para ayudarla, pero Jacques me lo impidió.
"¡No puedes tocarla!"
Intenté interrogar con la mirada a Jacques, que se limitó a hacerme un gesto para que me apartara. La suerte quiso que el teatrillo montado por Ada llegara a su fin. Se puso en pie y, sin decir una palabra, fue a sentarse en la única butaca libre.

"Los niños permanecerán bajo mi protección hasta que se adapten. Ludmilla y tú seréis sus protectoras, el padre Vesta su maestro", pontificó sin mirar a nadie a la cara.

"Explícame por qué debemos hacer lo que dices", la reté, cansado de fingir que todo iba bien.

"Creía que todos estábamos aquí con el mismo propósito: salvar a esos niños y a otros como ellos, pero tal vez... me equivoqué", respondió, alzando sus ojos serios hacia mí.

Una monja bruja y un sacerdote brujo... No sabía que había que hacer votos para hacer magia... pensé con diversión mientras desafiaba de nuevo la mirada de Ada.

"De todas formas, no soy una bruja", comentó, después de, por supuesto, escuchar mis pensamientos.

"Si no eres bruja, ¿cómo vas a ayudar a esos niños?"

"Escucha, María", soltó, acercándose a sentarse. "Nunca ha habido buena sangre entre nosotras, lo sé, pero conocía tu esencia y no podía permitirme acercarme más a ti. Podría haber dejado caer el velo de la enfermedad sin querer."

"Tú también eras un niño, ¿cómo ibas a saberlo?"

"Soy un fénix, pero un poco diferente. Cada vez que muero, renazco como un recién nacido y continúo mi nueva vida con el conocimiento de todas las pasadas. Mis poderes me permiten reconocer a cualquier criatura sobrenatural con la que entre en contacto y eliminarla si es maligna, pero siguen siendo poderes psíquicos, no mágicos."

Permanecí en silencio y la miré fijamente, intentando descifrar el significado de sus palabras. En vano.

Un ruido en las escaleras anunció la llegada de Luca.

"Buenos días a todos", saludó, y luego se congeló frente a su invitado.

"¿Anqa?"

Se inclinó.

"Ven... ven... ¿qué son estas formalidades?", respondió Ada abrazándole. "Hace tanto tiempo que no nos vemos."

"¿Va todo bien?" murmuró Luca, mirándome preocupado.

Asentí con una leve sonrisa.

"Oye, has estado despierto toda la noche, ¿no sería mejor un poco de descanso? Tienes la cara tirante y tienes hambre. Los ojos nunca mienten", dijo mientras se acercaba.

Lo último que tenía en mente era irme a dormir. Sólo necesitaba una cosa: saber el final de Mihail.

"Hay reservas de sangre en el sótano, sírvanse", dijo Malvina.

"N... n... no, gracias", respondí, apenas emitiendo un hilo de voz.

"María, tienes que alimentarte. Estás tan cansada porque tienes hambre", me amonestó Ludmilla.

"¿De qué va todo esto?" preguntó Ada... o Anqa...

"Se propuso ser el primer vampiro que no se alimenta de sangre", respondió Ludmilla burlonamente.

"¿Estás loco?" Ada me agarró del brazo, obligándome a levantarme. "Acepta la oferta de Malvina y sacia tu sed antes de que causes problemas que puedas lamentar."

Sentí el vacío emocional causado por Ludmilla. Seguí a Ada al sótano.

"Bebe", ordenó, entregándome una bolsa de sangre.

Me la terminé con avidez.

"Más", insistió, abriendo otra.

Volví a obedecer y bebí.

La miré y me aclaré la garganta. "Gracias."

"Eres un vampiro, María. Siempre lo fuiste, recuerda, no te convertiste en uno. Tu padre te enfermó nada más nacer para que no experimentaras la adaptación y se limitó a quitarte la enfermedad cuando le convenía. Ya nadie tendrá que tratar con él. Esa bestia inmunda permanecerá en el infierno el resto de su existencia. Dicho esto, debes alimentarte con regularidad, ¿entiendes?"

"¿Sabes dónde está el monstruo?"

"Os habría matado a todos después de saciar su sed de diversión macabra, quitándole la enfermedad al mayor número posible de personas. Pobre idiota... no se dio cuenta de mi presencia aquí en Turín." Dejó de hablar y me observó de pies a cabeza. "Eh no, no se te permite verle", sentenció mirándome fijamente a los ojos.

"No pretendía preguntar", murmuré, desviando la mirada hacia otro lado e intentando parpadear una disculpa.

"Ssssh", soltó Ada, perturbada, como los demás, por un ruido procedente del exterior. Luego añadió con sarcasmo: "Esta casa parece un puerto: gente que viene, gente que va... ¡Vesta!", exclamó, levantándose para dirigirse a la puerta principal.

¿No les habías convencido para que se quedaran en casa? preguntó Ludmilla, abriendo una comunicación mental.

Está claro que no lo conseguí.

Pero entonces Jacques se irá.

Si te quiere de verdad se quedará... y entonces espera, no necesariamente hay alguien más con el Padre Vesta.

Se apartó de mi mente y se dirigió también hacia la puerta. Preferí sentarme y esperar a ver la mirada contrita de Dorian y la bestial de Adelheid, pero afortunadamente para mí las cosas resultaron de otro modo.

Me quedé mirando la puerta principal hasta que apareció la enorme figura del padre Vesta. La señorita Nimue se echó hacia atrás y, de un salto, vino a esconderse detrás de mí.

"Señorita Nimue... no es propio de ti huir", se burló el sacerdote al entrar.

Los ojos del padre Vesta buscaron los míos y se acercó. Me levanté y le abracé, y él me correspondió con una ternura que nunca antes había sentido.

"Demasiadas cosas has tenido que soportar. Cualquiera habría salido destrozado, pero tú... tus ojos hablan y muestran tu fuerza. Aprende a usarla, María."

"Querido Padre, estoy tan cansada y mi cabeza está llena de tantas cosas sobre mí que me deja constantemente sin aliento. ¿Qué fuerza?", le contesté, sonriendo ante la imagen de mis ojos cansados... y quién sabe qué cara llevaba.

"¿Vino solo?", susurré.

"Sí, aunque, créeme, nadie se creyó tus tonterías soltadas al azar", replicó, divertido.

"Um", murmuré, llevándome las manos a la cara para disimular.

Ada también regresó, y, cogiendo al padre Vesta de la mano, se dirigieron al centro de la sala, donde podían ver a todo el mundo.

"¿Por qué tiene que seguir durmiendo John?", preguntó Malvina, molesta.

"Creí que había quedado claro", la retó Ada. "Los humanos deben mantenerse al margen de los asuntos sobrenaturales."

"John siempre ha sabido todo y nunca me ha traicionado. Dejarlo en el olvido al que lo forzaste es como una traición de mi parte."

"Sé lo de moda que está utilizar a los humanos colocados en lugares estratégicos de sus instituciones para nuestro propio beneficio. Pero no hay nada más malvado inherente a esta práctica. ¿Cuántas veces nos han traicionado en la historia? ¿Cuántas veces?"

"Sé cuántas veces nos han traicionado los humanos, pero este no es el caso. Y, en cualquier caso, John estará al tanto de todo lo que ocurra. Necesitará una mano humana si quiere poner a salvo a los niños", replicó Malvina, molesta.

Ada cerró los puños, hirviendo de ira, pero enseguida se calmó. Permaneció perpleja y sin habla mientras observaba cómo Ludmilla probaba su dote.

"Ni se te ocurra", la amenazó en cuanto recuperó la posesión de sus emociones.

Ludmilla no se inmutó.

"Vamos, chicas, os estáis peleando como crías", intervino Luca, tratando de calmar los ánimos.

Todos permanecimos en silencio. Malvina estaba sentada junto a Giovanni con los ojos fijos en Ada, el padre Vesta con el rosario en las manos parecía recitar oraciones, Ludmilla observaba pensativa y nerviosa cada movimiento de Ada, Luca y Jacques intercambiaban miradas divertidas, y yo sentía que me subía a la garganta una avalancha de palabras que quería escupir a cada uno de ellos, pero el sentido común me aconsejaba callar. Y todos lo hicieron.

Fue el padre Vesta quien rompió el silencio. Empezó a recitar una letanía, con una voz extraña, ni masculina ni femenina, carente de entonación y emoción. Me estremecí.

Cuando dejó de cantar, sacó unos objetos de sus bolsillos: anillos engastados con una piedra roja. Doce, para ser exactos. Los colocó en el suelo, mientras Ada sacaba una bolsa y empezaba a esparcir un polvo blanco en círculo alrededor del sacerdote, que, arrodillado, pasaba las manos por los anillos y recitaba algunas oraciones más.

"Hecho. He bendecido y transferido un hechizo a estos anillos, que los malier llevarán siempre en el dedo. Os protegerán", terminó, dirigiéndose a Ludmilla y a mí.

Ada recogió los anillos con elegancia y los guardó en la misma bolsa de la que había sacado el polvo blanco. La apretó con fuerza entre sus manos y sopló sobre ella, luego se acercó a Ludmilla y me hizo un gesto para que me aproximara.

"Llevadlos en el dedo corazón derecho", ordenó, entregándonos un anillo a cada una.

Tomé el anillo en la mano y me quedé asombrada al verlo: un precioso ópalo de fuego engarzado en un anillo de oro antiguo con grabados en su interior.

"Son runas", dijo Ludmilla.

"Runas celtas grabadas a fuego por la propia Tiara", señaló el padre Vesta.

Me puse el anillo en el dedo, pero me quedaba flojo. Algo se movió; me quedé quieta y vi cómo el anillo se moldeaba a la perfección.

"Joder... ¡qué guay!", exclamó Ludmilla admirando su mano.

"De momento, son meros anillos, pero cuando el resto de los malier se unan a vosotros, solo entonces se activará la magia. Es magia ancestral, nadie podrá quitarla ni cambiarla. Os protegerá y ayudará a desarrollar vuestras habilidades. Los anillos asegurarán que cada pareja sea capaz de reconocerse y unirse; por lo tanto, debéis ponérselos a los niños de inmediato."

Fruncí el ceño. "Pero son niños, ¿cuánto durarán los anillos en sus manos? Además, ¿no serán peligrosos? Cualquier criatura sobrenatural maliciosa podrá reconocernos fácilmente."

Vi que Ada sacudía la cabeza, desconcertada. El padre Vesta me miró divertido. Yo los miré contrita.

"Sin fe, no llegarás lejos. Recuerda, tu trabajo es criar a los pequeños vampiros, hacerlos conscientes de sus habilidades y enseñarles a usarlas. Tú eres, de momento, el malìer benévolo. No lo olvides", dijo Ada casi amenazadoramente.

No me dio oportunidad de responderle porque, como si Dios lo quisiera, desapareció en el bosque, engullida por la naturaleza. Juraría haber oído un batir de alas.

Suspiré para liberar la tensión que esa mujer me provocaba desde que éramos dos niñas. Por supuesto, nunca imaginé que fuera un fénix, una criatura consciente de vidas pasadas. No podía imaginar lo que se sentiría.

"Un euro por cada pensamiento que tengas", se acercó Luca.

No respondí, pero le devolví el apretón de manos deslizando mis dedos entre los suyos.

El ambiente en la casa se fue calmando y John se despertó.

"¿Cuánto tiempo he dormido?", preguntó, frotándose los ojos con las palmas de las manos cerradas en puños.

"Estabas cansado, mi amor, y te dejé dormir", respondió Malvina, acariciándole el pelo.

Observé las dos demostraciones amorosas: Ludmilla y Jacques; Malvina y Giovanni. Y recordé, saliendo de mis pensamientos, que mi mano seguía aferrada a la de Luca. La retiré como si hubiera recibido una descarga.

Me levanté del sofá y me acerqué al padre Vesta. "Quiero saber qué le pasó al monstruo. Es mi derecho, teniendo en cuenta que se trata de mi padre", dije, jugando la carta de la familia.

El sacerdote ensanchó los ojos, me miró fijamente durante unos instantes, luego se encogió de hombros y replicó con voz firme: "Al infierno, como te dijo Anqa. No temas, no volverá a hacerte daño. Ni a ti, ni a nadie."

"Eso no me basta", respondí en tono gélido.

Si la mirada hubiera sido un rayo, me la habría lanzado. Todos me observaban, como si hubiera blasfemado.

"Bueno... ¿os habéis quedado embobados mirándome? ¿Hay algo malo en mí? ¿Es tan absurdo querer saber de ese monstruo? ¿O es que estáis todos hechizados por brujas y fénix?" Terminé haciendo hincapié en la última palabra.

"Muy bien", dijo el padre Vesta, "siéntate". Me empujó hacia una silla.

Puso sus manos en mis sienes y, con terror, sentí que mi mente se desprendía de mi cuerpo. Comencé a descender por una escalera de caracol y, a medida que me movía, sentía ondas de energía penetrar en mi cuerpo. La larga escalera me llevó a diferentes niveles de lo que parecía ser la entrada al infierno. Una ráfaga de calor húmedo me golpeó, haciéndome toser e impidiendo que respirara con normalidad. Sentí otra oleada de energía, reanudé la respiración y seguí descendiendo. El calor era ahora tan intenso que causaba quemaduras a lo largo de mi cuerpo. Empecé a sentir dolor. Un dolor tan profundo que tuve que sentarme en un escalón para no desmayarme. Llegó otra oleada de energía. Reanudé la marcha. Al cabo de unos pasos, la intensidad del calor me desgarró la piel, el dolor me dobló de nuevo, pero volví a levantarme solo con mis fuerzas. Di el último paso y me encontré frente a un enorme charco de llamas.

Extrañamente, ya no sentía ningún dolor.

Una pequeña brecha se abrió entre las llamas, permitiéndome ver. ¡Ahí estaba!

Sumergido en el agua infernal, Mihail seguía ardiendo, curándose y emitiendo terribles gritos guturales en una secuencia horrible y dolorosa. Las llamas lo envolvían, pero, como dominadas por una fuerza superior, se desvanecían justo antes de reducirlo a cenizas. Tiempo para que un vampiro de sangre se regenere y luego otra vez... y otra vez... y otra vez...

Cuanto más le miraba, más la macabra representación se convertía para mí en alegría y serenidad. Tenía lo que se merecía.

La oleada de poder que llegó de repente me absorbió hacia un túnel iluminado. Inhalé todo el aire que pude y todo terminó.

El padre Vesta se paró frente a mí, sonriendo. "Se te ha concedido... ahora completa tu tarea."

Le miré fijamente a los ojos, asentí con la cabeza y me apoyé exhausta en el respaldo del sofá.

Percibí a Ludmilla en mi cabeza; ella estaba viendo lo que el padre Vesta acababa de mostrarme. No dijo nada, pero leí en sus ojos la libertad que no se le había permitido durante mucho tiempo.

"No podemos permitirnos ninguna pausa", dijo el padre Vesta. "Debemos reunir al pequeño malìer. Anqa, o la hermana Ada, como prefiráis, va a crear un internado privado para alumnos especiales en un ala del instituto. Los pequeños vivirán allí, irán a la escuela con todos los demás, y el resto de su educación dependerá de vosotras dos y de mí. Recordad que juntas sois muy poderosas, aunque no poseáis el mismo don de malìer. Sois hermanas de sangre, tanto por parte de madre como de padre. Vuestro vínculo indisoluble y mágico os hará indestructibles y os protegerá de toda criatura, incluso humanos, que intenten aniquilaros."

Entonces levantó las manos y nos dijo que nos pusiéramos en pie y formáramos un círculo. Se situó en el centro, dirigiéndose primero a John. "Eres un humano, no deberías meterte en asuntos sobrenaturales; en eso Anqa tenía mucha razón. Pero tienes una vampiresa por esposa, siempre la has protegido de las revelaciones y has tenido mucho cuidado de no exponerte tú mismo..."

John intervino, interrumpiendo el discurso del padre Vesta: "Llevo muchos años pensando en ello, pero el miedo a la eternidad me hizo débil y estúpido, tanto que me arriesgué a perder al amor de mi vida. Ahora estoy preparado. Quiero ser uno de vosotros."

Malvina se dio la vuelta con cara de terror. "No tienes que hacer esto, nunca quisiste. ¿Qué te hizo cambiar de opinión? Este asunto, como dijo Vesta, no es de tu incumbencia."

"Pero ya me he decidido", respondió perentoriamente.

Ludmilla frunció el ceño, sus ojos brillando con una mezcla de furia y compasión. "¿Castigo? ¿Desde cuándo los cazadores dictan lo que es correcto para nosotros?"

Luca levantó la cabeza, mostrando una expresión de desafío. "Desde siempre, Ludmilla. Hay reglas que protegen el equilibrio. Convertir a un humano es una violación de ese equilibrio. Malvina lo sabía, todos aquí lo sabían, y aun así, ella lo hizo."

"¡Porque no había otra opción!" rugió Jacques, acercándose a Luca, sin ocultar su amenaza. "Giovanni estaba muriendo, y ella lo hizo por amor. ¿Desde cuándo el amor necesita permiso para salvar a alguien?"

Luca lo miró con una calma fría, sin ceder ni un milímetro. "El amor no está por encima de las reglas. Ustedes piensan que pueden hacer lo que quieran, que pueden jugar a ser dioses... Pero hay consecuencias. Y si empezamos a ignorar eso, entonces no somos mejores que los monstruos que cazamos."

"Giovanni no era un monstruo," dije, tratando de suavizar el tono, pero con la voz aún tensa por la tensión de la situación. "Era un humano que tomó una decisión, sabiendo en qué se estaba metiendo. Nadie le obligó. Nadie jugó con su vida. Él lo eligió."

Luca bajó la mirada por un momento, como si las palabras le hubieran tocado, pero luego la levantó de nuevo con firmeza. "Tal vez. Pero la elección de uno puede traer la condena de muchos. ¿Cuántos vampiros recién convertidos pierden el control? ¿Cuántos terminan arrasando vidas humanas antes de que puedan siquiera comprender qué les ha pasado?"

"Y es por eso que estamos aquí," dijo el padre Vesta, que había estado observando en silencio. "Para guiar, para enseñar, para asegurarnos de que no se pierdan en la oscuridad. Giovanni tiene ahora la oportunidad de vivir, pero también la responsabilidad de aprender a controlar lo que es. Y nosotros tenemos la responsabilidad de ayudarle a hacerlo."

Luca parecía a punto de responder, pero se contuvo. Los músculos de su mandíbula se tensaron, y miró alrededor, notando la determinación en cada uno de los presentes. Finalmente, suspiró y asintió, aunque con evidente reticencia. "No voy a apoyar esto, pero tampoco voy a intentar detenerlo. Si este... experimento se sale de control, tendré que intervenir."

"Eso es todo lo que pedimos," dije, intentando ofrecer una sonrisa conciliadora. "Danos la oportunidad de demostrar que esto puede funcionar, que podemos encontrar un equilibrio."

Luca no respondió, pero la tensión en el aire comenzó a disiparse. Jacques retiró las cadenas, permitiendo a Luca liberarse, y ambos retrocedieron, manteniendo una distancia cautelosa.

Ludmilla suspiró aliviada y se acercó a mí, colocando una mano en mi hombro. "Hemos logrado que Luca nos dé una tregua. Ahora, lo que tenemos que hacer es asegurarnos de que Giovanni pase la adaptación sin problemas."

"¿Y después qué?" pregunté, sabiendo que aún quedaban tantas preguntas sin respuesta, tantos hilos sueltos.

"Después," dijo el padre Vesta, con una expresión grave, "tendremos que prepararnos para lo que venga. Porque si Mihail sigue acechando, si todavía hay alguien que desea vernos caer, no dudarán en aprovechar cualquier debilidad que encuentren."

Asentí, sabiendo que tenía razón. Nos habíamos enfrentado a tanto, y aun así, la lucha apenas comenzaba. Pero también supe que no estaba sola, y que, mientras estuviéramos juntos, podríamos encontrar una manera de salir adelante.

"Luca," dije, mirándole con sinceridad, "gracias por darnos esta oportunidad. Sé que no estás de acuerdo con esto, pero... gracias."

"No lo agradezcas aún," respondió, su voz fría pero menos cortante que antes. "Solo asegúrate de que no me arrepienta de haberte dado esta oportunidad."

Nos quedamos en silencio por un momento, cada uno con sus propios pensamientos, sabiendo que la paz que habíamos logrado era frágil, pero también preciosa. Y mientras el sol comenzaba a salir, bañando la casa con su luz dorada, supimos que, por el momento, habíamos ganado un pequeño respiro.

La verdadera batalla, sin embargo, estaba lejos de terminar.

El **abrazo** de Ludmilla me envolvía en un calor que no creía posible en medio de tanta confusión y dolor. Sentía sus brazos sosteniéndome, dándome la fuerza que necesitaba para mantenerme entera, aunque mi mente se debatía en un torbellino de emociones.

—María, *escúchame* —susurró, acariciándome suavemente el pelo—. Sé que todo esto es abrumador, que descubrir lo que hizo tu padre, incluso en sus últimos momentos, es como una herida que nunca deja de sangrar. Pero no podemos permitir que su sombra siga ahogándonos. Has visto dónde está ahora, has visto lo que le espera… ya no tiene poder sobre ti.

Respiré hondo, tratando de calmarme, de asimilar sus palabras. —*Pero sigue haciendo daño, Ludmilla*. Incluso después de muerto, encuentra maneras de destruir todo lo que toca. ¿Y si hay más? ¿Y si ha hecho algo que aún no hemos descubierto?

—Entonces lo enfrentaremos —respondió ella con firmeza—. *Juntas*, como hemos hecho hasta ahora. Si hay otras sombras por desenmascarar, lo haremos. Pero no dejaremos que su maldad nos consuma, no dejaremos que sus acciones nos definan.

Sus palabras, tan simples y tan cargadas de fuerza, me dieron un alivio. Poco a poco, sentí que el peso en mi pecho empezaba a aligerarse. Me aferré a esa sensación, al calor de su abrazo, y dejé que las lágrimas fluyeran, esta vez no por desesperación, sino por alivio.

—*Gracias, hermanita* —susurré, con la voz quebrada pero más firme de lo que había estado en mucho tiempo—. *Gracias por estar aquí. No sé qué haría sin ti.*

—*Ni lo pienses* —respondió ella, con una sonrisa que sentí más que vi—. *Porque no tendrás que descubrirlo. Siempre estaré aquí.*

Permanecimos así, en silencio, durante un tiempo que no sabría medir. Un momento de paz en el caos, un refugio que nos permitía respirar y prepararnos para lo que vendría. Y aunque sabía que la batalla aún no había terminado, que había preguntas sin respuesta y peligros al acecho, en ese instante todo lo que importaba era el vínculo que nos unía.

Finalmente, me aparté un poco y la miré a los ojos, encontrando en ellos la misma determinación que siempre había admirado. —*¿Qué hacemos ahora, Ludmilla? ¿Cómo seguimos adelante?*

—Primero que nada, tenemos que asegurarnos de que John complete su adaptación sin problemas —dijo, secándome las lágrimas con el dorso de la mano—. *Y luego… tenemos que reunir a los maëer. A todos. No podemos permitir que queden expuestos, indefensos. Si lo que hizo tu padre era solo el comienzo, si hay otros como él dispuestos a destruir lo que estamos construyendo, entonces debemos estar preparados.*

Asentí, sintiendo cómo mi propia determinación se alineaba con la suya. —*Lo haremos. Encontraremos a esos niños, los protegeremos, y no dejaremos que nadie use sus vidas como piezas de un juego cruel nunca más.*

—Exacto, María —dijo ella, con una sonrisa llena de orgullo—. *Juntas. Siempre.*

Me levanté de la cama, y con un último abrazo, nos preparamos para bajar. Sabía que el día aún tenía muchas pruebas reservadas para nosotras, que habría más obstáculos, más misterios por resolver. Pero ya no me sentía sola, ya no sentía que llevaba el peso del mundo sobre los hombros.

Junto a Ludmilla, con el padre Vesta, Jacques, Malvina y los demás, había formado una especie de familia. Y mientras permaneciéramos unidas, mientras nos apoyáramos unas a otras, creía que podríamos enfrentar cualquier cosa.

"Oh Dios..." exclamé en voz alta, despertando de aquel dulce sopor.

Miré la hora marcada en el móvil. Joder, había dormido más de tres horas, pensé masajeándome la frente. .

¡John! La habitación donde yacía estaba vacía.

Me lancé escaleras abajo, sabiendo que de todos modos no me haría daño, y mientras tanto, escuchaba: voces y risas.

"¡Buenos días!", me saludó Giovanni sonriendo.

Corrí hacia él. "¿Estás bien?", canturreé con lágrimas en los ojos.

"Oye... oye... ¿por qué lloras? Estoy bien."

"Te dejé con cara de muerto. Pero tienes razón, siento mucha alegría al verte bien".

Entonces le miré fijamente a los ojos y vi su aura, más oscura, pero aún brillante. Se adaptó, pero sentí benevolencia en su esencia vampírica, diferente de la benevolente. Más fuerte. Construido a su alrededor para evitar que el poder de su fuerza saliera a la luz. Me giré bruscamente, buscando el rostro del padre Vesta.

"Él es mi doble, ¿cómo es posible?"

"No lo sabemos. En realidad estábamos esperando a que llegaras. Sabía que sólo tú captarías su esencia".

"¿Los niños entonces?"

"Al parecer la bruja, cómplice de tu padre, está siguiendo el patrón que él le pidió... y no sabemos a dónde puede estar yendo. Debemos reunir a los niños, no podemos esperar más".

"Tiene lo increíble de esta situación... Dudo de las capacidades que tiene este neovampiro", siseó Malvina, escudriñando en las profundidades de mi mente, que obviamente mantenía bien protegida de su intento. "Tengo más de dos mil años, y no, no soy optimista, pero he presenciado cosas que ni siquiera puedes imaginar. Y los malièr no son más que una leyenda... así que, por favor, dejemos esta farsa", terminó con el rostro oscuro.

"Tranquila, mi amor", dijo Giovanni.

Era el turno de Jacques. Seguidos por la señorita Nimue, se acercaron a Malvina. "Sé quién eres, dulce dama, y lo sé todo sobre tu audaz y espléndida vida, y jamás permitiría que nadie se burlara de ti. Las brujas deberían haberse extinguido hace tres mil años, pero su perseverancia mágica y la propia naturaleza lo impidieron. No todas son dignas: extraen la magia de la energía negativa de algunos humanos. Utilizan la rabia, el caos mental y las enfermedades corporales para alimentarse. Los malièr no fueron creados para combatir a las brujas, no, se suponía que debían ayudarlas, crear magia junto a ellas para ayudar a la humanidad. Pero aún no había llegado el momento y los niños fueron abandonados a su suerte. Ni que decir tiene que se convirtieron en un peligro para todas las criaturas terrenales: humanas y no humanas. Fue la razón que llevó a las brujas a reunirse en aquelarre para eliminar a los malièr. No contaban con la fuerza de estos niños, y aunque tuvieron éxito, las propias brujas corrieron el riesgo de extinguirse. Te dije, en presencia de Charles, que el vampiro, padre de los Doce, nunca fue encontrado. Esto no es del todo cierto. La magia inherente al malièr no es suficiente para que se cumpla. Se necesita un vampiro de sangre bendecido por una bruja ancestral. Luego se necesita un sacrificio. Sólo al final de estos pasos la magia investirá al vampiro con la capacidad de procrear malièr".

"En este punto, sin embargo, las cosas se nos van de las manos", le robé la palabra al padre Vesta, que intentó intervenir. "No se explica cómo en dos mil años los malìer ya no nacieron, hasta el punto de haber sido degradados a mera leyenda. Mihail ciertamente no nació hace dos mil años, pensar que fue el padre del primer malìer, pero lo es de Ludmilla y mío. ¿Cómo puede ser John un malìer? Por no hablar de los niños ... Dime, padre Vesta, ayúdame en esta intriga porque no lo estoy consiguiendo".

"No eres la única, ma chère", murmuró Jacques, acariciando a la señorita Nimue.

"Caos mental, alimento para una bruja ancestral", respondió el padre Vesta.

Permanecí absorta en mis pensamientos. En pocos días mi vida había sufrido más de un cambio. Era humana, pero el gen que había en mí decidió que era hora de convertirme en vampiro. Pero eso no era suficiente. Debido a una magia ancestral, también era un malìer.

En todo este caos, mi vida amorosa también corría el riesgo de sufrir un revés: ¿seguía queriendo a Andrea?

¿Seguiré siendo policía?

Mi familia... el cuchillo clavado en mi corazón que me causa un dolor incesante.

"María Diletti", habló el padre Vesta en un tono seco y cortante. "No crees el caos en tu mente o serás la comida favorita de la bruja. Todo tendrá sentido. Tendrás que tener fe. Fuerza. Y tu alma tendrá que permanecer limpia. Sólo entonces todo se cumplirá".

Me arrodillé llamando a la señorita Nimue. Ròn ròn ròn... su ronroneo me alivió. Deslicé mi mano entre su suave pelaje.

"Sabes, siempre quise tener un gato", susurré

.Fin del primer libro

ÍNDICE

Prefacio 3
1 7
2 11
3 13
4 17
5 22
6 27
7 31
8 35
9 41
10 51
11 58
12 70
13 80
14 89
15 107
16 123
17 128
18 150
19 154
20 174
21 181
22 196
23 205
24 214
25 231